日本近代文学史

近代日本の文学史

［日］伊藤整 著
郭尔雅 译

商务印书馆
The Commercial Press

商务印书馆(成都)有限责任公司出品

译者序

伊藤整《日本近代文学史》及其"发想方式"

自晚清以来,中国对日本文学的译介、评论和研究已有一百多年的历史。而在所有的外国文学当中,日本文学在中国的译介的数量和规模一直是位列前茅的,而且日本文学对中国新文学的产生、对中国文学观及审美文化有着相当的影响。我们翻译了大量的日本文学作品,但是相对来说对日本文学的研究性著作的译介是比较少的。人们一般认为研究著作主要是面向学者的,受容面受限,不比文学作品那样读者众多。但是到了今天,人们对日本文学的阅读与理解事实上已经不再局限于消遣的层面,而是对日本文学的相关译本有了更高一层的要求,想要通过阅读去理解日本文化的深层内涵及日本人精神世界的底奥，所以人们期盼的日本文学相关译本，已不止于虚构性的文学文本，更需要有非虚构的研究性著作。而日本文学的研究性著作最集中的体现就是文学史，因为文学史是把个别的作家作品以历史的线索串联起来的系统性日本文学研究的著述形式，通过日本人所著的日本文学史，我们能够最便捷地理解日本人是怎样看待、怎样评价本国文学的。这样一来，对日本文学史著作的翻译就显得尤为必要了。

事实上，最近几十年我国对日本文学史著作的翻译还是比较重视的。1976年，即改革开放的前一年，随着中日关系正常化，人们对日本文学有了了解和阅读的兴趣。上海人民出版社出版了齐干翻译的吉田精一著《现代日本文学史》。这本译著堪称20世纪70年代后期以来中国的日本文学一般爱好者的启蒙读物。虽说是启蒙、虽说简明扼要，但内容并不浅陋，相反，作为日本现代一流的文学理论家和文学批评家、文学史家，吉田精一的文学史对作家作品和文学现象的把握与评论颇得要领，直到今天仍然没有失去参考价值。两年后，人民文学出版社出版了佩珊翻译的西乡信纲著《日本文学史》，这是改革开放后中国翻译出版的第一本日本文学通史。西乡信纲的文学史是以马克思恩格斯的历史唯物主义为理论基础的，这也是日本战后用马克思主义观点进行文学史研究的一个代表。在这本书的近代文学部分，西乡信纲既承认西方文学思潮对日本近代文学诞生和成长产生的影响，同时也特别强调日本近代文学超越西方影响而形成的日本民族特色。因而对于自然主义这一日本文学的主潮，西乡信纲是作为日本近代文学的核心加以充分肯定的。而且他认为，其他的文学思潮如唯美主义、理想主义、新现实主义等都是在自然主义分化的基础上产生并发展起来的。而此后的无产阶级文学则是日本近代文学崩溃之后的产物。这些基本的判断都是把近代文学不仅看成一种日本文学史发展的阶段，也看成日本文学由传统到现代转型时期的特殊的文学形态。我国翻译出版的第三部重要的日本文学史著述是中村新太郎的《物语日本近代文学史》，译者将书名译为《日本近代文学史话》（北京大学出版社，1986年）。与前两部相比，这部文学史的特点在于由文学史发展演变的构架转向了以作家作品为中心进行历史性评述，评述的重点在于解析文学史的名家名作，同时也显示出历史演变的线索和逻辑。

上述三种日本近代文学史或日本文学通史，时间下限一般都到日本二战战败为止，对日本战败后的文学由于写作时间等客观因素的制约都没有提及。而20世纪80年代随着中日两国文化交流的频繁，随着中国的日本文学翻译出现暴发性繁荣，人们对日本战后文学的基本情况也有了全面了解和把握的需求。在这种情况下，罗传开等四位译者翻译出版了《战后日本文学史·年表》（上海译文出版社，1983年）。这本书由松原新一等五位评论家联合撰写，对1945年至1976年三十年间的日本文学做了较为详细的评述。进入90年代以后，日本文学史的翻译最卓著的成果，当属由叶渭渠、唐月梅翻译的加藤周一《日本文学史序说》。这部文学史主要是基于文化史的视角，将文学与宗教、美学、艺术、政治、经济、社会思潮、文化思潮以及西化的工业化思潮等相联系，既关照了纯文学史中所重视的文学文本，更加关注与文学相关的思想家、理论家、学者及其相关的文本创作。值得注意的是，加藤周一的《日本文学史序说》作为90年代中国翻译的日本文学史的代表，在选材上与80年代呈现出了明显的阶段性差异，昭示着80、90年代中国的文化理论热已经折射到了日本文学史翻译的选题出版上，具有鲜明的90年代的特征。

进入21世纪以后，上述翻译出版的各种不同类型的日本文学史著作虽然可以基本满足我国一般读者的需要，但是日本文学史方面的一些名作大作仍然有继续译介的必要和价值，特别是像伊藤整《日本近代文学史》这样极具概括力和理论性，并蕴含鲜明文学史观的文学史著作就很有必要加以译介，但由于种种原因，直到今天才得以翻译出版。实际上，伊藤整（1905—1969）是文学创作、文学翻译、文学评论和文学史研究四个领域的大家，但我国对他的译介较少，与他的地位和影响很不相称。

关于伊藤整在日本当代文坛的地位和影响，我们在此只能大体提到他在不同方面的几个主要成就。例如，在文学创作方面，从创作初期的诗歌《雪明的路》一直到《伊藤整氏的生活与意见》（1952年）、《关于女性的十二章》（1953年）、《火鸟》（1953年）等的相继问世，在读者中掀起了一股伊藤整热；在文学翻译方面，伊藤整在1950年翻译刊行的劳伦斯《查泰莱夫人的情人》，甚至引发了文学史上广为人知的"查泰莱裁判"；在文学评论方面，伊藤整所著的《小说的方法》（1946年）、《小说的认识》（1955年）、《艺术是为了什么》（1958年）、《求道者与认识者》（1962年）等都充分体现了他旺盛的评论力和独创性，并由此建立起了被称作"伊藤整理论"的体系性近现代日本文学论；在文学史著述方面，伊藤整在1952年1月到1969年6月于《群像》上连载，并于1973年在讲谈社出版的十八卷本《日本文坛史》，可以说不仅是伊藤整的毕生大作，也开"日本文坛史"著述的先例，表明了他对日本文坛全面周到的了解与把握。

而我们今天翻译的《日本近代文学史》，就是伊藤整日本文学史著作方面极具代表性和学术特色的一部，以篇幅适中、言简意赅、评论精准、雅俗共赏而著称。《日本近代文学史》是在《日本文坛史》连载期间的1958年9月作为光文社《河童丛书》中的一册出版刊行的。记录评述了从明治维新到该书出版的1958年之间近百年的日本文学发展史及日本作家群像，后被收录于《伊藤整全集》第二十一卷（新潮社1973年）

之中。《日本近代文学史》共分十六章，前九章属于明治时代的日本文学史。这一部分对明治时期著名文人之间的交际着墨较多，应该说是受到了当时正在创作连载的《日本文坛史》的极大影响，很多结论性的表述都是对《日本文坛史》的概要。比如本书第六章"砚友社与其周边"的部分就可以对应到《日本文坛史》的第二卷第三章的相关论述。而《日本近代文学史》第十章到第十五章属于大正昭和时期的日本文学史。在这一部分，伊藤整对当时出现的小说、诗歌、戏曲等都做了充分的述评。对于这一时期的日本文学，伊藤整不再像对明治时期那样只涉及少数文豪的创作与交际，而是将目光投向了这一时期有所创作的诸多作家，包括那些不为一般读者所知，但作为一种文学现象仍然很重要的作家作品。

那么，面对伊藤整《日本近代文学史》，我们应该如何阅读切入？如何通过对这部文学史的研读加深对日本文学本身的理解呢？作为译者，我认为理解伊藤整的《日本近代文学史》，需要把握住两个关键词——"近代""发想方式"。

"近代"在这部文学史的题名中并不仅仅是一个单纯的时序概念，不仅仅是古代、中古、近代这样的时代排序，更是对这一时段日本文学的特征与性质的界定，是在传统日本文学的对比之下，对进入近代后日本文学受到西方影响之后所呈现出的特质的概括。而这种特质集中体现为对近代"自我"的表现。无论是坪内逍遥的自我否定与自我反省、新体诗开创者们追求的自我表达、《棉被》《破戒》所呼唤的自我觉醒与自我解放、白桦派的高扬自我以及新现实派对这种创作态度的修正、葛西善藏那种其他作家都难比拟的尖锐的自我批判、岛田清次郎的英雄主义对当时文坛自我否定的颓废之风的反拨，都蕴含着传统的日本文学中不可能具备的"自我"。甚至可以说，日本近代文学的书写，很大程度上就是以"自我"的表现为核心的，集中体现为自我的觉醒与幻灭。而伊藤整对日本近代文学史的近代性的凸显与张扬，也是以"自我"为核心的。

而"日本近代文学史"的近代性的另一个显著特征，就是对所谓"发想方式"的发现、强调与阐释。关于这一点，伊藤整在《近代日本人发想的诸形式》（岩波书店，1953年）一文中就有专门论述。在伊藤整看来，近代日本作家的"发想方式"，究其根本是围绕对"自我"的表现而生发，包括"自我"与我（"私"）、"自我"与社会、"自我"与文学创作等等之间诸种复杂的关系，这也是理解伊藤整《日本近代文学史》及其文学史观的要点。

对文学中的"自我"与我（"私"）、"自我"与社会、"自我"与文学创作的"发想方式"之间的种种复杂关系，伊藤整创造性地提炼使用了几个基本概念，并把这些关系概括为三种类型：调和型、逃避型、破灭型，这几个概念基本是结合具体作家作品与文学现象加以提炼性解说的。但是令我们稍感遗憾的是，伊藤整在创造性使用这几个概念之后，并没有从文艺理论层面做出清晰的内涵外延的界定，但这也给我们提供了结合他的文学史观和文学评论进行阐发的空间和可能。联系伊藤整的整体思想与创作，我们似乎可以这样理解：所谓"发想方式"，实际上就是文学创作创造性的构思与表现方式，而"发想"之"发"，就是构思最初的出发点和立足点，"发想"之"想"，就是作家创造性的想象力。

所谓"调和型"的"发想方式"，主要是指"自我"与社会在矛盾冲突之间的妥协，并由一定程度的顺从顺应达成一定程度和谐的一种基本思维模式。调和型的作家，对社会抱有一种非对抗的顺应型心态，并从这个角度去切入笔下的人物与社会的关系。在很多情况下，作家本身和他笔下的人物需要通过某种程度对自我的某些方面的放弃来达成与社会的调和。在这种"发想方式"里，是作家适应社会、文学适应读者、自我适应他者。文学创作的根本目的不是为了激发社会矛盾、引发社会冲突、激起社会斗争，而是对自己所处的社会抱以宽容的、弹性的认同，从而参与到整个国民对日本近代国家的国家认同之中。也正是在这个意义上，近代日本文学的产生与发展和近代日本国家的建构与认同之间具有了同步同构关系。换句话说，在某种意义上，所谓日本近代的国民国家，也是由作家们的文学创作参与建构的。后来文学批评家柄谷行人在他的《日本近代文学的起源》中也提出了与"调和型""破灭型"相类似的观点。这一点是我们理解日本近代文学之本质的关键,它与19世纪享誉世界的俄罗斯文学、英法德等西欧文学对资本主义世界毫不妥协的全面反抗和否定,以及体现这一切的批判现实主义文学主潮形成了鲜明对比。

当"调和"遇到阻碍、成为不可能,"调和型"的表现在作品创作"发想"中无法成立的时候,就进入了所谓的"逃避型"。在伊藤整看来,日本近代作家的逃避是有多种途径的。综观伊藤整的近代文学史所论述的近代文学思潮及相关作家作品,我们可以看到,"逃避型"又可以分为两种主要的逃避方式:一是对现实社会的逃避,二是逃避到自我的心理世界深处。对社会现世的逃避,主要表现为遁入佛门深山、隐于街巷、游于花鸟风月等。而在文学创作中,"逃避型"的"发想方式"主要是以私小说这种文学类型呈现的。事实上,自然主义之所以成为日本近代文学的主潮,自然主义文学的创作最终几乎都归于私小说,根本动因就在于日本近代作家在放弃"调和"之后大都纷纷选择"逃避"这样一种思维和表现方式。私小说是既不脱离现实社会,更不反抗现实社会,而是在"自我"与社会之间努力制造重重围墙、制造象牙之塔,从而孤独地关照自我、玩味自我,聊以自慰。实际上,伊藤整所整理的日本近代文学史,很大程度上也是私小说在日本的发生发展史,这种主张个人心境调和和真实告白的私小说,从明治末年兴起贯穿了整个大正文坛。另外,在自然主义与私小说之外,还有一种纯精神的逃避方式,是作家逃避到自己营造的纯粹虚幻的审美世界中,例如耽美派的谷崎润一郎和永井荷风,他们将逝去的江户时代的美与人情,以及完全摆脱了社会伦理的美丽女性作为自己的审美世界而沉湎其中,不可自拔。

关于"破灭型"的"发想方式",伊藤整认为它是对既有秩序的对抗和毁坏。所谓"破灭",实际上更多的是"自我"对社会的绝望,"自我"对自我的绝望,绝望之后"破灭"的指向不是社会,而是"自我"本身,不仅是自我的精神(神经症人格),更是自我的肉体(自杀),如川上眉山、北村透谷、有岛武郎、芥川龙之介、太宰治等。以此可以解释日本文学当中以自杀为主题的文学何以较多,最终选择自杀的作家何以较多,自杀主题的文学何以获得较多读者的青睐与共鸣。在"破灭型"的"发想方式"当中,作家总是以自己的死亡表明对社会的决绝,同时,看上去也是找到了一种作家及作品中人物所自以为的无害于社会与他人的对抗方式。

综上,伊藤整的《日本近代文学史》是日本战后特殊的社会文化的产物,也是日本文学研究史、日本文学史撰写在特殊历史条件下的产物,但至今仍不失学术价值、参考价值和阅读价值。理解日本近代文学,就是理解日本的"近代",理解日本的"近代",关键是理解日本近代的"自我",而要理解日本近代的"自我",抓住伊藤整所概括的"发想方式"的三种类型——调和型、逃避型、破灭型——又是关键。在"发想方式"和这三种类型的论述和运用过程中,伊藤整把作家及作品人物的人格分析作为主要途径,同时把这种人格分析与社会分析、精神分析、美学分析等不同层面结合起来,并且创造性地运用到文学史撰写与文学批评中。这些都是我们在众多日本文学史著作中选择翻译伊藤整这本文学史的根本原因所在。

站在中国的日本文学史翻译角度看,读者眼前的这本《日本近代文学史》中文译本,是在四十多年来中国的日本文学史翻译的延长线上进行的,与此前翻译的各种不同类型的日本文学史著作既可以互相参照,又卓然而成一家之言,具有独特的价值。既可以作为日本文学研究的参考书,也可以成为一般读者总体了解近代日本文学的入门读物。

作为译者,也作为最认真的读者,以上对本书翻译缘起的交代,对伊藤整文学成就及日本近代文学"发想方式"的特点的分析,意在为读者的阅读提供一些导引与提示,聊供参考。

郭尔雅
2020 年

目 录

第一章 明治以前的社会与文学
锁国时代的日本 1
江户时代的文学 4
开国时代 9

第二章 明治初期的学问与文学
学校制度 11
中村敬宇 13
福泽谕吉 15
假名垣鲁文 17

第三章 外来文化与报纸杂志的诞生
黑本、新岛襄、克拉克 21
岸田吟香 24
初期的报纸 26
柳北与抚松 28
《明六杂志》 31

第四章　报纸的发达与文学

　　政治小说　　　　　　　　　37
　　中江兆民　　　　　　　　　39
　　西园寺公望　　　　　　　　42
　　福泽的《时事新报》　　　　43
　　翻译小说　　　　　　　　　44

第五章　新文学的开拓者

　　坪内雄藏　　　　　　　　　46
　　《新体诗抄》　　　　　　　48
　　逍遥的《当世书生气质》　　50
　　《小说神髓》　　　　　　　53
　　二叶亭四迷　　　　　　　　54
　　鹿鸣馆时代　　　　　　　　57
　　《浮云》的出版　　　　　　59

第六章　砚友社与其周边

　　红叶的《二人比丘尼色忏悔》　63
　　露伴的《风流佛》　　　　　67
　　森鸥外　　　　　　　　　　70
　　《舞姬》　　　　　　　　　75
　　砚友社众人　　　　　　　　77

第七章　新作家和新诗人

　《金色夜叉》　　　　　　　79
　芦花的《不如归》　　　　　82
　泉镜花　　　　　　　　　　85
　风叶与春叶　　　　　　　　86
　樋口一叶　　　　　　　　　87
　《文学界》诸人　　　　　　89
　国木田独步　　　　　　　　90
　岛崎藤村的《嫩菜集》　　　92
　与谢野铁干与晶子　　　　　94
　土井晚翠的《天地有情》　　95
　正冈子规　　　　　　　　　96

第八章　自然主义的发生

　文坛的变革期　　　　　　　100
　夏目漱石的出现　　　　　　101
　藤村在小诸的时期　　　　　106
　田山花袋的努力　　　　　　107
　藤村的《破戒》　　　　　　108
　国木田独步　　　　　　　　109
　花袋的《棉被》　　　　　　111
　《杜鹃》诸同人　　　　　　114
　漱石周边的人　　　　　　　115

龙土会	117
岩野泡鸣与德田秋声	117
真山青果、正宗白鸟与近松秋江	119
长谷川天溪与岛村抱月	121
砚友社一系作家们的变化	123
藤村以后的诗人们	126

第九章 明治末期的思想与文学

永井荷风的出现	131
《昴》作家群	133
谷崎润一郎	134
北原白秋与三木露风	136
歌人们	139
白桦派诸同人	142
明治后半的思想家	147
石川啄木	150
鸥外和漱石的对立	152

第十章 大正初期的诗和小说

《新思潮》诸同人	157
久保田万太郎与佐藤春夫	162
葛西善藏与广津和郎	164
有岛武郎的《一个女人》	167
宇野浩二	168

室生犀星与诸诗人　　　170

　　高村光太郎　　　172

　　荻原朔太郎　　　174

　　仓田百三　　　176

　　白桦派的作家们　　　178

第十一章　大正后期的变动

　　《播种人》的创刊　　　183

　　《文艺战线》诸同人　　　186

　　《文艺春秋》的创刊　　　190

　　《文艺时代》诸同人　　　194

　　小山内薰的新剧运动　　　196

　　成名作家的变化　　　198

　　其他的新作家们　　　201

第十二章　昭和初年的动荡期

　　大正文学的终末　　　204

　　大众小说的勃兴　　　206

　　无产阶级文学的隆盛　　　209

　　艺术派的新人们　　　217

　　"新兴艺术派"时代　　　219

　　新心理主义文学　　　223

　　成名作家的立场　　　225

　　评论界的新人　　　228

遭受弹压的无产阶级文学　　**230**
　　虚无思想与行动主义　　**231**
　　转向文学　　**233**
　　孤独的作家们　　**238**

第十三章　近代文学的成果
　　藤村与荷风　　**243**
　　谷崎的古典时代　　**247**
　　《暗夜行路》的完成　　**249**
　　秋声的《假面人物》　　**251**
　　白鸟与露伴　　**253**
　　大正期的作家们　　**255**

第十四章　昭和作家的成熟
　　横光利一　　**261**
　　川端康成　　**265**
　　新作家的登场　　**268**
　　战争中的作家们　　**279**

第十五章　昭和的诗人及其他
　　昭和的诗人　　**282**
　　昭和的歌人　　**292**
　　昭和的俳人　　**298**
　　昭和的剧作家　　**301**

昭和的大众文学　　　　　　303

第十六章　战后初期的文学
　　战后的文坛　　　　　　　　305
　　开始创作活动的诸流派　　　308
　　马克思主义文学　　　　　　312
　　批评家群体和新作家　　　　313
　　成名作家们　　　　　　　　318
　　战后的诗歌　　　　　　　　325
　　太宰治之死　　　　　　　　327
　　新作家的登场　　　　　　　340

后记　　　　　　　　　　　　343

第一章
明治以前的社会与文学

锁国时代的日本

在距今百年前的嘉永六年(1853)六月三日,抱着与日本缔结通商条约的目的,美国佩里提督率军舰驶入浦贺。一个半月之后,俄罗斯提督普提雅廷也怀着同样的目的,率舰队到达长崎。舰队中便有提督普提雅廷的秘书伊万·亚历山大洛维奇·冈察洛夫。这位冈察洛夫在六年后的1859年创作了现代俄罗斯文学的重要代表作之一《奥勃洛摩夫》。在他关于舰队环行世界的航海记录中,也有对当时的日本的长篇记述,现将其中一节摘录如下:

"日本已经觉察到,把闭关锁国、自绝于外国作为本国唯一的安全之道,不仅没有任何好处,反而阻碍了本国的成长……因而，我们，或者即使不是我们，也会有美国人，即使不是美国人，之后也会有别的什么人，将在不久的未来，在日本的血管中注入健康的血液，这是日本的命运使然。"

距此二百二十年以前的宽永十六年（1639），江户幕府第三代将军德川家光实行了锁国政策，禁止此前保有贸易关系的欧洲诸国进入日本。但是，江户幕府并未完全断绝与欧洲文明的接触。他们允许荷兰人居住在一个叫作出岛的小岛，这里算是长崎港的一个码头。幕府只准许与荷兰商人通商，并设有日本通译官，由此输入商品和书籍。在二百余年间，欧洲的文明便是通过这个小小的窗口，一点点流入岛国日本。但是，这微小的刺激并不足以影响到日本全国。幕府将军通过这个小窗口来防范侵入东洋各地的欧洲人，也只有在这个意义上，锁国才发挥了它的作用。

但是，此后的日本，至少在江户幕府时代的前一百年间，以这种状态维持了社会的安定。

日本社会分藩而治，各藩分由大名们支配，职业世袭，阶级依次划分为武士、农民、工匠、商人，由作为官吏的武士维持封建社会的秩序。社会道德以日本化的儒教为原则。日本的宗教则包括日本自古以祖先崇拜为中心的神道，和西元600年以后流入日本的佛教诸流派。

在锁国之后，又经历百年之久，神道派系的思想家中，才出现了对德川幕府加以否定批判的人。从《古事记》的研究者本居宣长之后，以神道思想为依据希求天皇中心的理想社会的思想家层出不穷，也为明治维新的到来埋下伏笔。

对于由中国传入的儒教，德川家是将其作为维持将军与大名属下武士之间秩序的道德学加以利用的。而原本使用于天皇政权祭典之上的神道，则就此被敬而远之了。其结果是，儒教的研究与教育得以扩广，各藩均开办了以儒教为中心的学校，武士子弟在此就学，这种影响也延及到了庶民之中。

佛教主要是在农民、工匠、商人之中起着为他们安定精神的作用。自己前世的恶德或善行，决定着此生的命运，以此说服庶民安于命运。同时，自己此生的善行，便会让来生不至沦为牛马、堕入地狱，而可往西方极乐世界生活，以此来劝说人们行善。以此为基础，阶级地位都是前世命定、不容轻易变更的观念在社会普及，而在这一观念之上，又有儒教思想所倡导的礼教，这使得阶级之间的秩序得以确保。

在这样一个观念固化的社会，比较自由的只有佛教僧人，这与欧洲中世纪的基督教社会是一样的。那些躲避武力纷争的武士、逃离政治斗争的天皇和大名子弟，从德川统治之前，就有了加入僧籍的习惯。即便是到了德川统治以后，在那些嫌厌儒教的武士、农民和商人子弟之中，有一部分思想活跃超群的人，因无法安于阶级桎梏，他们或加入僧籍，或作为艺术家过着僧侣式的生活。

江户时代的文学

江户时代初期的文学，是由学习儒学的有识武士、过着僧侣式生活的武士，以及那些世袭制度之下富有学识的神官所创作的。到了江户中期，出现了出版行业的从业者，商人出身的文士也多了起来，这些人创作了由假名文字书写的带有插图的低级小说，得到了广泛的传阅。而那些学习儒学的武士出身的文人，则尊崇中国文学，他们蔑视日本公元700年左右产生于汉字的假名文字，只致力于创作汉文书写的诗及记录性的历史文学。神官们则抱守着创作传统和歌的习惯，他们的文学与庶民相隔甚远。

从江户时代初期开始，流行起了俳句这种短小的诗型，俳句是取和歌的前半部，即五七五的韵律所创作的。因为易于创作，商人农民也开始了俳句的创作尝试，于是以善作俳句者为中心形成了数个流派。他们在特定的日子集聚于寺院等地，在各自的座席上，作出数十首数百首的俳句，去竞争数量的多少，并由该流派的指导者评判这些俳句的价值，作成数个句集。这些句集起初是手写本，随后会制作成木版印刷本流传于世。

公元1690年左右，在这些俳句创作者中，有两位优秀的文学家脱颖而出。一个是放弃武士身份，游历各地，过着简素生活的松尾芭蕉（1644—1694）。他在俳句上大有成就，创建了一种日本式的象征主义。另一个人是井原西鹤（1642—1693），西鹤通过俳句的历练，才气满溢，表现手法丰富多变，自四十岁起便开始了小说的创作。自紫式部，那位六百八十年前生活于京都天皇后宫的女官撰写《源氏物语》以来，西鹤以任何人都不具备的敏锐观察和巧妙记述，将他对人间生活的感悟以物语的形式表现了出来。

与此二人同时期的近松门左卫门（1653—1725），出身武士，创作了流行一时的净琉璃——一种形式有如叙事诗般的戏曲。净琉璃是由偶人的操纵者、会话和描述部分的演唱者、三味线这一弦乐器的伴奏者共同演绎的类似于歌剧的偶人剧，其台本在后来发展成了戏剧的剧本，由此产生了诸多歌舞伎剧。西鹤的物语是以简洁的描写见长，而近松的戏曲，则擅于运用那些能够将人的感情明明白白表现出来的富于韵律的旁白与会话。

在这三位卓越的文学家蓬勃创作的1690年前后，德川幕府自锁国后已经过了五十年。武士作为官吏虽然保有安定的地位，但商业及船运业开始发达，商人的生活也变得富裕起来。与此同时，一种抑制武士阶级的专制和儒教道德戒律、极力弘扬人性的风气，以商人阶级为中心在市民之中盛行开来。这一时代人们生机勃勃的姿态，也反映在了文学家的创作之中。

芭蕉的优长，主要在于将其对人性的认识以及人的心理映射于自然现象时的印象，压缩于俳句这种短诗中。在这一点上，在精神层面，他堪与英国的华兹华斯、美国的梭罗等人相较。而在诗的方法上，他与法国象征派诗人又有相近之处。

西鹤则是将那些描写金钱欲及性欲中所折射的人之本性的短小故事组合起来，以这种方法进行小说创作。在这一点上，他与意大利薄伽丘、英国乔叟等作家相似。他的小说，即便是像《好色一代男》《好色一代女》这样所谓的长篇，也不过二百来页，是由对一个主人公一生中所出现的许许多多异性的不重复并列描写构成的，这种方法显然是受到了《源氏物语》的影响。同样地，欧洲在近代社会确立以前的市民小说，也是以《十日谈》《坎特伯雷故事集》这样的小故事合集的形式呈现的。这其中所反映的社会构造与艺术作品之间的照应关系，是很值得我们思考的。

距这三位伟大的文学家的活跃时期经过一百三十年之后，到了文政年代（1820），日本文学迎来了它的第二次隆盛——江户文学。这一时代的代表作家有泷泽马琴（1767—1848），他以中国小说为原型，创作了讲述勇士与美女的恋爱故事《南总里见八犬传》。鹤屋南北（1755—1829）为盛极一时、堪称民众剧的歌舞伎剧写下了许多混合着怪奇趣味、色情意味以及世相描写的剧本。十返舍一九（1765—1831）则擅写夹杂着幽默插话[1]的旅行小说，这些旅行小说在形式上与西班牙小说《小癞子托尔梅斯的一生》（作者不详）、法国小说家勒萨日的《吉尔·布拉斯》等流浪汉小说颇为相似。而为永春水（1790—1843）则系统地承继了井原西鹤对市民社会情欲的描写。

除此之外，与谢芜村（1716—1783）在承袭芭蕉一派创作方法的基础上，使俳句更加写实，并将近代诗的创作手法导入了俳句创作之中。小林一茶（1763—1827）则是以俳句歌咏人痛切的孤独感的俳人。

在这些文学家中，除了泷泽马琴是武士出身以外，鹤屋南北家是开染布坊的，十返舍一九是出版店的店员，为永春水经营着书店，与谢芜村与小林一茶都是农民的儿子。

便是从这一时期起，在下层的商人、农民、手工艺人中间涌现出了许多文士，开始着重表现下层人民的生活与情感。同时，庶民们也喜欢阅读这些作家用平易的假名所写的小说，由此，小说以木版印刷的形式在社会上广泛普及开来。

这一时期，喜多川歌麿、葛饰北斋的版画也盛行于世。我们设想，如果人们能够以品鉴版画的审美意识去阅读文学作品，那么这一时期木版印刷术能够达到相当高的水平，同时文学艺术从本质上开始着力于反映人的生活，也就不难理解了。

---

1 插话：指在文章或谈话中途插入与正题无关的短小幽默的话语。

但是，由于长达二百年的令人窒息的锁国政策，自1820年以后，日本的社会开始急剧腐败。艺术作品大多也仅限于对前代作家极为相似的重复。武士们不过是在仿写汉文汉诗，而并不具备批判儒教思想的能力，同时他们又蔑视庶民出身的文人所写的作品，认为只能供妇孺玩读。随着庶民出身的小说家、剧作家、诗人的增多，文学在商业上获得繁盛的同时，创作也陷入了老套。而且，文人们仅靠出版并不足以支撑生活，于是便做起了药店、医生之类的副业。事实上，从早前开始，文人的生活就是困难的。芜村靠兼做画家为生，即便是泷泽马琴这样当时最有名的小说家，青年时代也是颇为辗转，他先做了占卜师，后来当了出版店店员，甚至为了安定的生活，他还与木屐店老板的遗孀结了婚。因此，在佩里来航的19世纪50年代，日本的文人大部分都失去了那些初级隐士、脱俗之人以及具有抵抗意识的武士的气骨，他们成了对艺术感兴趣的有钱商人的逢迎者。在那些资助者去当时的交际场所吉原等地游乐之时，他们便作为随从，如同小丑一般，为其助兴。

在江户末期，那些平民出身的小说家、俳人、剧作家，就如同歌舞伎戏剧的表演者一样，为世人所轻鄙。

开国时代

从佩里与日本缔结友好条约到明治维新的十四年间,日本人就如同一千三百年前佛教文化最初被引入时一样,处在精神的动摇之中。这一时期,让日本人不安的首要原因,就是今后与欧美诸国接触时该怎样去看待他们的文化与武力,是该与他们和解而后向他们学习,还是将他们视为侵略者并与之为战,这些都让日本人困惑。而且,秉持神道思想的革命家们认为,既然不能恪守对外国的锁国政策,德川幕府又清楚地显露出了它的软弱和腐败,德川家就应当将政权返归天皇,于是他们在各地勃然而动。

联系这两个原因,所有的武士和知识阶层按着各自的解释展开议论与行动。长州、萨摩等地有实力的地方大名,策动自己部下那些拥有新思想的武士,从外国购入新武器,以将政权返还天皇为借口,开始反抗德川幕府。德川幕府对此却无力镇压。对于这些大名下属的一班无知武士而言,与德川幕府为战,就意味着与让幕府屈服、并结下开国条约的欧洲人为战。这些谋反者,也就是站在天皇一方的萨摩和长州的武士们,他们砍杀外国公馆人员,用日本所造的大炮向驶入港口的英法军舰挑起战争。

在这样的混乱之中，少数有识的政治指导者和了解西洋文明的学者都深知，日本想要在确保独立的同时与外国展开交际，除了引入他们的文明之外，别无前进之途。为了不像其他亚洲诸国一样沦为欧洲的殖民地，日本不得不迅速变革。幕府的指导者很快也意识到了这一点，日本人具备不受外国干涉而迅速推行变革的明敏性。虽然在这不安定的十四年的最后两年里，日本发生了内战，但也很快就结束了。被称作明治维新的革命，因德川幕府的崩坏而于1868年实施。当时，年仅十六岁的新即位的明治天皇，从千年来天皇所住的京都，迁至德川幕府的首府江户，并将其更名为东京，创立了新政府。明治天皇与其侧近的指导者一起谋划，颁布了一系列新政府的方针，诸如结束封建制度、给予国民以职业自由和言论自由、与国外各国展开交际往来、兴盛教育并建设文明社会等等。

第二章
明治初期的学问与文学

学校制度

日本在明治维新以后的三四年间，废除大名分藩制及其支配权，改设县，并派遣中央政府的官吏担任各县长官，市民拥有了完全的职业自由。男子剪髻，武士弃刀。全国创设中小学，替代了汉学私塾。明治二年（1869）开设大学，三年后，东京和横滨之间铺设了铁道，更重要的是，次年就建立起了近代的军队制度。

在开设大学的时候，学者中也产生了许多议论。德川幕府长期经营着教授儒学的大学昌平黉，而且，幕府在锁国以后只与荷兰保持通商关系，他们通过荷兰语一点点引入欧洲文化。一般民众和民间学者虽未被禁止学习西洋的学问，但是，18世纪之初，也就是佩里来航的一百五十年之前，欧洲的医学、天文学都是通过荷兰的书传入日本的，这些都被称作"兰学"。这些新知识通过长崎通译官的阅读一点点地持续流入日本，这些学问成为明治维新后日本急速进步最重要的基础。特别是1823年，兼具丰富自然科学知识的德国医师菲利普·弗朗兹·冯·西博尔德作为长崎荷兰领事馆医官来到了日本，在他居于日本的六年期间，日本优秀的青年学者们为了向他学习而聚于长崎，他们受其影响，学到的并不仅限于医学，更有生物学、物理学、化学、地理学等各个学科的初步知识。

幕府在西博尔德抵达日本十二年之前的1811年，为了进行测量、制作地图和历书，在天文台安排了洋书翻译人员，让他们翻译学术书。这个翻译家的事务所逐渐发展，成为被称作蕃书调所的研究所，具有调查外国书物的职能。

在明治维新发起之前，幕府将研究所的名称改为开成所，内设教授、助理教授和学生，将其调整成了大学的形式。所谓开成所，就是促成文明开化的研究所。从那时起，他们所研究的，便不仅限于荷兰语了，还包括了英语、德语、法语及其书物。在佩里来航之后、明治维新施行之前，从开成所走出了许多留学生，前往各个国家，诸如四名去了荷兰，六名去了俄罗斯，十二名去往英国等等。但是，与幕府对立的萨摩、长州等藩也以公费送出了数名留学生，他们以逃亡国外的形式去向美国和英国。

中村敬宇

从明治二年设立大学以来的数年之间,关于大学教育的方针总是摇摆不定。由于西洋的学问在道德上并无指导之力,于是教育方针一时确定为以昌平黉系统的儒学为中心,仅在技术层面上,将开成所系统的洋学纳入其中。但这引发了进一步的争议,因此,大学教育的根本方针最终确立为将官立大学命名为开成学校,以洋学系统的学问为中心,古典学的儒学和神道为辅助。

此前由开成所送出的留学生们,恰好在明治新政府成立之时返回日本。开成所以前的教授和这些留学归国的新知识青年,成了开成学校的教官,更有不少外国人教官参与到了这所大学的教育中。

由德川幕府洋学研究所开成所送出的十二名留学生前往英国,是在明治维新两年之前的1866年。此时,作为学生监督前往英国的中村敬宇(名为正直,敬宇为号,天保三年至明治二十四年,1832—1891),时三十五岁[1],已是作为幕府儒

---

[1] 本书的年龄计算按虚岁算。

学大学的昌平黉的教授。他本是清贫的武士之子，凭借着聪慧的头脑和努力，到达这个地位。蕃书调所教授、著名的语言学家箕作阮甫（宽政十一年至文久三年，1799—1863），曾将自己的儿子奎吾送到他的座下学习儒学。当时，中村在教导箕作奎吾儒学的同时，也偷偷向他学习为儒学家所禁的英语，并誊写了英汉辞书，以供理解英语之用。

在中村留学的第三年，德川幕府崩坏，他带着留学生返回了日本。当时，一个英国人赠给他斯迈尔斯的《自己拯救自己》。在返回日本的漫长航海中，中村阅读了这本近代社会产业指导者们的短篇传记合集，他察觉到，要教给从封建制度中解放出来的日本青年们以自由、责任及努力主义，这本书是最恰当的。回到日本以后，他随着远离政权的德川家引退静冈，在德川家私设的学校担任教职，五年间，他译出了这本书，并以《西国立志编》为题加以出版。这本书广受青年欢迎，也对他们领悟新时代的思考方法起到了很大作用。中村还将斯图尔特·穆勒《论自由》翻译为《自由之理》加以刊行。明治六年（1873）以后，他任教于开成学校，并在1875年开设的官立女子师范学校担任指导之职。此外，他还在自己家宅中开设私塾，成为青年们的导师。他曾经受洗，常常对基督教抱以同情。

福泽谕吉

德川幕府在其崩解之前,确立了对欧美文明积极接纳的方针。幕府数次遣送使节团去往海外,购入其他各国的军舰、船只、武器、机械和书物,并调查其政治社会状况。

对于这个使节团来说,与荷兰语的通译官相比,带英语和法语的通译官前往会更加便利。但是,在稍早之前,英语和法语的学习都是被禁止的,因此能够成为通译官的人极少。此时被选中的通译官福泽谕吉(天保五年至明治三十四年,1834—1901)便是一位杰出的人物。他是九州丰前中津奥平藩的下级武士之子,但从少年时代开始,就讨厌那些争强斗胜、不合道理的事。他在二十岁的时候,去了长崎,这个当时日本向欧洲开放的小窗口。他在那里向当地的通译官学习荷兰语,随后进入幕末大阪最著名的荷兰学学者绪方洪庵的私塾,之后又前往江户,教授荷兰语。在佩里来航六年后的1859年,二十六岁的福泽谕吉去了多有外国人往来的横滨,试着用荷兰语与人交流,但他发现横滨几乎没有使用荷兰语的外国人。他于是改变志向,开始自学英语。

翌年,他作为翻译官加入了被派往美国的使节团。一行人在圣弗朗西斯科上陆,巡游各地,在旅途中,他买回了像《韦伯斯特词典》等许多书。翌年，他又加入了别的使节团，去视察欧洲各国。归国后，他出版了《西洋事情》一书。为此，他被视作西洋学代表性的存在，常常遭遇那些将幕府与西洋人视作仇敌的革命家武士的暗杀。

明治维新前一年的庆应三年（1867），幕府进一步向美国输送购买军舰和武器的使节，这一次，福泽谕吉也是作为翻译官随行的。他于当年六月归国，同年末开始创设私立学校，翌年四月将其命名为庆应义塾大学。这一年他仅三十五岁。

指导了明治维新，并成为明治政府中心人物的西乡隆盛、大久保利通是九州萨摩藩的下级武士，木户孝允、伊藤博文、井上馨是长州藩的下级武士。岩仓具视作为京都的宫廷公卿，也参与了维新运动。他们想让通晓洋学的知识阶层加入明治政府。福泽也接到了他们的邀约。但是，福泽谢绝了明治政府的邀请，并没有成为政治家或官吏，而是以大量著述出之于世。这些著作无一不成为人们理解欧洲和美国近代社会的指南，为众多读者读阅。人们习惯把那些讲述文明社会诸事的书总称为福泽本。他这一时期的著述，除了《西洋事情》之外，还有《雷铳操作法》《西洋旅行指南》《西洋衣食住》《穷理图解》（科学入门）《劝学篇》《英国议事院谈》《世界国尽》（世界地理），等等。其后，他还写了《文明论概略》，是他对近代社会的批判之书。福泽的思想中，多有英国边沁、穆勒的功利主义的成分。他在更晚的时候所写的《福翁自传》，直到今天，仍然是具有浓烈生命力的文学作品，堪称近代日本人自传体创作中的最大杰作。而从这些书中所得的巨额收益，福泽谕吉都将其投入到了他所创办的庆应义塾大学之中。

假名垣鲁文

在明治三年（1870），当许许多多的人将福泽谕吉介绍西洋的著述、中村敬宇的译著等作为新时代的启蒙书广泛阅读的时候，那些自江户时代而来的小说家和戏曲家却在面临着今后该写什么、该如何写的困局。在这革命和国内战争诱发的不安情绪持续发酵的十年间，几乎没有值得一读的文学作品，文人们也为生活所困。

在这些小说家之中，有一人，他是鱼店店主的儿子，就学于下级文人花笠文京门下，他就是假名垣鲁文（文政十二年至明治二十七年，1829—1894）。此时，他年已四十二岁。而他在出版首部著作之时，不过刚刚二十周岁，当时，他去拜访泷泽马琴，泷泽马琴当即为他写下了推赏的狂歌。假名垣鲁文的文风，并不属于大写浪漫传奇的马琴派，他显然受十返舍一九的影响更大。十返舍一九比泷泽马琴早十七八年去世，他所创作的旅行小说《道中膝栗毛》，反复讲述弥次与喜多二人在从江户途经京都去往大阪的漫长旅途中的滑稽的挫折。明治维新之前，他的作家生活并不引人注目，也并不愉悦。他起初只是商店的小伙计，即使是成为文人之后，也做着书信代笔、写广告文案的活计，还在旧货铺和药店兼职，生活得很艰辛。此外，陪伴有钱的文学爱好者们游乐，也是他生活的一部分。

而明治维新使日本社会为之一变。读书人争相阅读那些介绍西洋文化的福泽本，将其视作今后生活的依托。明治三年，假名垣鲁文试图将福泽的西洋指南类书物改写成幽默故事，该书以《（万国航海）西洋道中膝栗毛》为题，与前辈幽默作家十返舍一九的著书题名极为相似。书中充斥着从福泽谕吉的《西洋旅行指南》《世界国尽》《西洋衣食住》中所获得的知识，写的是与十返舍一九的作品主人公同名的弥次郎兵卫和喜多八，两个富商的随从，在去往英国博览会途中，发生在船中和港口的糟乱滑稽之事。

以旧手法写新风俗，并配之以插画，这种小说不管是在构造上还是在风格上都称不上考究，但是深受那些生活在新社会制度之中对旧生活抱有深厚感情的明治初期读书人的喜爱。福泽先生那稍嫌枯涩的学问，一经假名垣鲁文作品的幽默化处理，便颇合读书人的阅读趣味了。这本书也成为一个系列，续刊了第二编、第三编。这个系列所采用的出版形式，沿用了从江户时代到明治初年普通的小说出版模式，具有这一时期杂志和书物并不明确区分的时代特色。假名垣鲁文凭借这部作品的成功,成为具有代表性的流行作家。

明治维新后通货急剧膨胀,幕府时代的下级武士供职于明治政府,担任巡查一职,所得月薪为五日元,当时的一流流行作家假名垣鲁文,每写一本系列文稿,便可得十日元,尽管如此,生活也难以为继。鲁文作为流行作家,写一本书的稿酬也不过是一个巡查月薪的两倍。这一时代,职业是完全自由的,就像伊藤博文从下级武士一跃成为大臣。但是,一般的市民因为没有学问,是很难成为官吏的。官吏主要由旧时武士组成,是很有名誉的职业,收入也相对较高。假名垣鲁文本是鱼铺店主的儿子,因为有学问而想做官。他在东京通横滨的列车开通的次年,即明治六年(1873),移住横滨,成为当地县厅的官员。当时,他的月薪是二十日元,是他两本书的稿酬。

假名垣鲁文在横滨县厅负责教育方面的工作。三年前法律规定了新的小学制度,假名垣鲁文的职责便是启发民众,于是他开始在每一个村进行巡回讲演。一日,讲演之后,他在旅馆的公共澡堂入浴,听到两个村人在泡澡时讨论关于讲演的感想:"今天讲演的那个假名垣鲁文,是个什么人哪,名字怪怪的。"假名垣鲁文其实原本是他的笔名,他的原名是野崎文藏。明治政府制定了户籍法,在申报姓名的时候,他舍弃了原名,登记了这个意为"以平易的假名文字书写拙劣文章的人"的名字。另一个村人回答了他:"他是个有名的小说家呢!可是把教育工作交给小说家那样的下贱之人,将来我们的孩子肯定也要变成堕落的酒色之徒了。"

在蒸汽弥漫的澡堂,鲁文听到这些,匆匆逃出了公共澡堂,不久之后,他就辞掉了教育方面的职务。在他移住横滨后,他让妻子经营了一处旧报纸阅览所,以当时东京和横滨发行的两三种报纸为主。旧报纸因为数量少价格高,需要支付租金才能读阅。当时,横滨发行的名为《横滨每日新闻》的报纸,是当时日本首个日刊的报纸。鲁文在做官的时候,也会向报纸投稿。在辞官之后,他正式成为报社社员。他以幽默的笔致所写的社会纪事,为报纸的阅读增添了趣味。他发现,与小说家相比,报社记者的月薪会让生活更安乐一些。在这之后,他也依然会创作系列小说,当然,他主要还是一名报社记者。

第三章
外来文化与报纸杂志的诞生

黑本、新岛襄、克拉克

安政元年（1854），佩里和德川幕府之间约定在下田、箱馆两处开设通商港口，其后，俄罗斯、英国也缔结了同样的条约，安政三年（1856），初代美国总领事哈里斯到任。自此，那些派驻日本的外国人便可以在领事馆和公使馆所属的会堂举行基督教的礼拜和仪式了。

两年后的安政五年（1858），在纽约经营医院的眼科医生詹姆斯·柯蒂斯·黑本关停了他的医院，抱着医疗和传道的目的，和妻子一起，绕喜望峰进行长达一百七十日的航海之后，到达横滨。他早就有了向极东的地方传道的志愿。十九年前，他大学毕业刚刚结婚之后，曾经抱着同样的目的到达中国台湾对岸的东海岸城市厦门，并停驻过两年之久。在阅读了佩里返回美国后出版的关于极东之地的远征回忆《日本远征记》之后，黑本燃起了再次东渡日本的志愿。他从北美长老教会传教团那里取得了日本传道医的资格，并在这一时期到达日本。

横滨虽说是新的开港口，但到底不过是个小村子，住在这里的美国公使哈里斯很诧异于这个传道医的到来，几乎要认为他是乱来了。他为黑本夫妇借来了横滨附近神奈川村的成佛寺，让他们住在那里。不久，黑本的友人，曾在中国传道并等待机会东渡日本的宣教师塞缪尔·罗宾斯·布朗与医师西蒙兹一起来到了横滨，布朗和黑本住在同一个寺院。随即，又有三四名热心的宣教师来到横滨、长崎，开始研究日本人和日语。由于基督教的公然布教是被禁止的，他们只能先从教授外语的教育事业着手。而基督教被允许公开传道，是在他们来到日本约十年之后的1868年，即明治维新开始的庆应四年。

明治维新开始一年之前的庆应三年，黑本让日本青年岸田吟香（天保四年至明治三十八年，1833—1905）担任助手，完成了《英和·和英辞书》的原稿。当时，日本还没有金属的活字印刷机，黑本夫妇和岸田只得前往上海，在上海传道机关所属的汉字印刷所印制了辞书。由于没有假名的活字，他们又根据岸田所写的字体铸造了新的假名活字。在此之前，日本虽然也编过几种英和辞书，但都并不完全，而黑本所编的这部完备的辞书，在此后大约三十年间，都被作为最权威的词典，成为热心于吸收欧洲文明的日本学者和学生的必备工具书。

明治五年（1872），日本在东京和横滨之间首次开通列车，十四名各派的新教宣教师们集聚横滨，开办会议，制定了日译《圣经》的企划。这一工作的核心人物，就是黑本、塞缪尔·罗宾斯·布朗、丹尼尔·科洛斯宾·格林。布朗和黑本为了教授外语，在横滨开办学校，就学于此的松山高吉、奥野昌纲、高桥五郎、井深梶之助等日本人也助力了《圣经》的翻译。《新约圣经》的日译耗时八年之久，到明治十三年（1880）终于完成。这部日译《新约圣经》，在以往的文语体中或多或少地杂糅了可以反映日本人生活情感的俗语调，成为一种独特的文体。这部《圣经》的文体，随着基督教在日本知识阶层中的传播，间接地对日本文学产生了不小的影响。

在这些外国宣教师的弟子中，还出现了像植村正久、井深梶之助等有力的日本人基督教指导者。

明治八年（1875）十一月，一所名为同志社的学校在京都创立，创立者新岛襄此时年仅三十三周岁。他在幕末时期出逃海外，在美国的十年间，成了热烈的基督教信徒。此时，他作为教育者归国。熊本那些受美国人琼斯指导的青年大部分都加入了同志社，成了一股势力，此后，这些学生中又出现了许多基督教系的指导者，如横井时雄、金森通伦、海老名弹正、浮田和民、藏原惟郭、小崎弘道、德富猪一郎（又名苏峰，文久三年至昭和三十二年，1863—1957）、德富健次郎（芦花），等等。

次年的明治九年（1876），政府为了开拓北海道，在札幌创设了农学校，并让美国人威廉·克拉克担任指导。在克拉克教导的学生中，有一些像佐藤昌介、大岛正健这样优秀的人才。翌年，克拉克返回了美国，但他品格的影响力长久地留存了下来。在第二年入学的学生中，有两名少年，新渡户稻造与内村鉴三。他们后来分别作为日本的教育家和宗教家，对明治大正时期的知识分子产生了重大的影响。当时，基督教的思想火种就这样蔓延至日本各地。

岸田吟香

黑本的助手岸田吟香是一位极具汉学修养的青年。他在帮助黑本编纂辞书的过程中，精通了英语，并悉知了关于报纸的种种知识，而且，他也与佩里的译员约瑟夫·汉可成了好友。约瑟夫·汉可（滨田彦藏）原是渔师的儿子，十三岁的时候乘着渔船漂过太平洋到达美国，在那里接受教育。岸田在约瑟夫·汉可的帮助之下，于庆应元年（1865）创刊了《海外新闻》这一简易报纸。它作为日本最早的民间报纸，形式上还尚显稚嫩，每月会发行一两次，其内容以从英文报纸中翻译的政治经济新闻为主，为自此时活跃起来的横滨贸易商人们提供了新的知识。

该报是在岸田随同黑本前往上海印刷辞书之时废刊的。但是，他一从上海返回日本，就又在居留横滨的美国人瓦·里德的帮助下刊行了新的报纸《藻盐草》。稿件多是岸田所写，而后自己在木版上进行雕刻，这使得岸田成了日本新闻界的先驱。

随后，又有三四种报纸相继面世。同时，长崎人木本昌造还制出了活字印刷机。明治四年（1871），日本首个日报《横滨每日新闻》得以发行，小说家假名垣鲁文在辞掉官职之后加入的就是这家报社。

岸田吟香不断地掌握着新的知识，也不断投身于新的事业。他在新潟发掘石油失败以后，又尝试用汽船在东京与横滨之间输送货物旅客，后因为火车的开通而失败。原为眼科医生的黑本为了答谢岸田在辞书编纂过程中的努力，赠送给他一个新的眼药处方。于是岸田在东京繁华街银座开了药店售卖这种眼药，自此终于过上了安定的生活。明治六年（1873），岸田在经营药店的同时，又成了当时东京最大的日报《东京日日新闻》的报社社员。这个报社就在岸田药店近旁的银座四条的拐角处。作为报社记者的岸田，凭借其广博的知识和秀逸的文章崭露头角。药店从江户时代以来常常被文字工作者作为副业，但岸田是最后一人了。

初期的报纸

这一时期，东京发行量达到五千到一万的报纸，就有四种。分别是《东京日日新闻》《朝野新闻》《邮便报知》《读卖新闻》。这些报纸聚集了两个系统的记者。政治评论家多是武士出身，特别是像栗本锄云（文政五年至明治三十年，1822—1897）、成岛柳北（天保八年至明治十七年，1837—1884）这样原属幕府武士，对明治政府持批评态度的人。另有像福地樱痴（名为源一郎，樱痴为号，天保十二年至明治三十九年，1841—1906）这样与福泽谕吉齐名、翻译官出身并具有丰富海外知识的人。而社会性事件的报道和风俗娱乐的书写，则是由鲁文这样从江户时代过来的小说家来做的。

假名垣鲁文在明治七年（1874）以后做了《横滨每日新闻》的记者，到明治八年，他得到一位出版业者的援助，在东京创刊了《假名读新闻》这一日报，并成为主编。月薪四十日元，是原来巡查和小学教员这样最低层收入的十倍。该报的发行量达到五千份，他每天都会到报社进行报纸的编辑工作，将下属搜集到的新闻写成纪事。不只如此,他还坚持创作小说并将其以书物的形式进行出版。作为小说家,他也是当时最著名的人物。这一时期鲁文的生活,已与那些为有钱的艺术爱好者捧场,在座席之间为他们助兴的江户时代的小说家迥然不同。而且,他此时也没有了经营药店和古董店的必要。他的生活安定,身边聚集着诸多弟子和一些期望从事文字工作的人,他新文坛中心人物的地位至此已无可动摇。

在这些报纸上发表政治评论的人,如《邮便报知》的栗本锄云、《朝野新闻》的成岛柳北、《东京日日新闻》的福地樱痴等,是幕府时代终结之时的学者,同时他们也都具备新的知识。锄云和柳北精于汉学,是汉学系第一流的人物。樱痴精通英文和外国诸事。他们因为种种理由不屑去做明治新政府的官吏,而成了新闻界的指导者。他们常常在报纸上对当时那些政府的中心人物以及政府诸政策进行毫不留情的批判,致使起初还鼓励报纸的政府最终也开始压迫报纸的活动了。

假名垣鲁文主办的《假名读新闻》几乎不载政治评论,而是登载一些关于街巷传言、剧场和花柳界的评论,因此并没有成为弹压对象。而那些江户时代有才华的小说家,便成了这种被称作小报纸的报纸记者。其中,著名的有高畠蓝泉(天保九年至明治十八年,1838—1885)、前田香雪(天保十二年至大正五年,1841—1916)、条野采菊(天保三年至明治三十四年，1832—1901）、染崎延房（文政元年至明治十九年，1818—1886），等等。这些作家周围也各自聚集了大批年轻的弟子，他们有些成了小说家，有些成了报纸记者。

而假名垣鲁文的弟子尤其多，达到三十名。鲁文按着"忠臣藏"四十七义士的数量，以收满四十七名弟子为目标，并为新入门的弟子赐予了与自己名号形式相同的雅号，即蟹垣左文、荒垣痴文、色垣奴文、藁垣苧文、歌垣和文，等等。

他门下有才能的弟子加入了《假名读新闻》，在他的率下工作，也有人去了别的报社工作。前田香雪与高畠蓝泉身边也聚集了一些弟子，但是，他们二人文章和小说的写法在本质上依然是传统的，所以并没有产生新时代所需要的新作家。在这个系统的作家中，仅有高畠蓝泉的弟子饗庭篁村（又名与三郎，安政二年至大正十一年，1855—1922）和假名垣鲁文的弟子斋藤绿雨（又名贤，庆应三年至明治三十七年，1868—1904）二人，活跃于此后的明治文坛，其他人因学习他们老师旧式的写作方法，无可选择地沉没于随后兴起的新文学时代。

柳北与抚松

在明治八年（1875）到明治十八年（1885）的十年之间，

最著名的文人，除了小说家假名垣鲁文之外，还有随笔家兼评论家的成岛柳北（又名惟弘）和服部抚松（名为诚一，抚松为号）。这二人均为武士出身，尤其是成岛柳北，是江户幕末代表性的史学家，他的祖父司直是幕府的正史编纂家，因编辑德川家的大历史《德川实纪》五百卷而为人所知，其父稼堂是《源氏物语》的汉诗译文《紫史吟评》的著者。柳北从少年时代开始便展现出了在汉诗和汉文方面的卓越才能。在江户幕府终结之时，他因批判政治上的停滞而地位尽失。他在失意时学习了英语，掌握了新的知识，他的才能后来得到了幕府的认可和起用，幕府让他担任欧洲式步兵骑兵训练所的长官，并给予他相当于大藏次官[1]的尊崇地位。到了明治时代，他始终坚持在野的立场，并得到游历欧洲的机会，归国之后的明治七年（1874），成为东京创刊的日报《朝野新闻》的社长。

在柳北二十岁尚为幕臣的时候，他像当时的青年们一样，也常常流连于柳桥的勾栏酒肆，与艺伎冶游。他将关于艺伎生活、风俗、恋爱的见闻，写成了汉文随笔《柳桥新志》，以木版本发行。这本书在读书人中大受欢迎，以至于到了明治维新以后，仍有盗版屡屡出现。

在明治七年成岛柳北做了《朝野新闻》社的社长之后，

---

[1] 大藏次官："大藏"即"朝廷的仓库"之意，主管日本财政、金融、税收，大藏次官协助大藏大臣工作。

便出版了《柳桥新志》的第二集。在这本书中,他描写进入明治时代之后柳桥旧时纯粹的失落,讲述因幕府崩坏而失去收入的武士之女卖身为艺伎的故事,讽刺那些转身做了明治政府的高官便来消费她们的萨摩和长州的乡下武士,以及那些依靠副业勉强糊口的贫穷的京都旧朝臣。

这一时期的读书人中,有许多能够阅读汉文的旧武士。他们很多人失去了原有的地位,生活在失意之中,因此非常喜欢柳北精妙的讽刺文学,并乐于评论。柳北在他的书中、在《朝野新闻》上发表评论,屡屡批评讽刺明治政府的要员,慢慢为明治政府所敌视忌惮。

服部抚松(天保十二年至明治四十一年,1841—1908)原是福岛县二本松藩汉学塾的教师,他来到新都东京,想要找一份工作。但他生得丑陋,说话又带着口音,比起跟他人一起工作来说,凭借自己唯一的汉文特长去描写新时代的世相风俗显然要更适合一些。他以幽默的汉文调描写进入近代化的东京的生活,并不时配上一些肉感的插话,以此结集出版了《东京新繁昌记》一书。这本比成岛柳北的《柳桥新志》更加通俗的书,赢得了创纪录的销量。服部抚松接着又出版了第二集、第三集,获得了巨额收入,过上了流行作家一般的奢侈生活。

抚松因为《东京新繁昌记》热卖而勇气大增,开始企划着自己做出版业,明治九年(1876),他创刊了汉文与日文混杂的杂志《东京新志》，每月刊印三次。他成功了。同时，他又发行了同系列同形式的杂志《花月新志》。假名垣鲁文在做报纸编辑的同时，也刊行了《鲁文珍报》这一杂志。而且，在这些杂志中，有一种杂志与柳北和抚松不同，它并无任何文学方面的意图，只作为讽刺杂志发行，那就是石井南桥、田岛仁天（嘉永五年至明治四十二年，1852—1909）等人执笔的《团团珍闻》。该杂志主要以插画、狂歌、狂诗、讽刺文等文体批评世相，为世人所喜，得以大卖，并长期不断刊行，是这类杂志的代表。这些杂志和报纸以自由平等为原则创刊，因为批判那些逐渐走向僵滞的专制政治的明治政府的方针，政府不久之后便开始了对这些大众传媒的弹压。

《明六杂志》

在近代的意义上，最早的评论杂志当属明治七年（1874）创刊的《明六杂志》，它是明治六年所创明六社的机关杂志。明六社的社员都是那个时代第一线的学者以及具备新知识的政治家和官员，他们拥有引入西洋文明并建设新日本的积极思想。

之前所说的福泽谕吉和中村敬宇都是明六社的核心人物。该社的创立者是森有礼，他积极学习英美，后担任文部大臣之职，却因过于奉行欧化主义而被厌憎乃至暗杀。此外，从幕府时代就学习德语，并研究其社会制度的加藤弘之也是该会的会员，加藤后来成了东京大学的总长。在这些会员中，津田真道（文政十二年至明治三十六年，1829—1903）和西周（文政十二年至明治三十年，1829—1897）都曾在作为德川洋学研究所的开成所教授荷兰语，并在幕府末期前往荷兰游学。其中，西周的才能尤为卓越，他曾为将军德川庆喜教授法语，并担任幕府外交文书的翻译工作。而且，津田和西周二人曾遵从幕府的命令，研究立宪政治的构造，以应对当时发生的颇成气候的社会变化，但因为不久后开始的明治维新，他们的准备也成了徒劳。

明治维新之后，西周被新政府招徕，从事西洋式军事制度的组织工作。同时，他也在自己家中开办私塾，试图在日本创建新的学问体系。他的讲义以《百学连环》（各种学问的勾连）为题名出版。他将地理学、数学、法学、经济学、物理学、文学等各种欧洲的学问全盘介绍了过来，并与中国和日本的学问相结合。可以说他在日本起到了法国近代启蒙时代百科全书式的巨大作用。但是，他过于广博的学问在写入书中之后，并没有像福泽谕吉的入门书那样简明易懂，因而他的书也就没有福泽本那样广为流传了。

西周在《明六杂志》第一号的卷首，论述了用罗马字书写日语的方法。而且，明六社的社员们也会在《明六杂志》

上探讨形形色色的问题，他们会论证日本设立议会制度的必要性，探讨代议员该以何种方式选出，建议破除艰涩难懂的汉文体而以假名为主的易懂新文体写作，介绍农作物科学栽培的方法，强调废除日本上层蓄妾习惯的必要。

这个杂志作为新知识的源泉和新生活的指南赢得了社会的尊敬，并收获了许多读者。

故而，明治初年的日本读书阶层大致可以分为三类。第一，是阅读《明六杂志》和福泽本的进步的、信奉文明开化主义的人；第二，是对明治时代冷眼以观的汉文爱好者，他们爱读成岛柳北讽刺新政府的汉文和服部抚松略带色情意味的批判风俗的汉文；第三，是那些用假名垣鲁文和他的小说家同好所写的通俗小说、报纸戏言和花柳界传闻打发时间的人。

第二个种类的文章以刊载于报纸上的政治批评和社会批评为主。报纸评论都是文语体所写，这种文体尤其长于写作那些形式的、概念的、具有攻击性的文章。明治新政府的政治不能说是成功，地方官员以威压的态势支配民众，收取比德川时代更重的税金。那些在幕府崩解后没能获得高地位的旧武士出身的知识阶层，在读了福泽谕吉和中村敬宇的书之后，理解了其中人人平等的观念，意识到这是个主张国民自由与权利的时代，于是他们集中煽动民众对于威压政治的不满，并在各地发起了反乱。而报纸和杂志中发表的政治评论，成了这种反乱的依据，并且，其中也出现了呼应反乱指导者，并在意识形态上攻击政府的报纸。

明治政府起初因报纸有利于新的文化意识在民间的推广而对其予以鼓励,但随着报纸批评力度过猛,他们感到了困扰,因此,为了抑制报纸活动,政府于明治八年制定了"报纸条例"和"谗谤律"这两条法律,以罚款、入狱为惩处手段禁压报纸的批评活动。

报纸记者为了抗议而团结了起来,《东京日日新闻》的社长、与福泽齐名的著名英学家兼评论家福地樱痴和他属下最有才能的记者岸田吟香,大报《邮便报知》的代表人物藤田茂吉,《曙新闻》的政治评论家末广铁肠(又名重恭,嘉永二年至明治二十九年,1849—1896),最为激进的报纸、煽动自由民权革命的《评论新闻》的横濑文彦等人集结起来,撰写了抗议文和质问书,后由岸田吟香把这些文章集中起来,提交政府。

这两条法律的出台,也给《明六杂志》的成员造成了冲击,他们举行集会进行商议。他们中虽然也有像福泽谕吉那样持自由立场的人,但其中有八成是大学教授或官员,与政府直接关联,因此,最终由福泽宣布了这一杂志的废刊。《明六杂志》发行时间约有两年,发行册数达四十三册,在其废刊以后,政府开始了对其他报纸杂志的公然镇压。

同年一月,《朝野新闻》的社长成岛柳北的《柳桥新志》第三集被禁止发行,随后的二月,末广铁肠因在柳北的《朝野新闻》上发表攻击官员的文章而被起诉，柳北作为社长遭受连责而被一同起诉。诉讼的结果是柳北徒刑四月罚金百元，铁肠徒刑八月罚金一百五十日元，柳北和铁肠二人就此入狱，关押他们的，正是前一年末锻冶桥旁刚刚建好的近代式十字形二层牢狱。在他们入狱的同时，另有二十七名报纸记者和投稿人也被投入这座牢狱，他们的刑期长则三年，短则一月。

"报纸条例"和"谗谤律"的出台，使得许多报纸压缩了政治批评的内容。但是，住在柳北对面的牢室的横濑文彦主办的《评论新闻》和加藤九郎主持的《采风》，并不惧怕罚金和入狱，而在继续攻击政府。和柳北一同入狱的报纸记者中，有十五人便属于这两大报纸。他们在这两三年之间，不断地写关于各地发起的煽动失业士族、穷困农夫的反乱的评论。明治维新的最大功臣，因反对当时政府中心人物大久保利通、岩仓具视、伊藤博文等人的方针而引退鹿儿岛乡里的西乡隆盛在那里开办了私立学校。许多狂热的青年聚集于此，《评论新闻》号召那些青年开创新的革命局面。该报记者入狱之后，源源不断的相同思想的政治青年作为记者加入，去坚持抵抗政府的镇压。这些青年以所缴罚金的金额和入狱次数自夸，自称是自由民权的志士。

政府最终出台了禁止报纸发行的法律，明治九年（1876）七月，《评论新闻》停止发行。

当时，也就是从明治九年开始，熊本的神风连之乱、秋月藩士之乱、萩市的前原一诚之乱等各种反乱陆续发生。明治十年（1877）二月十五日，西乡隆盛和围绕在他周围的政治青年们在鹿儿岛发起反乱，那是明治政府成立以来最大的反乱，被称为西南战争。反乱军都是些勇武的旧武士，他们已经打入熊本，但最终仍被政府军镇压。政府从数年前开始，就发布征兵令，征募商人、农民、工人子弟进行训练，并装备以新式武器，以代替作为职业军人的世袭武士。西乡因其人格魅力获得了任何一个政府官员都无法企及的尊敬，他的周围也聚集着一大批勇敢的青年，但是，西乡的军队在经历了七个月的战争之后，依然惨败于装备精良的政府军，西乡也自杀了。此次战争耗资巨大，以致引起了经济界的通货膨胀。但是，明治政府在此次战争之后，进一步确信了自己的实力，具备了安定的基础。

第四章
报纸的发达与文学

政治小说

这一时期，报纸有两种类型。一种是像福地樱痴、岸田吟香的《东京日日新闻》、成岛柳北的《朝野新闻》，以及日后成为著名政治家的年轻记者尾崎行雄和犬养毅所属的《邮便报知》等，主要致力于政治评论，报纸版面也较大，因此成为大报纸；而假名垣鲁文编辑的《假名读新闻》、饗庭篁村所在的《读卖新闻》等，基本不发表政治评论文，主要登载一些市民生活的新闻故事、戏剧批评、关于艺伎演员的动态和评论，因其短小的形式而被称为含有轻蔑意味的小报纸。相应地，小报纸受到的政治弹压也比较少。在西南战争期间，随着市民对报纸的关注度增大，报纸的发行量也增多了。明治十三年（1880），《东京日日新闻》的发行量为一万五千份，《读卖新闻》达到大约两万份，其他的报纸的发行量也保持在五千到八千左右。一般而言，小报纸比大报纸的发行量要更多一些。

从这一时期开始，报纸的内容也有所变化。假名垣鲁文、高畠蓝泉、饗庭篁村等人是将新闻当作故事，累积数日再一并写出，这样一来，读者事实上是将其当作小说去读的。他们还配以木版插画，力图将这种新闻故事写得更加有趣。其中有些内容在报纸上登载之后，又重新以单行本的形式出版并得以大卖。渐渐地这种故事脱离了新闻而变成了创作，并配之以插画，以每天两段的分量作为创作小说在报纸上连载，这种连载有时有三十回，有时则会连载百回乃至二百回。这种在报纸上连载小说的习惯，就是源于日本，并一直持续至今。在报纸上连载通俗小说，而将严肃的纯文学类小说刊载于杂志，或以单行本的方式发行，这种小说的发表形式，便是源于此时。

另一方面，那些以往撰写政治评论的武士出身的报纸记者，很难再去写直接的政治批评文了。但他们文笔老练，于是转而写起了述说外国和未来社会的政治小说。如宫崎梦柳（安政二年至明治二十二年，1855—1889）以19世纪末俄罗斯革命运动为题材所写的《鬼啾啾》，将亚历山大·仲马描写法国革命的小说《一个医生的回忆》进行改编的樱田百卫（安政六年至明治十六年，1859—1883）的《西洋学潮小暴风》，《邮便报知》的主笔矢野龙溪（嘉永三年至昭和六年，1851—1931）自希腊史取材所写的《经国美谈》，东海散士（又名柴四郎，嘉永五年至大正十一年，1853—1922）描写美国、爱尔兰、西班牙的政治运动家们同日本政治志士之间交际与恋爱的《佳人之奇遇》，末广铁肠勾画出日本未来社会梦想的《雪中梅》等等，都是这类政治小说的代表之作。这些作品的创作时间主要集中在明治十三年（1880）到明治二十三年（1890）之间，这是因为当时的知识青年们都怀揣着成为政治家的梦想。但是，这些文章都因汉文调而难免生硬，叙述又过于形式化，且无视作品中人物的个性，表现出了试图将理想论强加给读者的倾向，因此，其中并未能产生伟大的艺术作品。

中江兆民

从表面上看，人们对明治新政府的不满，主要体现在那些反感新政府的旧武士和因过重的税金而失去生活方向的农民的反叛上。但是，在西南战争结束以后，许多人积极探讨设立民主主义议会的必要性，这逐渐成为政治运动的形式。明治十四年（1881），明治政府迫于这一运动的压力，在明治二十三年（1890）确立了由民选议员召开议会的公约。在这一公约确立之后，自由党和改进党随即成立。自由党的中心人物是板垣退助，而改进党则以大隈重信为中心。这二人在明治维新中都居于中心，与西乡隆盛、大久保利通、伊藤博文一样，属于重要人物。但是，因大隈出身于九州佐贺藩，而板垣出身四国土佐藩，这两地在维新当时力量相对薄弱，明治政府的重要地位均由像大久保利通这样的萨摩藩士和山县有朋、伊藤博文、井上馨这样出身长州的人所占据，因此，板垣和大隈便被排挤在政治中心之外。因此，围绕在他们身边的政治青年们并没能获得出世的机会，而只能将侧重点转向政治评论。政治小说《经国美谈》的作者矢野龙溪《雪中梅》的作者末广铁肠等，都是大隈重信身边的政治评论家。以大隈为中心的改进党的核心思想，就是近代英国式的功利思想，这种思想的确立，受到了福泽谕吉和中村敬宇的书物的影响。而大隈自己在青年时代，曾在继布朗和黑本之后来到长崎的传教士费尔贝克的私塾学习政治法律的初步知识，这也影响到了他的思维方式。

板垣退助出身的四国土佐藩，自明治维新以后，便出了许多狂热的理想主义政治家和思想家，板垣自身则是一位几乎并无明确思想倾向的首领。他所组织的自由党的政治理论，是由从法国归国的中江兆民（又名笃介，弘化四年至明治三十四年，1847—1901）所引领的。中江兆民是土佐藩的良才，十九岁时，受命前往长崎游学，学习了法语。明治维新之后，他曾在福地樱痴的私塾担任过短期助手，明治四年（1871），他在二十五岁的时候，前往法国留学，学习法国革命之后的社会主义思想。而后来担任总理大臣并成为元老级人物的西园寺公望出身公卿，是在比中江早一年的1870年巴黎公社成立翌日到达法国。中江在三年后的明治七年（1874）回到日本，就任官立外国语学校校长，但他的率直让他难以忍受官员那种完完全全按照职务要求生活的模式，加之他又是一个理想主义者，于是他选择了辞职。在辞官以后，他开设了自己的私塾，讲授法语和社会主义思想，其影响在政治青年之间广为传播。中江被视为这个时代最具有理论性的自由民权思想家，被称为"东洋的卢梭"。中江兆民将卢梭《社会契约论》中的要点译成了汉文小册子，命名为《民约译解》发行。并且，他还翻译了维隆的《美学》，并以《维氏美学》为题名出版，成为知识阶层重要的指导书。板垣的自由党的政治理论，就是以中江的理论为中心创制的，自由民权一词成为他们的信条，比改进党的思想更具有革命性倾向。

大隈和中江的思想，以及此前反叛政府的西乡隆盛、大隈的前辈江藤新平等人的思想，并不能说是全然受到了欧洲思想的影响。毋宁说，是欧洲式的思维方式，对生长于传统儒教和神道思想中的武士的思维方式进行了理论化的改造。因而，这些知识阶层的思想，有些人是传统思维方式与法国思想的结合，有些则是与英国思想的结合。日本基督教徒的精神构造，也是基于日本人传统思维方式之上的对基督教爱的思想的接纳。

西园寺公望

西园寺公望在明治三年（1870）到明治十三年（1880）这十年之间居于法国。在此期间，他先从索邦神学院毕业，并与许多社会思想家和文人进行交际。他和中江兆民一样，都怀揣着激进的自由思想，于三十岁时回到日本。西园寺公望出身于京都宫廷时代高位公卿德大寺家，并继承了同为公卿的西园寺家。明治维新战争期间，年仅十八岁的西园寺公望为公卿中极有权势的革新派政治家岩仓具视所赏识，并提携他任一军团总督。这让他在十九岁时便一跃成为新政府大臣。

西园寺公望在归国次年，即明治十四年（1881），在板垣退助的自由党和大隈重信的改进党成立之前，便与在法友人中江兆民、光妙寺三郎等人一同创刊了《东洋自由新闻》，并担任社长之职，且在创刊号上登载了激进的自由主义论。这一事件让政府震惊。年轻有为，在维新当时就已身居高位，且作为公卿子弟的西园寺公望，与革命思想政治家们站成一队发表改革意见，政府担心是不是出现了第二个西乡隆盛。有些军人甚至提议暗杀西园寺。西园寺的兄长德大寺实则此时任职宫内大臣，岩仓具视通过德大寺写信给西园寺，并于信中忠告他，天皇反对他任《东洋自由新闻》社长一事，希望他能退社。西园寺最终听从兄长劝说退社，该报也在三十四号出刊之后便废刊了。

福泽的《时事新报》

这一年，福泽谕吉受井上馨和伊藤博文的委托，开始筹备《官报》的发行。但井上因推定福泽加入了大隈重信的改进党，这个话题便没能进展下去。由于福泽已经做好了报纸发行的准备，便于次年的明治十五年（1882）以一己之力发行了《时事新报》。他很注意在报纸上发表中立公平的意见。在那些过度攻击政府的大报纸和只刊载娱乐新闻的小报纸之间，这份报纸的意见显得更为妥当。而且，他自己也是受到这个时代知识阶层最大信赖的人物，这使得《时事新报》很快就成了发行量达到万份的稳定大报。

在福泽谕吉发行《时事新报》的这一年，伊藤博文为了八年后实施的议会政治进行宪法研究，前往了德国。此时，他四十二岁。这是他第四次海外旅行。伊藤是长州最下级的武士之子，在二十三岁时便借用他所在藩的公款远渡英国，开始了为期一年的游学。维新之后，他作为政治家有过两次视察旅行。在政府高官中，他是最贤明，也极富现实判断力的人。在伊藤博文为了研究宪法出国的时候，西园寺公望也与他同行。政府让伊藤和西园寺向德国求取宪法的样本，这也是后来日本的政治形式呈现出德国风格的原因。因而，日本的政治，呈现出了议会虽然存在，但是天皇仍然拥有绝对的地位，并以此限制国民政治权利的倾向。

就像是追随伊藤博文一般，自由党的领导人板垣退助于同年为了研究议会政治也前往了法国。在他出发之前，比福泽的《时事新报》晚三个月，他的自由党创刊了作为机关报纸的《自由新闻》。板垣在法国作为民主政治斗士拜见了当时的大作家维克多·雨果。此时，板垣四十六岁，雨果已年过八旬，是个衰弱的老人了。雨果应板垣所求，给了他许多忠告，并告诉他，如果想起到造就国民政治思想的作用，可以翻译自己的小说并连载在板垣的报纸上。板垣和他的随行人员除了雨果的作品之外，还搜集购买了许多描写政治问题的小说回国。

翻译小说

政治小说的翻译或改编，此前在日本就已有不少人尝试了，即便原作并不是政治小说，他们也会强化其政治意味进行翻译或改编。板垣带回的雨果的作品，经在报纸上翻译连载，渐渐引起了日本文人的关注。当时，日本旧小说的写作方法令人窒息，假名垣鲁文也已经很难找到新的题材了，而且，评论家们所写的政治小说也并没有深入撼动读者人性的力量。希望读到新时代的新小说和新诗的愿望，在青年中间发酵，与日俱增。而最受这一时期青年喜欢的新的、有趣的小说，当属四十年前出版的英国布尔沃-李顿《欧内斯特·马尔特拉弗斯》的译文。这部小说是由丹羽纯一郎翻译，在明治十一年（1878）以《（欧洲奇事）花柳春话》为题出版的。此外，开成学校的学生坪内雄藏注意到，以恋爱问题为中心的英国小说颇受读者欢迎，于是翻译了沃尔特·司各特的《湖上夫人》和《拉美莫尔的新娘》，并以《春江奇缘》和《春风情话》为题出版。但是，作为学生的坪内并未能署自己的名字，而是假借服部抚松或橘显三等前辈文人的名字出版的。

第五章
新文学的开拓者

坪内雄藏

明治九年(1876)九月,年方十八岁的坪内雄藏(安政六年至昭和十年,1859—1935)从名古屋英语学校毕业,进入了开成学校。他从少年时代开始就是个读书狂,他遍搜名古屋的旧书店,读了许多江户时代的小说。而且,名古屋是一个戏剧非常繁盛的地方,在这里,他惯看歌舞伎,很擅长模仿艺人表演。他在上京接受开成学校考试的时候,立志要成为假名垣鲁文的弟子并学写小说。但是,由于生病,加之住进开成学校的宿舍并忙于与新朋友交际,他错失了拜访鲁文的机会。开成学校的学制是七年,在他二年级的时候,开成学校更名为东京大学。坪内于明治十二年(1879)进入该大学的本科政治系，并跟随英国教师进行乔叟、弥尔顿、莎士比亚等古典文学的学习。但是，跟他同级的学生在专心阅读譬如沃尔特·司各特、爱伦·坡、布尔沃-李顿等更新的英美文学。坪内在这些学友的推荐之下开始阅读英文小说，将其与自己所熟知的马琴、为永春水等江户文学加以比较，并与学友进行探讨。在他的学友中，便有冈仓天心（又名觉三，文久二年至大正二年，1863—1913），他写作了以英文对日本美术及东洋文化展开一般性论述的著作《东洋的理想》和《茶之书》。

当时，刚从哈佛大学毕业、才华横溢的年轻教师芬诺洛萨也来到了东京大学，芬诺洛萨在该校讲授政治学、经济学、哲学史、美学等课程。在此期间，他被日本的美术所吸引，开始致力于日本美术的研究。擅长英语的冈仓由此接近了芬诺洛萨，并帮助他进行研究。而不擅长英语会话的坪内却很难充分理解芬诺洛萨的讲授，以至于明治十四年（1881）六月，在进入大学最后课程的前一年，他因政治学的考试成绩不合格而留级了。在此之前，他是享受政府学费补助的，但因为留级，他失去了这个待遇。于是，他在自己寄宿的屋子里开设了针对应考生的私塾，同时靠翻译维系着大学生活。

《新体诗抄》

明治十五年（1882），位于东京大学一隅的文部省编纂所（编纂文部省发行的教科书、翻译书的地方）中，二十八岁的井上哲次郎（安政二年至昭和十九年，1856—1944）就在这里工作。他从明治十三年（1880）于东京大学毕业之后便在此编纂东洋哲学史了，到了明治十五年，他开始兼任大学的助理教授，并教授哲学史课程，他也很擅长作汉诗。在明治十五年三月的某一天，留学美国的植物学教授、三十二岁的矢田部良吉（嘉永四年至明治三十二年，1851—1899）来访编纂所，拿着一份译稿向井上求教。那是《哈姆雷特》中"生存还是毁灭"一句之后数行的译文，是七五调韵文的形式。当时盛行的日语诗，有和歌和俳句两种，除了这两种类型之外，自《万叶集》以来，也有七音节或五音节反复吟咏而成的更长诗型即长歌，但长期以来这种形式并不流行，而且长诗在很多场合常以汉诗的形式出现。在外国诗的翻译和诗的创作中使用七音节和五音节的反复，在当时来说是一个新的尝试。

当时的汉诗人井上哲次郎认为矢田部的试译很有趣。得到井上赞许的矢田部良吉不仅以同样的诗型进行翻译，也开始尝试诗的创作。不久之后，矢田部的同事、心理学教授外山正一（嘉永一年至明治三十三年，1848—1900）也同样试译了五七调的诗并向井上哲次郎求教。井上对他们二人的尝试很感兴趣，于是自己也开始尝试新诗型的创作。

外山正一是作为幕府时代的留学生跟随中村敬宇前往英国的。他在伦敦所学的教科书中，选入的都是莎士比亚、金斯莱、坎贝尔、丁尼生等人的诗作，外山试着将这些英文诗译成了新的诗型，并进行新诗的创作。这二人将他们新形式的译诗和创作诗集结起来，于同年八月在著名的图书进口出版商丸善那里出版了诗集《新体诗抄》。

《新体诗抄》作为中小学所教欧式歌曲的歌词，很快便广为流传了。这种诗虽然在技巧上有许多粗陋的地方，但它不像汉诗那么难解，也没有和歌俳句固守的那种无意义的规则，谱上曲子，可以吟唱，没有曲子，也能朗诵，因此这种新诗在青少年中极受欢迎。

但是，这三人的尝试不能称之为最早的新体诗。从明治七年（1874）开始，基督教的赞美诗就以同样的七五调韵文的形式被翻译了过来，在这部诗集出版的明治十五年（1882），新教牧师植村正久（安政四年至大正十四年，1858—1925）也以新体诗的形式翻译并发表了《哈姆雷特》的部分内容。此外，三年前的明治十二年（1879），自由党的政治评论家植木枝盛（安政四年至明治二十五年，1875—1892）创作了俚谣形式的新体诗《民权田舍歌》，适合政治家进行合唱。

逍遥的《当世书生气质》

明治十六年（1883）七月，坪内雄藏二十五岁，比预期晚一年从东京大学毕业，成为文学学士。他在学期间，教授英国文学的英国教师在考试中出了这样一道题目：请评价《哈姆雷特》中乔特鲁德王后的性格。他根据儒教道德中善恶评判的标准，写下了评论乔特鲁德性格特征的答案，却得了很低的分数，这让他意识到，他必须重新思考文学作品中的人物性格。于是，他从与泷泽马琴所代表的儒教道德全然不同的立场出发，思索怎样以心理学的唯实论去解释人性，并开始了大量的阅读。在他阅读的书中，就有数本莎士比亚的注释本，也有一些东京大学图书馆引进的譬如《双周刊评论》《论坛》《当代评论》这样的杂志。他搜集阅读这些杂志上登载的文学评论，并将其中与自己思考相关的部分做了笔记。他的笔记渐渐多了起来，成为一种小说理论的雏形。而且，此时他也尝试着翻译了李顿和司各特的作品，手头多少有了一点资金。

在大学毕业的这一年，坪内成了明治十五年（1882）由大隈重信所创办的东京专门学校（后来的早稻田大学）的讲师。坪内在大学毕业两年之前的明治十四年（1881）就开始翻译莎士比亚的《尤利乌斯·凯撒》了，十六年（1883）一月完成。他的译文是在明治十七年（1884）五月由东京专门学校提案者之一的小野梓所经营的东洋馆书店出版的，题名为《自由太刀余波锐锋》。在此之前，虽已有几部莎士比亚作品的日译本，但那毋宁说是一种改编，它们并不忠实原作。坪内的翻译在忠实原作的基础上，将歌舞伎台词的形式巧妙地移用到了莎士比亚的作品中，被评价为日本文学作品中首次出现的真正的翻译。

明治十八年（1885）四月，这一译作出版的次年，坪内雄藏和出版屋晚青堂签订了契约，开始写起了小说。小说的题名为《（一读三叹）当世书生气质》。这部小说按照当时的习惯分册出版，第一册是在这一年的六月问世的。自此之后，坪内雄藏便开始使用坪内逍遥这一笔名了。

在这部小说中，坪内只描写了明治十五年东京大学十位学生的故事。这十人中，有人偶遇成为艺伎的少年时代女友，并因与其相恋而苦恼；有人溜出学校宿舍宿于花街柳巷，钱财用尽只能等着相熟的学生前来相助；有人把从朋友那里借来的参考书当作担保抵押了出去，终于弄丢了。坪内就是像这样将自己和他的朋友们现实体验的学生生活中许许多多的场面拼合起来，写成了这部小说。

这一时期，沿袭江户文学系统的文学创作几乎全部陷入了停滞。《柳桥新志》的作者成岛柳北于前一年的明治十七年

（1884）去世；而他的竞争者汉文随笔家服部抚松因能够读懂汉文的读者越来越少，其杂志陷入滞销，服部本人也几乎停止了所有的文学活动；假名垣鲁文在明治十七年的此时，已满五十六了，他已经失去了创作能力，于是做了《今日新闻》的主编，仅仅作为一个新闻工作者活着。

在明治初期文学陷入停滞状态之时，作为东京大学极少数被授予文学学士学位的毕业生，坪内是具有很高的社会地位的，而他进行小说创作，也就颇具感染力了。此时，社会仍然普遍认为，凡是描写男女恋爱的小说，都是那些町人出身的下级文人和堕落武士写的。因而，文学学士坪内写小说一事，让那些社会指导者颇为震惊，也颇感不满。被视为新思想代表的福泽谕吉也曾这样批评坪内："堂堂文学学士去写小说，成何体统。"此语在当时广为流传。但是，坪内的小说用英语生动地描写出了学生生活的幽默，因而很受书生们的欢迎。而这本书最狂热的阅读者，还要数东京大学坪内的后辈学生们。

在这部作品第三册完成的明治十八年（1885）九月，东京大学的预科一年级迎来了夏目金之助（后来的漱石，庆应三年至大正五年，1867—1918）、山田武太郎（后来的美妙，明治一年至明治四十三年，1868—1910）、正冈升（后来的子规，庆应三年至明治三十五年，1867—1902）等人，而尾崎德太郎（后来的红叶，庆应三年至明治三十六年，1868—1903）、川上亮（后来的眉山）、石桥助三郎（后来的思案）等人则比他们高一届，当时，他们还都是十八九岁的年纪。

这些文学爱好者阅读他们的前辈坪内逍遥的《当世书生气质》，并在这种更新了假名垣鲁文的写作方法，以幽默的文笔写成的小说中看自己的学生生活，这让他们极感兴趣。其中，一年级学生正冈子规出身四国松山，那里俳句盛行，他也很热衷于写作俳句，同时他也渴望成为政治家。在阅读《当世书生气质》时，他总会想"世上真的有这样有趣的事情吗"，总是热切期待这部以分册形式出版的小说的下一卷面世。夏目本来比正冈高一届，但因为成绩不好而留级，成了正冈的同级生。也正是在这个时候，正冈和夏目成了亲密的友人。

《小说神髓》

尾崎德太郎正是在这部小说甫一出版的明治十八年（1885）春天，建起了文学同好会。他们的同好中，还有同级生川上亮和石桥助三郎、低一级的山田武太郎，此外，位于神田一桥，与东京大学仅一条道路相隔的官立东京商业学校的学生丸冈久之助（后来的九华）也加入了其中。他们受坪内逍遥翻译和小说的刺激，创刊了在同好之间传阅的《我乐我多文库》杂志,并将他们的同好会命名为砚友社。

同年九月,坪内完成了大学时代笔记的收集整理,并将其命名为《小说神髓》,以分册的形式出版。这部书印刷册数较少,因而阅读范围也并不广,但它是以近代欧洲写实思想为基础的日本最早的文学概论,所以受到了年轻的文学青年的重视。坪内在书中写道,小说最重要的是对人情(人性)的描写,其次是对风俗的描写。描写人情,就需要重视心理学的思考方式,不能为了情节有趣而写出不符合人情的人物。并且,不具备现实的人性的作品,即使情节再有趣,也不能称为真正的小说。他的结论是,不能将小说视作功利的艺术,即具有教育目的的故事。他主张从作为江户文学主流的劝善惩恶思想和当时流行的政治小说的功利性中超脱出来,以确保小说的文学性。这一时期,坪内在翻译、小说、文学论三方面的新作为,是此前日本文学中从未有过的创举,由此奠定了他先驱者的地位。

二叶亭四迷

明治十八年(1885),除了东京大学的学生之外,受到坪内活动激励的,还有两位青年。其中一人,是在北海道余市的一个小镇上做电信技术员的幸田成行(后来的露伴,庆应三年至昭和二十二年，1867—1947），他当时年仅十九岁。他原本生于东京，家境也比较富裕，但他的父亲认为，在明治新时代，就应当做一些实际的工作，于是他听从父亲的意见被派遣到了偏远的地方做了电信技术员。

他从少年时代起就上汉学私塾，也经常阅读儒教和佛教的古典。在北海道工作之余，他也会读从东京寄来的新出版的书，这些书中，就有坪内的《小说神髓》。他从《小说神髓》中受到了很大冲击。以江户时代以来最受尊敬的小说家泷泽马琴为首，日本的小说家和剧作家们都是抱着向社会推普道德的信念，或者作为逃避现实规制的借口进行创作的。他们的创作方法，正是坪内所攻击的功利主义的不纯粹的写作方法，坪内提倡的是基于人性的文学作品。对于想像马琴那样写小说的幸田成行来说，读了坪内的书，无异于在平静的池面投下了一粒石子。他觉得，日本文学就此迎来了一个新的时代。于是，在次年的明治二十年（1887），他辞掉了电信技术员的工作，乘船到达日本本州北端的青森，凭借少额旅费从还没有通火车的东北地区徒步南下，回到了东京。

另一位受到《小说神髓》影响的青年，是东京大学对面商业学校内附设的外国语学校的俄语专业学生长谷川辰之助（后来的二叶亭四迷，明治一年至明治四十二年，1864—1909）。《小说神髓》出版当年，二叶亭四迷二十二岁。他是对面东京大学文学同好会砚友社创办人山田美妙的忘年交。

他原本是抱着成为外交官的目的进入这所学校的。这所外国语学校当时并没有合适的教科书，于是，任课的俄国教师便会让学生在课堂上阅读他带来的果戈理、莱蒙托夫、冈察洛夫、托尔斯泰、陀思妥耶夫斯基等人的小说，让他们摘出小说中的要点，并用俄文写作对小说人物的评论文。

长谷川是非常优秀的学生，他在接受这种特殊教育的过程中，理解了19世纪世界文学中产生了最优秀作家的俄国文学的本质和思想。他在学校除了阅读这些作家以外，还研读别林斯基、赫尔岑等人的文学评论。但是他自己并没有想成为小说家。或者说，他并不认同被认为是成为小说家最重要资格的江户文学的表现方法。他在坪内的《小说神髓》中，看到了与俄国文学相类似的人生观和社会观。但是，他觉得，那些他在别林斯基的评论中看到的"对人生一丝不苟的态度，对人类命运的思考"，在坪内的书中大多显得暧昧不明。

明治十八年，正是他开始阅读这本书的时候，东京外国语学校废止，他所学的俄语专业被东京商业学校吸纳，他因不忿于这一举措而决然退学，数日之后，他带着标了很多问题的《小说神髓》去拜访并不相识的坪内逍遥。此时，坪内二十七岁，说话快利，身形清瘦。而二十二岁的长谷川则体型健硕、声音低沉，显得沉着而从容。

面对长谷川的疑问，坪内讲述了他写书的过程，并直言自己的学问难及之处，同时也认真聆听长谷川的意见。长谷川说到了别林斯基带有强烈社会思考的文学思想。也是从这时候开始，坪内与长谷川成了挚友，长谷川每周都会去拜访坪内一两回。在他们最初见面的三个月以后，长谷川带着他翻译的屠格涅夫《父与子》的部分译文给坪内看，由此开启了他的文学事业。

在明治十九年六月，长谷川带着二十四岁的矢崎镇四郎（后来的嵯峨屋室）来到坪内的家，矢崎镇四郎毕业于外国语学校，是长谷川的友人，他向坪内坦言自己想成为小说家的志向。坪内将矢崎视作弟子，让他住了自己新婚家中的一间，为他的作品润色，帮助他进行发表。矢崎于同年秋天，在报纸上发表了短篇小说。看着矢崎就这样轻易地成了小说家，长谷川也萌生了自己写小说的念头。他在明治二十年（1887）秋天，写出了一部长篇小说的片段。长谷川描写了一个受新时代风潮支配的荒唐少女和深爱她的青年的苦闷。但是，他因对自己的文章没有信心而深感困惑。

鹿鸣馆时代

在明治十六年（1883）到明治二十三、二十四年（1890、1891）之间，日本的知识阶层被急剧的文明开化热潮所支配。这也受到了伊藤博文、井上馨、森有礼等居于明治政府中心地位的政治家们的积极鼓励与援助。

　　日本与其他国家的条约，是在德川幕末佩里来航的时代签订的，因而存在着像在东京、横滨设立外国人治外法权区、日本放弃对外国人的裁判权等不平等的条例。在明治政府成立以来的十数年间，政府虽在努力更改这些不平等条约，但并无效果。其他各国以日本的社会生活样式和风俗习惯过于特殊为由，拒绝撤除在日本的治外法权。伊藤博文和井上馨认为，至少知识阶层、官员和政治家的生活必须欧化。在这个时代，大学以西洋教师为中心进行英语教学，不止学校教育，欧美文化被广泛引入整个日本社会。全国急速铺设铁路，邮政、电信制度得以确立。井上和伊藤认为，在科学技术进步的同时，生活样式和风俗习惯也必须欧化。

　　明治十六年（1883），他们在日比谷的交叉口修建了白色二层建筑，名为鹿鸣馆，作为社交俱乐部，用来演奏欧洲的音乐、开办夜会、举行舞会。大臣和贵族们纷纷穿起洋装乘上马车，带着尚不习惯社交生活的日本女人，在那里招待外国的使臣，过起了欧洲式的社交生活。并不仅仅是政治家们开始了欧洲式的生活，那些贵族女校也兴起了教导社交舞、招待绅士、开办舞会的风潮。

《浮云》的出版

作为当时欧化运动之一,矢田部良吉等人发起了用罗马字书写的运动。即便这一运动不能即刻实现,东京大学教授物集高见(弘化四年至昭和三年,1847—1928)等人也主张摆脱汉文书写的古典模式,以会话中所用的日常语进行书写。于是,想写小说,但没有自信以江户时代以来小说特有的文体进行写作的长谷川二叶亭,便想着以口语的形式进行小说的创作。在和坪内谈到自己的这一想法时,坪内说:"好想法,试着去做就好了。"

坪内注意到,将民间流传的历史故事加以艺能化的讲谈[1],多用口语化的文体。正当此时,日本出现了日语速记法,著名讲谈艺人圆朝的演唱被速记下来并以书的形式出版,坪内对长谷川说:"读读这本书,对你用口语体写小说岂不大有启示。"于是,长谷川开始了用口语体写小说这样一个在当时的日本来说算是革命性的创举。他从明治十九年(1886)秋天开始到明治二十年一月,完成了小说的第一部,他将这部小说命名为《浮云》。

---

1 讲谈:日本在曲艺场演出的一种曲艺,以抑扬顿挫的声调讲述战争故事、武勇传、复仇记、侠客传、世态剧等。

作品中的主人公是一个年轻的官员,因为不擅奉承上级而被免职。他寄宿在叔母家中,心中恋慕叔母家的女儿,却没有勇气向她表白自己的心意。而他那个老于世故、擅长钻营的同僚却频频出入叔母家中,讨得叔母欢心,常与叔母的女儿谈笑调情。主人公不喜同僚如此,想要告诫堂妹不要与那样危险的男人交际,但他又否定了自己的想法,觉得这或许只是自己的私心作祟,他就这样陷入苦恼之中。而这种自我否定情绪和忠告堂妹莫与狗苟蝇营之徒交往的冲动的交替纠结,贯穿在种种事件之中,在小说中反复出现。最后,少女终究因被那男子抛弃而发疯。这是这部小说原定的情节。

坪内在读到这本小说的第一部的时候,深受震动,于是委托一流的出版社金港堂出版这部小说。出版社考虑到销量因素,决定在出版的时候让坪内的名字作为作者出现在封面上,而长谷川仅在序文中标上自己的笔名(二叶亭四迷)。他的本名是长谷川辰之助,笔名二叶亭四迷或二叶亭。他自己也像作品中的主人公一样,是一个具有强烈自我反省癖和自我否定癖的人,他常常会自言自语地说"见鬼去吧",于是便用了与这句话发音相似的五个字"二叶亭四迷"做了笔名。

《浮云》是在明治二十年(1887)六月于金港堂出版的。出版后,这部作品得到了青年评论家石桥忍月最高程度的称赞。

石桥忍月(又名友吉,庆应一年至大正十五年,1865—

1926）此时二十三岁，还是东京大学法学专业的学生。石桥称赞道，这部小说是以人本身为中心延伸情节的，写出了平凡而有缺陷的人的本质。坪内逍遥《小说神髓》的中心思想就是不能为了小说的情节而违背人性，但是逍遥自己的《当世书生气质》也未能遵守他所设立的原则，他往往为了他所得意的诙谐和情节的展开而歪曲人性。坪内理想的近代小说，恰恰在不擅日本传统小说写作的长谷川二叶亭的口语体小说中得初成功。

《浮云》出版的明治二十年六月，长谷川的小友，东京大学预科生山田武太郎也中途放弃了学业，开始了文学创作生涯。他成了同年七月创刊的面向女性的杂志《以良都女》的编辑。他也打算用新的口语体进行小说创作。他用美妙这一名号在该杂志的创刊号上发表了短篇小说《风琴调一节》。小说以女校教师和学生之间的恋爱为题材，相对简单，但由于小说的发表正当口语体这一新文体引得举世关注之时，因而山田美妙也就成了足可与二叶亭四迷并举的新作家。他不仅以新文体不断进行短篇小说的创作，还将那些追仿《新体诗抄》写诗的青年人的诗作结集出版，并成了《以良都女》的主编，奠定了他作为文学家的基础。明治二十年十一月，他发表于《读卖新闻》的短篇历史小说《武藏野》饱受好评，由此进一步确立了他作为作家的坚实地位。此时，他年仅二十岁。

明治二十一年（1888），他在金港堂出版了短篇小说集《夏木立》,金港堂是日本当时最大的出版社,并于同年十月创刊了新的文学杂志《都之花》。也是在这一年,该出版社聘请山田美妙担任主编之职。同年五月开始,山田的同好、东京大学的学生创办的传阅杂志《我乐多文库》在逐步的发展之下,也得以公开印刷发行。同好会的中心人物,便是年仅二十二岁的尾崎红叶(德太郎)。此时,他们尚属无名作家,全无美妙那样的声名。尾崎红叶以自己的杂志《我乐多文库》挽留山田美妙,向他约稿,但山田美妙并不愿与无名的旧友过多牵连,在与他们断绝往来之后,他作为一流文艺杂志《都之花》的主编赫赫扬扬,尾崎红叶等人与山田美妙终于走向决裂。

第六章
砚友社与其周边

红叶的《二人比丘尼色忏悔》

明治十九年（1886）东京大学改称帝国大学，由该大学文学爱好者组织的砚友社的手写本杂志《我乐多文库》在创刊后第四年的明治二十一年（1888）得以印刷发行，该杂志是四六二型的大开本，显得相当粗糙，但是发行量仍然达到了三千册。杂志的指导者就是尾崎红叶。他从小是在做汉方医的外祖家长大的，家境颇为贫寒。他的母亲在嫁与商人尾崎惣藏后不久便去世了，所以他从小便被带到了外祖父身边。他的父亲尾崎惣藏热衷游艺，在失去红叶的母亲之后，便放弃了经商，混迹歌伎酒朋之间，成了筵席上的帮闲。他很擅长用鹿角之类的材料做雕刻。此时的尾崎惣藏凭借艺名武田谷斋而广为人知。他常穿大红羽织沿银座、新桥的路边走过，故而被人称为"红羽织谷斋"。

明治维新之后，文人的社会地位比江户时代大幅提高，但即便如此，世人仍然将小说家、剧作家、俳优视作艺人帮闲之辈。因此，帮闲武田谷斋与一流的小说家假名垣鲁文，当时代表性的剧作家、传统歌舞伎最著名的剧作家河竹默阿弥等人都有亲密往来。但是，自从崇拜假名垣鲁文并想过拜入其门下的坪内逍遥从东京大学毕业，成为为数不多的文学学士之一，拥有了东京专门学校讲师的荣誉地位，创作了小说《当世书生气质》之后，社会对作家的看法也逐渐改变。小说也被认为是由有学识、有教养的人所写了。人们也慢慢明白，作家们喜欢描写的恋爱题材，也并不一定要将其视作反叛道德的放纵，而更应该从揭露神圣人性的角度进行思考。这恰是受到了当时盛行的以鹿鸣馆为中心的欧洲风俗的引入和通过急速增多的基督教徒传入的欧洲式思维方式的影响。

暗自期冀能够成为继坪内逍遥之后的小说家的帝国大学学生尾崎德太郎并不想让人知道酒筵帮闲武田谷斋就是自己的父亲。他从不去父亲家中，也不喜他父亲到访外祖家，当他的朋友注意到并向他询问的时候，他也总是含糊其词。尾崎极富行动力且精力充沛，他将精力都投注于文章之中。他的旧友山田美妙在明治二十年试作口语体短篇小说《武藏野》而引得世人瞩目之后，便离开了旧友们的同好会，成了《都之花》这一时代的代表性文艺杂志的主编，在二十一岁的小小年纪就享受着一流文人的待遇。

而与尾崎红叶一同被留在同好杂志《我乐多文库》的，还有大学生川上眉山、石桥思案（庆应三年至昭和二年，1867—1927），以及二十岁的江见水阴（又名忠功，明治二年至昭和九年，1869—1934）、十九岁的岩谷小波（又名季雄，明治三年至昭和八年，1870—1933）等人。此时，他们与山田美妙的地位已是天壤之别。但是，在山田美妙声名赫赫的时候，这所大学的老校友、出版业者吉冈开始搜寻对抗山田美妙的新作家，他注意到了砚友社。明治二十一年末的某天，吉冈在尾崎祖父的家中拜见了尾崎，并请他写小说，作为自己规划的丛书中的一册。尾崎答应了，并与吉冈约定，丛书并不由他一人完成，也须加入他的同伴和其他知名作家的小说。

于是，作为丛书《新著百种》的第一册，尾崎创作了《二人比丘尼色忏悔》这一小说。在小说创作中，尾崎红叶费尽心思，想要写出足可对抗竞争对手山田美妙的口语体的新文体。谁都知道，当时一般的小说文体，自江户时代末期的大作家泷泽马琴起就呈现出了固化的态势，及至当下更是已经变得陈腐。而从幽默作家十返舍一九到假名垣鲁文，再到坪内逍遥《当世书生气质》中对其加以活用的戏作文体，也是尾崎不想取用的。因而，新的创作方法，势在必行。

恰在此时，比尾崎年长八岁的文人淡岛寒月（安政六年至大正十五年，1859—1926）在旧书中找到了早在二百年前就已去世、早被当世人遗忘的大作家井原西鹤的作品，他惊叹于那种从俳句文体中演变而来的简洁有力的表现方式，并将其推荐给了友人尾崎红叶。作为《源氏物语》的作者紫式部之后最大的小说家的井原西鹤，在明治初期就已被完全遗忘，这听上去让人匪夷所思，却是事实。尾崎红叶读了西鹤的作品，深受触动，于是吸纳西鹤的手法、模仿西鹤的文体，创作了《二人比丘尼色忏悔》。

这部小说讲述了与尾崎年龄极为相称的感伤故事。战国时代，年轻的武士与做着邻藩家臣的伯父之女定下了婚约，不料两藩发生争战。因与敌方结姻而遭同藩猜疑，青年深感苦闷，于是他解除了婚约，并与爱慕自己的同藩少女结了婚。之后，青年出战受伤被俘，被带到了敌藩的伯父家中，曾有婚约的堂妹将他当作夫婿一般看护，但青年在得知自己的藩战败溃破之后，灰心沮丧，加之对情爱的游移迷茫，最终在伯父家中自杀。许嫁于他的堂妹为祈爱人冥福而出家为尼外出巡礼，旅途中，她暂宿一间小尼庵，在与那里的住持交谈之间，才知那住持竟是自己许嫁之人的妻子，二人同担悲苦。

小说于明治二十二年（1889）春发表，在小说中，尾崎引入了当时文学家们已不熟知的西鹤式的文风，与小说情节所特有的浪漫主义相结合，一下子就打动了读者，小说也大获成功。文人们也对这部小说大加赞赏，认为与过于新奇以致有些难读的山田美妙的文体相比，尾崎那种在古典的文章中加入新元素的文体更好。

露伴的《风流佛》

向尾崎推荐了西鹤作品的淡岛寒月，还有一位与尾崎同龄的友人幸田成行。如上所说，幸田原本在北海道余市做电信技术员，两年前才返回东京。他深入研学儒教和佛教书籍，是一个才华横溢的青年。在尾崎红叶发表《二人比丘尼色忏悔》稍早之前，也就是明治二十二年一月，幸田成行开始在美妙主编的《都之花》上连载小说《露团团》，成了一名新锐作家，他以露伴为号。从这一时期开始，幸田也接受淡岛的教导，开始了西鹤的研究。通过淡岛知道了幸田的尾崎，向出版人吉冈推荐了幸田，将幸田的新作也纳入到了丛书《新著百种》之中。

幸田喜欢旅行。两年前从北海道返回东京的时候，他是步行走完了从本州北端的青森到东京的大半旅程。前一年末，在收到处女作《露团团》稿费的预付款后，他便用那笔钱去了信州、京都、大阪、奈良旅行。而吉冈书店向他约稿的新作，就是在日光温泉写出的。这部小说以他此前去关西旅行时途经的木曾山中小村为舞台，描写了山村少女与年轻的旅人、一位佛像雕刻家之间的爱恋。在二人爱恋将成之际，方知少女原是一位贵族的私生女，她被强行带去了父亲家。年轻的雕刻家无法追回失去的恋人，只好雕下她的裸像。裸像雕成，宛如恋人就在眼前，青年将其紧抱怀中，雕像顷刻之间便有了生命，化成了活生生的少女。在佛的帮助下，二人相拥乘云而去，到达了佛教的永恒乐园。村人们仰望着这神乎其神的神佛显灵，欢呼雀跃，目送他们离开。幸田将这部小说命名为《风流佛》。

在这部作品中，西鹤的影响也是显而易见的。如果说尾崎红叶是着力于描写人的心理活动，那么幸田的特色则在于将自己理想主义的思想具体到小说人物身上。幸田的《风流佛》与尾崎的《二人比丘尼色忏悔》，被视作足可宣告文学新时代到来的代表小说。这两部作品中所表现出的倾向性经过两位作家各自的发展，使二人在此后的十五年间始终立于明治文坛先端。

在此二人之前，与山田美妙先后出现的二叶亭四迷，在明治二十年创作了口语体小说《浮云》之后，又于翌年的明治二十一年出版了《浮云》第二部。这部描写因性格刚直而丢了工作的青年、与之正相反的极擅钻营的同僚，以及游移二人之间的轻佻少女的小说，到了第二部，在情节上并无特别的发展，只是各场景的描写上更见精巧。《浮云》被文学专家们视作最正统的小说，但是在普通大众之间不及尾崎和幸田的作品受欢迎。他在明治二十二年完成了《浮云》第三部。二叶亭四迷此时年仅二十六岁，熟读19世纪俄罗斯文学名作和评论的二叶亭，在思想上也许是这个时代日本最成熟的青年，但是，他对于自己口语体的表现力并无自信。从此时起，一直到二十年后，他的口语文体成为日本文学所有文体的基础，但他自己觉得那不过是幼稚而拙劣的玩意儿。

《浮云》的第三部，二叶亭并没有像之前那样以单行本的形式出版，而是将其发表在杂志《都之花》上。此时，正当尾崎红叶和幸田露伴的西鹤式文风盛行于世之时。他将尾崎华丽的文章与自己简单朴素的文章比较之后，觉得自己不配为文学家。于是，他决定不再借助文学作品，而是去依靠生活本身实现自己的思想，他放弃了小说家的工作，成了内阁印刷局的雇员。

极具自我怀疑精神的二叶亭的想法，也影响到了与他关系亲厚的前辈坪内逍遥。坪内受到对自己极为严格、无法容忍自身弱点的二叶亭的影响，因始终无法摆脱自己生活中的伪善而决定先去解决这个问题。于是，他在年末也准备放弃小说的写作。但是坪内作为文坛的中心人物，与出版社和报社的牵连甚多，在他们的极力要求之下，他偶尔也会写一些娱乐小说，由于他也从幼年时起就对演剧颇感兴趣，所以写了两三部优秀的剧本。但是，他的主要工作还是文学教育者，此外，作为教师，他也进行过数年的伦理教育研究和实践。他在东京专门学校创立之后不久便去该校任教，待文学部新设立之后，他便成了文学部的负责人。那些仰慕坪内的年轻人从全国各地而来，聚集到这所学校。这所学校后来更名为早稻田大学，与福泽谕吉的庆应义塾大学并称为日本最大规模的私立大学。该校文学部出了许多受坪内文学思想影响的文学家。坪内在这所学校最著名的课程是关于莎士比亚的讲义，甚至有其他学校的学生为了听这门课而转校到早稻田大学。逍遥在写作《当世书生气质》的前一年，便翻译出版了《尤利乌斯·凯撒》，事实上，翻译贯穿了逍遥的整个生涯，后来他又出版了《莎士比亚全集》。

森鸥外

在明治二十二年初，尾崎红叶和幸田露伴大展身手的时候，森鸥外这个名字开始频频出现在东京的报纸杂志上。森鸥外（又名林太郎，文久二年至大正十一年，1862—1922）此时二十八岁，是一名专攻卫生学的军医。他在德国留学整整四年之久，前一年秋天才刚回到日本。鸥外在德国跟随罗伯特·科赫与霍夫曼等著名学者学习医学。有一次，他参加柏林地学协会集会的时候，在席间回驳了一位学者所发表的日本论，由此受到关注。他将当时的议论整理成文，以《日本人论》为题发表在《总汇报》上，此外，他还写了《日本兵食论》《日本家屋论》等论文。鸥外在东京大学医学部就学时就显示出了超群的才能，而且他很热爱读书，乐此不疲。在德国留学期间，他不仅购买阅读席勒、歌德全集，也非常喜欢叔本华的弟子、当时德国哲学界的权威哈特曼的著作。

森鸥外在柏林期间，常去看戏剧和歌剧。由此，他与一位名为爱丽丝的舞女相识相亲。明治二十一年九月，森鸥外回国，在他回国的两周之后，爱丽丝也追随他而来，从横滨上陆。在当时的日本，人们约定俗成地认为，一位东京大学毕业、出任官职、留学欧洲的青年，将来必定是第一流的人物，所以，他的整个家族都震惊于这个有可能会让他出现偏差的因素，用尽全力劝服爱丽丝，让她归国。这件事在森鸥外的心中留下了难以愈合的创伤。

归国数月之后，到了明治二十二年初，森鸥外与旧大名嗣子、一高官之女结婚。在出任军医的同时，他还在报纸杂志上发表评论与翻译文章，并与擅写短歌汉诗的四五友人一起，开办了文学研究会。该研究会主要是将欧洲和中国的诗翻译成日文，他们所翻译的日本诗，要比井上哲次郎等人的《新体诗抄》精巧许多。在他们的研究会中，就有当时第一高等中学的国文学教授、颇具新思想的短歌作家落合直文（文久一年至明治三十六年，1861—1903），此外，森鸥外的妹妹、大学教授的妻子，进行小说创作的小金井喜美子（明治三年至昭和三十一年，1871—1956）也身在其中。他们的译诗，主要是由森鸥外先将德语直译成日语，再与其他人分工，他们按照各自的趣味对这些被直译成日语的诗进行改写，最后再交由森鸥外统一勘校。

在这一工作进展的过程中，评论家德富苏峰听闻了此事。德富出身九州熊本，时年二十七岁，他曾就学于新岛襄于明治八年（1875）在京都所创的教会学校同志社，为了成为日本最好的报纸记者而努力学习。明治十九年（1886），他出版了名为《将来之日本》的小书，因在书中主张自由贸易主义、和平主义以及个人的自由而在青年人中大有反响。乘着这一势头，他于翌年创刊了杂志《国民之友》。他的这一举措大获成功，他也成了继福泽谕吉之后具有指导性的评论家的代表。这个杂志以评论政治经济思想等问题为主，并不属于文学杂志，但是，在杂志一月和八月的两期上，还是以文艺附录的形式发表了当时一流文学家们的作品。为了约稿，德富还曾经亲自前往森鸥外家中拜访，邀请他将译诗发表在《国民之友》的文艺附录上。

明治二十二年八月，恰是二叶亭四迷苦闷彷徨、打算放弃文学之路的时候，森鸥外和他的同好们的译诗集被命名为《于母影》发表在了《国民之友》上。这部诗集集合了拜伦、莱瑙、歌德、霍夫曼、海涅等欧洲各国代表诗人以及一些中国诗人的诗作。这部译诗集并没有取用《新体诗抄》的七五调诗型，而是根据原诗内容和形式的差异，以八、六、四等音节的新组合，创制了新的日本诗的诗型。结果，在这部诗集中，几乎包含了此后日本诗人托诗表达思想时所能用到的全部诗型。

井上哲次郎、外山正一、矢田部良吉三人试作的《新体诗》，以歌曲歌词的形式流行开来。但是对于想要在诗中寄托自己情感的真正的诗人来说，新体诗因过于单调而被轻视。而森鸥外等人的《于母影》出现以后，那些受新教育的青年便认为，与程式化的汉诗和和歌相比，这种平易的诗型更有利于表达自我。至此，日本进入明治新时代已是第二十二个年头，明治以后出生的孩子受着官立大学和私立大学的教育成长起来，到此时已经渐次成年，对于这些青年来说，这本包含着新情感和新诗型的精巧的译诗集，有如天启。

长老派牧师兼医师的黑本，利用《和英语林集成》出版所得的收入，在美利坚合众国出资者的援助下，于明治二十年在东京的芝区创立了教会学校明治学院。十六岁的岛崎春树（后来的藤村，明治五年至昭和十八年，1872—1943）就在此时进入明治学院就学。一同入学的，还有坪内逍遥任教的东京专门学校的国木田哲夫（后来的独步），他当时十七岁。此外，还有十七岁的田山录弥（后来的花袋，明治四年至昭和五年，1871—1903），其父曾在明治十年的西乡隆盛反乱事件中作为官军出征并不幸丧生，他靠着做书店店员和兄长的资助自学，立志于文学一途。这些青年在十七八年之后，都成了继尾崎红叶和幸田露伴之后在日本文坛占据指导性地位的文学家，而此时，他们纷纷受译诗集《于母影》的影响，开始了新诗创作的尝试。

作为《于母影》的稿费，森鸥外从德富苏峰那里得到了五十日元。这笔钱相当于当时一个巡查也就是最低等官员月薪的五倍，甚至比坪内逍遥在东京专门学校任讲师所得的月薪还要高上十元。那是三十页左右的简装杂志印刷千册所得的金额。森鸥外征询了研究会众人的意见，用这笔钱开始了文艺评论杂志《堰水栅草纸》的发行。

这部杂志作为学习欧洲新文学的知识和理论批评方法的唯一权威杂志，被当时爱好文学的青年们奉为必读刊物。作为批评家的森鸥外，以那个时代无人比肩的广博学识和执拗的论证癖好，无与争锋。

要说日本的文艺批评家，明治十八年写下《小说神髓》的坪内逍遥当属第一人，此后，学习德国文学的石桥忍月、研究英国文学的内田鲁庵（又名贡，明治一年至昭和四年，1868—1929）、中国文学的专家依田学海（字百川，天保四年至明治四十二年，1834—1909）等人也堪陈其列，至此，森鸥外以其卓越的才能也加入了其中。

《舞姬》

森鸥外的文学活动，并没有止步于诗和文艺评论。在《于母影》发表翌年的明治二十三年（1890）一月，他向德富苏峰的杂志《国民之友》投稿。此次的文稿是一部名为《舞姬》的短篇小说，他以一名与他大前年归国时追随他而来的爱丽丝同名的少女为主人公，描写了一位侨居德国的日本青年与那少女的恋爱故事。小说主人公太田丰太郎毕业于东京大学法学专业，作为官员居留柏林期间，与舞女爱丽丝相恋同居。此事经友人谗言诬告，致使他丢了官职，丰太郎为生活所迫，做了报社的通信员。在这期间，爱丽丝怀孕了。正当此时，日本国务大臣、太田原来的上司出游德国，太田经过亲友相泽的介绍与大臣见了面。大臣知道太田的才能，于是与他约定，帮他恢复官职，但他须返回日本。太田因苦于无法向爱丽丝言明此事而缠绵病榻，爱丽丝悉心看护他的时候，从相泽那里得知了太田想要归国的打算。太田康复之时，爱丽丝却因悲伤过度而神志狂乱。相泽为爱丽丝和她的老母，以及她即将出世的孩子准备了充足的经费后，便送太田回国了。太田对相泽的安排充满感激，在归国的船上，他以手记的形式记录了自己精神的苦痛。这篇小说便是以这样的形式呈现的。

在小说的结尾，太田丰太郎加上了这样一句："呜呼！如相泽谦吉这般的良友，世所少有；可是我的心里至今仍对他留有一丝余恨。"

森鸥外的友人，也是他的论敌石桥忍月认为，主人公太田为了出仕而显得过于自私了，这是这部小说道德上的瑕疵，并以此展开非难。但是，这部小说以古典的文章所能达到的极限去生动地描写自然和人，在对人心理追求的确切性和小说结构美感的把握上，都卓荦超群，任何人都不得不说，森鸥外是一流的小说家。

就这样，在明治十八年到明治二十三年的短短五年间，陆续出现的坪内、二叶亭、山田、尾崎、幸田、森这六位成为明治中期代表的权威文学家。这一时期，恰逢假名垣鲁文、成岛柳北、服部抚松这样使用江户时代的技法进行创作的文人已经沉寂之时，文坛等待着某种新文学的出现，故而出现了一时的空白。因此，这些作家便以二十岁左右的年纪，填补了这个时代的空白，成为新文坛最初的代表者。当然，他们确实有着不少竞争对手，但这六人的工作，为后来的人建造了坚实的基石，也成为他们的范本，这是这六人存在的重要意义。

砚友社众人

以尾崎红叶为中心的砚友社成员中，川上眉山（明治二年至明治四十一年，1869—1908）创作了小说《大盃》、《书记官》（明治二十八年），继尾崎之后一举成名；岩谷小波是少年文学领域汇总集成日本与欧洲童话的第一人；稍晚加入砚友社的广津柳浪（又名直人，文久一年至昭和三年，1861—1928）陆续发表了《变目传》（明治二十八年）、《河内屋》、《今户心中》（明治二十九年）、《雨》（明治三十五年）等优秀的短篇小说，成了与尾崎、川上齐名的大作家。与尾崎情绪化的旧道德描写相比，川上着眼于社会批判，广津的作品则是以对残疾人和穷人的同情为主题的。这些都属于一种社会心理小说，当时被称作深刻小说或悲惨小说。

但是，除以上这几位作家之外，明治二十四年（1891）写下《躲猫猫》《油地狱》这两部杰出心理短篇小说、拥有卓越地位的文人斋藤绿雨也不容忽略。他与尾崎和幸田同龄，是旧派作家假名垣鲁文的弟子中在新时代唯一成名的文人。作为小说家，斋藤极擅心理的描写，但是，与此相比更让他声名显赫的，是他的讽刺批评文。他以其特有的那种嘲弄挖苦的语调巧妙地攻击同时代文人的作品，作家们无一人不惧怕他的批评，但是读者们都很喜欢他那种辛辣的文风。他也自嘲自己的贫穷："按，笔仅一支，箸却两根，须知寡不敌众也。"明治时代难以摆脱贫穷生活的文人，很多都习惯了用斋藤的话来讽刺自己的生活。

这些作家仅靠稿酬是无法维持生活的。坪内逍遥是学校的教师，二叶亭四迷在内阁官报局做雇员，后又成为母校外国语学校的教授，森鸥外的职业是军医。红叶、露伴、眉山、柳浪等人都在报社挂职，无须每天出勤就能领取月薪，兼之写连载小说，才能维持生计。而那些才能不及他们的文人，大都做着报社记者的工作，每天出勤，写着杂闻短讯，只能靠闲余时间创作小说，再将其登载在杂志报纸上，这是他们普遍的生活方式。

第七章
新作家和新诗人

《金色夜叉》

明治三十年（1897）前后，日本小说迎来了新的阶段。

砚友社的指导人尾崎红叶，也是文学报纸的代表《读卖》文学栏的主持者。此时，他三十一岁，至此，他已发表了《二人妻》（明治二十四年）、《三人妻》（明治二十五年）等优秀作品。跟他同一时期崭露头角的友人、作家，还有广津柳浪、川上眉山、岩谷小波、江见水阴等人。尾崎可以说是当时文坛的中心。但是，他的创作失去了初期蓬勃的力量，在三四年间陷入一种持续的停滞状态。

在这期间，从明治二十八年（1895）起，晚于尾崎成为作家的川上眉山和广津柳浪，发表了较之尾崎更为新型的小说，引得世人注目。尾崎早期的小说，是以他特有的富有韵律感的美文，描写在恋爱关系和家庭关系中所产生的人的情感。但是，川上眉山的《大盃》《书记官》等小说，则是关注在政治中走向腐败的人和社会机构的重压之下人的道德的崩坏。而广津柳浪则将目光投向了贫民、残疾人，以及那些为亲人压制所苦的人，他通过《今户心中》《河内屋》《黑蜥蜴》《变目传》等小说对此进行了细致的描写。这二人的小说展现出了充分的社会性。而尾崎红叶最爱的弟子泉镜花此时年方二十，他因创作了与川上和广津的新写法相近的短篇小说《夜行巡查》（明治二十八年）而广受关注，之后又风格一转，发表了描写少年与女子们情爱关系的《照叶狂言》（明治二十九年），他的才华由此得到认可。

尾崎红叶意识到了自己的沉滞，于是吸纳狄更斯、左拉等19世纪西欧小说家的创作手法，开始尝试近代的心理小说的创作，《多情多恨》（明治二十九年）就是在这种情况下撰写的。小说写的是一位丧妻青年因苦于寂寞，邀请友人来自己家中同住，他原本对友人的妻子有些嫌厌，但在被她亲厚相待的过程中渐渐被她吸引，几乎发展到近乎恋爱的状态。小说的情节非常简单，但其特色在于将主人公的心理变化，并置于日本抒情诗所大力提倡的自然的推移之中，并对其进行了细微的描写。更了不起的是，他在这部作品中还使用了九年前经二叶亭四迷尝试后又放弃的口语文体，他对口语文体的使用,几近现代日本文学中的口语体一般完美。

口语文体虽然最初是由二叶亭四迷所创并进行尝试的,但是两年后他对自己的才能产生怀疑并放弃了文学创作,成了一名官员,于是,他所引入的俄国文学的写实主义与口语文体,并没有得到发展就终结了。而让二叶亭否定自己才能的原因在于,继他之后登场文坛的尾崎红叶和幸田露伴所采用的都是西鹤式的文语体和偏向于古典的题材。但是,此后的九年间,尾崎自己深感这种文语文体的沉滞,认为在小说的创作中必须引进西欧近代文学的方法。在此期间,除广津柳浪之外的其他作家也曾经试着以口语文体进行创作,但是相比之下,还是长于技巧的尾崎在《多情多恨》中的尝试更为稳妥。

但是,《多情多恨》是一部单调的作品,不管是尾崎自己还是读者,都对其不甚满意。自明治三十一年(1898)一月起,尾崎开始在《读卖新闻》上连载长篇小说《金色夜叉》。这部小说以报纸小说的形式,每天发表一小部分,一连持续了两个月。之后停顿了半年甚或一年,又开始了小说续编的连载。这部小说在《读卖新闻》的连载,一直持续到尾崎去世前一年的明治三十五年(1902)。小说的最后部分,则是发表在《新小说》上,最终仍然是未完状态。这部小说是从英才群集的东京第一高等学校学生间贯一被他的情人宫背叛写起的。之后,宫成了有钱银行家的儿媳,贯一由此对爱情绝望并放弃了学业,靠着放高利贷的冷酷方式赚钱发财,他厌恶女性，不接受任何女人的爱。有一次，在宿于山间温泉时，偶然救起了一对因挪用少额钱款而双双自杀的男女，自此他心生慈悲，重新焕发了人性。这部小说未完的部分如果继续下去，应当就是贯一带回了被丈夫虐待至疯的宫，并对她爱护备至了。

这部作品甫一发表，在读者中便引起了强烈的反响。红叶知道，新的心理小说的手法和口语文体的尝试，尚且难以迎合此时读者的趣味，因此，这部作品他重又回归了古典的文语文体，多用颇具修饰作用的汉字。而且，故事情节也极具戏剧性。如他所预想的，遭受情感背叛的英才变成冷酷的高利贷者，这样的故事情节足以让那些读惯了老套故事的读者狂热。之后，贯一和宫的名字，甚至被作为与此相似的男女关系的代称，被普遍使用。

芦花的《不如归》

德富苏峰继杂志《国民之友》之后，又于明治二十三年（1890）开始经营《国民新闻》。《国民新闻》从明治三十一年末到翌年春，曾连载小说《不如归》。这部小说的作者，就是德富苏峰的弟弟德富芦花，他写出这部作品的时候是三十一岁。德富兄弟出生于九州熊本，芦花和兄长一样，也就读于新岛襄在京都开办的教会学校同志社,兄长苏峰很早就前往东京,做评论家、出版家、新闻人,成了著名的人物,弟弟因为阴郁易怒,被视为无能之辈,只在兄长的报社得一隅立足之地,做着翻译度过数年。但是,在这个阴郁而暴躁的青年心中,隐藏着强大的精神力量。

在这部作品问世的稍早之前,德富芦花结了婚,住在靠近镰仓的逗子海岸,他从来此地避暑的妇人那里,听闻了陆军大将大山岩之女信子在家中时饱受继母虐待,出嫁之后又被同住的婆母欺凌,最终得肺病而死的事。于是他以此事为蓝本,构拟了一个与丈夫相亲相爱的年轻妻子在丈夫出征期间被婆母苛待致死的故事。即便是到了这个时代,关于日本女性在家庭中的故事,被玩味最多的,仍然是年轻夫妇与父母同住,身为主妇的妻子却不得不如同丈夫婆母的下婢奴隶一般,过着悲苦的生活。这部作品将这种悲剧以象征的形式集中表现了出来,达到了强烈的控诉效果。

这部作品在报上连载的过程中,并没有什么反响,但在明治三十三年(1900)单行本出版之后,便出现了各方面的评论。俳人高滨虚子给作者写信称,读这部小说,无法不流泪。这部小说的反响渐渐扩大,书也屡屡重版,德富芦花从一介无名的新闻人,变得天下瞩目。芦花也有了成为作家的自信,开始了独立的文人生涯,写出了一部又一部的著作。

这部小说与尾崎红叶的《金色夜叉》一起风靡一时,两部作品轮番上演。《不如归》的女主人公名唤浪子,她的丈夫叫川岛武男,结果,浪子这个名字成为日本社会常见的那些受婆母虐待而得肺病的女性的代名词被广泛使用。此后至今[1]的约六十年间,虽然也有许多小说广受评议,但是不夸张地说,主人公在民众间的热度和普及度,再无小说能比得上这两部作品。

德富芦花一度成为基督教徒,后来又舍弃了这一信仰。他有一个不安定的灵魂,他的生活,就是在对信仰的强烈冲动和背弃信仰时的心里苦痛之间反复。在这部作品之后,他结集出版了描写自然的小品文《自然与人生》(明治三十三年),并仿照狄更斯的《大卫·科波菲尔》创作了半自传体小说《回忆记》(明治三十三年至三十四年),都受到了许多人的喜爱,他的身边也聚集了一批狂热的读者。但是,他没有加入文坛的任何派系,过着孤立的修道者一般的生活。有一段时间,芦花曾与在兄长报社供职的国木田独步为友,但是,他到底也没有加入到独步和友人田山花袋的交际之中。

数年后,芦花与兄长苏峰发生冲突并就此独立,开始在自家经营出版自己的著作。他的这一做法未得长久,著作也只能交由其他书店出版。但是此次他买下了东京西郊森林中的一户农家院落,和妻子二人在那里过着与自然为友的生活。

---

[1] 指本书写作时的1958年。

泉镜花

尾崎红叶在文艺创作方面的指导者地位是毋庸置疑的，是故他的周围，除了之前所说的友人们之外，还聚集了一批年轻的弟子。尾崎将这些弟子相继留宿于自家玄关旁那个三张榻榻米大小的房间里，让他们做一些学徒能做的杂事，指导他们写作，并对他们写出的作品进行润色，而后推荐发表在报纸和杂志上。这一时期的政治家、实业家、学者们都习惯于以学徒的名义将食客后辈安置在自己家中，文人们的生活尽管并不宽裕，但也有将弟子留宿家中的惯例。尾崎并没有像其他文人那样对自己的弟子们放任不管，他仍然以传统的方式严格训练他的弟子，但在其他方面又颇为亲和。

泉镜花（又名镜太郎，明治六年至昭和十四年，1873—1939）是尾崎的弟子中最有才能的一个。他比红叶小六岁，出生于金泽。镜花不仅是能够极好听从老师指导的模范青年，而且具有敏锐的感受力。他一直记得早逝的母亲的面影，于是以此为蓝本，创作了以女性为了让心爱的男子成功而牺牲自己为题材的小说《义血侠血》（明治二十七年）、《照叶狂言》（明治二十九年），由此开辟了自己的文学世界并逐渐成名。此后，他又写了以艺伎为主人公的小说《汤岛诣》（明治三十二年），但是，最让他声名鹊起的，当属与福楼拜《圣安东尼的诱惑》相似的短篇小说《高野圣》（明治三十三年），写的是一僧人在山间小屋受身怀魔力的美女诱惑，而后凭佛法之力抵御诱惑避免危机的故事。

风叶与春叶

在泉镜花之后，成为尾崎红叶弟子的，是比镜花小两岁的小栗风叶（又名矶夫，明治八年至大正十五年，1875—1926）与比镜花小四岁的柳川春叶（又名专之，明治十年至大正七年，1877—1918）。这三个青年对外国文学并不通晓，他们忠实地遵从老师红叶的指导，比那些拼命吸收欧洲文学的其他文学青年少了许多迷茫犹疑，但是在红叶死后，他们一齐陷入了文学的滞涩境地。只有天才的镜花从那种滞碍之中脱身而出。

小栗风叶出生于爱知县，少年时代由于交友不良曾经放浪各地，有着与年龄不相匹配的世故老练。作为小说家，他是很擅琢磨的，但因为嗜酒并经常喝醉，常惹得老师红叶恼怒。他喜欢描写男女的不伦关系，他的小说有着与年龄不相符的老练。他与柳川春叶二人在红叶的指导下，比同龄的许多文学青年更早发迹，在二十岁前后便开始了卖文为生的生活,但是,他们从本质上并不具备泉镜花那样的才能,因而在老师红叶去世之后,加之失去砚友社的报道,便沦为了通俗小说家。小栗最终隐居田舍,放弃了创作。

在这三人前后出现,与尾崎红叶关系较近的青年,还有田山花袋(录弥)和德田秋声(末雄)。这二人比泉镜花年长两岁,比红叶小四岁。田山花袋一边在书店做店员,一边自学英语,还广泛阅读了当时的欧洲文学,如福楼拜、左拉、莫泊桑、屠格涅夫等人的作品。他很想成为红叶的弟子,但是红叶嫌他徒有评鉴力而技巧不足,所以没有接纳他。德田秋声与泉镜花一样,也是出生于金泽,高中时中途退学投身文学。德田自出生以来,便拥有一种能够客观审视自己的奇特才能。他是勉勉强强才成了红叶的弟子,也并没能像镜花和风叶那样受到红叶的直接指导,因此在红叶去世之前,他的才能并没有得到认可,近十年间都处在怀才不遇的境况之中。此外,还有七八个青年也成了红叶的弟子,但他们大都做了报社记者或者成了通俗作家,随着红叶的去世,也都消失在了新文坛。

樋口一叶

在泉镜花和小栗风叶声名初起的明治二十八年,文坛出现了一位女作家,她就是樋口一叶(夏子,明治五年至明治二十九年,1872—1896)。这个时代,在基督教徒布教的影响之下,日本兴起了女性解放的新风气,文学界也出现了数名女性作家,除一叶之外,还有三宅花圃、若松贱子、木村曙、田泽稻舟、北田薄冰等人,但是她们都是在尚未充分展现才能的时候就草草终结了。樋口一叶比泉镜花年长一岁,生于明治五年。她的父亲是明治初年东京市的官员,但很早就去世了。此前就学于女歌人中岛歌子私塾的一叶,和母亲妹妹三人自此只能靠做针线活和开杂货店为生。在此期间,她成了《朝日新闻》记者、通俗小说家半井桃水(又名洌,万延元年至大正十五年,1861—1926)的弟子,决定以小说家立身。在一次次前往桃水家中接受创作指导的过程中,一叶爱上了这个独身的清俊青年。但是,在她最早出入桃水家中的时候,家中还住着一个美貌的少女,那是桃水妹妹的友人。后来,那少女回到乡下产下了一个女婴,桃水将那孩子带回了家中抚养。一叶觉得那孩子是桃水和少女的女儿,于是尽管爱慕桃水,也未能靠近,她在数年之间都因此愁恼。事实上,那孩子是桃水的弟弟和那女子所生,桃水为了保护弟弟便没有说出此事,一叶郁郁寡欢,至死都以为是桃水辜负了她的爱慕。她心中的这份恼恨、生活的苦辛,加之经营小店又目睹了附近妓女们的生活,这些体验,让性格坚韧的樋口一叶迅速成熟了起来。

二十四岁的时候,樋口一叶凭借一部描写少男少女微妙清纯的爱情的小说《青梅竹马》(明治二十八年),得到了当时的大家森鸥外、幸田露伴、斋藤绿雨的赏赞。这部作品的魅力,无人可以否认。有人将她与八百年前写下《源氏物语》的紫式部进行比较。同年,一叶又创作了短篇小说《浊流》,写的是一个巷间妓女与爱上她并为她舍弃家庭的男人的情死,这部小说再一次展现出了一叶的卓越才华。但是,她已经因艰难的生活患上了结核,在翌年的明治二十九年(1896)去世。除这几篇短篇小说之外,她凭借着那本记录她对半井桃水满含苦恼的爱恋与多有不足的日常生活琐事的《日记》,奠定了她在明治文学中不可动摇的地位。

《文学界》诸人

樋口一叶与尾崎红叶并无往来。《青梅竹马》的连载持续了一年之久,连载这部小说的,是以毕业于黑本博士所创设的明治学院、与一叶同辈的青年岛崎藤村、户川秋骨(又名明三,明治三年至昭和十四年,1871—1939)、马场孤蝶(又名胜弥,明治二年至昭和十五年,1869—1940)等人为中心的半商业同人杂志《文学界》。这个杂志是以岩本善治经营的明治女校为背景创办的,杂志的出资人就是这所女校的教师、大富豪星野天知，北村透谷（又名门太郎）是杂志思想精神方面的指导者。之后，明治女校的教师、年仅二十岁的岛崎藤村，与他同辈的马场孤蝶、户川秋骨、上田敏、平田秃木（又名喜一郎）也加入其中。他们中还有两三人是帝国大学英文系的学生，这群青年深受欧洲近代文学的影响，自然对砚友社持批判态度，而这本杂志也最终成了下一个时代日本文学的母胎。

北村透谷（明治一年至明治二十七年，1868—1894）撰写了论述人格形成与男女恋爱关系的评论文《厌世诗人与女性》、论述真正的人生目标与功利主义区别的评论文《何谓干预人生》，由此被视为杰出的具有先导性的批评家。此外他还写了堪称拜伦《曼弗雷德》改编的叙事诗《蓬莱曲》（明治二十四年），开创了他作为诗人的先驱性地位。他是坚持绝对和平主义的基督教徒，但因不堪天生的精神不安的烦扰，在二十七岁那年选择了自杀，比樋口一叶的离世还要早上两年。

国木田独步

自樋口一叶病逝的明治二十九年起，受尾崎红叶冷待的田山花袋终于走进了《文学界》。更重要的是，田山花袋开始了与天才青年国木田独步（又名哲夫，明治四年至明治四十一年，1871—1908）的往来。不管是田山还是国木田还是岛崎都基本同龄，此时都是二十五岁前后。国木田独步是德富苏峰主办的《国民之友》和《国民新闻》的发行所民友社的社员，曾经从东京专门学校中途退学。他在学期间曾接受洗礼，爱读内村鉴三的著作，是一个热忱的基督教徒。在他进入民友社后不久，日本和中国之间爆发了战争（明治二十七年）。他怀着激动不安的心绪，作为从军记者奔赴前线，曾乘军舰参加海战，他将此写成报告发表在《国民新闻》上。

从前线返回之后，在女性基督教徒中居于指导地位的佐佐城丰寿，一位医师的妻子，召集参与战争的报纸记者开会，国木田也列席其中，也是在这里，他认识了佐佐城丰寿的长女信子。独步和信子迅速相恋，随后不顾父母反对结了婚。国木田从报社辞职，开始撰写面向少年的欧洲各伟人的传记，靠着微薄的稿费生活，并在逗子海岸经营着自己的新家庭。他的生活非常清贫，实在难以满足富家长大的妻子信子世俗的心。六个月后信子便逃回了父母身边，甚至因为害怕国木田的追寻而就此躲了起来。这让国木田陷入了深重的苦痛，近一年之间都无法自拔。

这期间他和弟弟二人住在东京西郊涩谷丘上的小家中，与田园为伴。他学习新刊行的二叶亭四迷所译屠格涅夫短篇小说的自然描写法和华兹华斯歌咏自然的诗，面对东京附近的自然之美，他写出了新作《武藏野》。就是在此时，在自然和人的对照之中，他对生命的微妙有了感触和领悟，这成为他基本创作方法的端绪。

岛崎藤村的《嫩菜集》

恰在同时，在明治女校任教的岛崎藤村爱上了他的学生佐藤辅子。他虽与佐藤辅子互通了心意，但辅子因父母已为她定下了亲事，终究也没能接受岛崎的爱情。岛崎为了摆脱失恋的苦痛，辞去教职，开始了巡礼一般的旅行，他在关西到四国之间漫无目的地游荡。直到替代他在明治女校任教的北村透谷发狂自杀，他才重新返回学校从教。但是一年后，随着佐藤辅子与定亲之人结婚不久的去世，岛崎再次放弃了教职，每日每夜怅然若失。

在中日甲午战争结束翌年（明治二十九年），岛崎成为仙台一所基督教学校东北学院的教师，在那里，他慢慢地恢复了精神，开始写起了新体诗形式的抒情诗。这些新体诗被发表在了同好杂志《文学界》上。这种新的诗体，是明治十五年（1882）由井上哲次郎等人为了欧洲近代诗的翻译初创，又大量吸收了明治二十二年（1889）森鸥外及其同好以更精密的技法引进的近代欧洲诗的影响，并加入了日本诗歌的情感表达及汉诗的手法，由此创造出了岛崎独特的诗的世界。翌年,他将这些诗作汇总成一本薄薄的诗集,命名为《嫩菜集》出版。《嫩菜集》的出版,意味着日本近代诗真正的出发。例如:

> 不知不觉间,时已经年
> 年轻的生命啊,怎堪
> 岸边的青草地上
> 有我这笑中带泪的容颜

这四句是《阿醉》的最后一节,而包括《阿醉》在内歌咏六个少女的六篇诗作,可以说宣告了明治新时代的浪漫主义之美在文学中的绽放。

在明治二十年以前,青年们理想主义的梦想大都付与了政治。明治二十三年(1890),随着议会政治在形式上的大致确立,一大批有良知的青年被新宗教基督教和以人类解放为核心的文学所吸引,诗歌领域的领头人就是岛崎藤村。他的《嫩菜集》令无数热爱诗歌的青年痴迷,同时也出现了一大批追随者和竞争者。明治三十年(1897)也成为日本诗歌的分水岭,自此,日本诗歌迎来了它的新时代。而此时的岛崎藤村,才不过二十六岁。

这个时代与岛崎藤村前后出现的诗人创建了各式各样的同好会。田山花袋此时也热衷于诗歌的创作,他邀请诗界前辈、基督教徒宫崎处子（又名八百吉，明治一年至大正十一年，1864—1922）、国木田独步，以及年轻的大学生松冈国男（后来的柳田国男，明治八年至昭和三十七年，1875—1962），在《嫩菜集》出版的同年，即明治三十年，共同创作了诗集《抒情诗》。这些诗人虽然并不具备岛崎藤村那样精致的技法，但是《抒情诗》仍然同《嫩菜集》一道，成为这个时代浪漫主义的代表诗集。

与谢野铁干与晶子

在《嫩菜集》出版的前一年，青年诗人与谢野铁干（又名宽，明治六年至昭和十年，1873—1935）便出版了诗歌集《东西南北》。与谢野铁干与岛崎、田山基本同龄，当时年仅二十四岁，他几乎没有受过学校教育，但是从少年时代开始就颇具才名，二十岁就成了歌人落合直文的弟子。甲午中日战争爆发的稍早之前，朝鲜在政治上左右摇摆于中日之间，于是他前往朝鲜，在这种革命的骚乱之中担任学校教员，和外交官、军人乃至间谍一道度过了这一时期。他的爱国主义思想也表现在了他浪漫主义的诗歌中。

在另一部诗歌集《天地玄黄》刊行之后，与谢野铁干于明治三十三年（1900）创刊了杂志《明星》。他结识了向杂志投稿的少女凤晶子（凤晶）并与她相爱，不久便撇弃妻子与那少女结了婚。与他结婚并更名为与谢野晶子（明治十一年至昭和十七年，1878—1942）的这名少女，是一位极有天分的诗人。她还出版了歌集《乱发》（明治三十四年）。晶子自幼学习《源氏物语》等日本的古典，明治三十年后又受到铁干作品之外的岛崎藤村的影响，写出了这部多为大胆表露女性情爱的歌集。如"这热血暗涌的肌肤，你也不摸，那只管传道的人，可曾感到寂寞"。《乱发》让人们将目光投向了新的女性感情之美。与此同时，这种大胆的表现加之晶子与铁干之间的恋情，也被视作丑闻而遭受了攻击。但是晶子的天分因此而更加耀眼，由此奠定了她作为歌人无可动摇的地位。

土井晚翠的《天地有情》

在岛崎藤村的《嫩菜集》刊行之前，他发表于《文学界》的作品就已经引起了土井晚翠（又名林吉，明治四年至昭和二十七年，1871—1952）的关注。土井晚翠是东京帝国大学的学生，他经常在自己参与编辑的东京帝大的文学杂志《帝国文学》上发表诗作。这些作品在晚于《嫩菜集》两年的明治三十二年（1899）以《天地有情》为题出版。晚翠的诗集，受到了他的前辈、此时的一流评论杂志《太阳》的主笔兼著名评论家高山樗牛（明治四年至明治三十五年，1871—1902）的赏赞，在此后的很长一段时间里，读者甚众。土井晚翠自幼修习汉文汉诗，他的诗在受岛崎藤村影响的基础上，更包含着一种古老的东洋情绪。那些情绪感伤的青年，大都喜爱岛崎藤村的诗作，但是胸怀英雄意识又具有行动力的青年，更偏爱晚翠的诗。藤村和晚翠，也由此成为这个时代两种类型的诗人的代表。

正冈子规

在这些新诗人群体的另一边，有一位极富才华的诗人，正在为作为日本传统诗型的短歌和俳句的改革而努力，他就是正冈子规。正冈子规比这些新诗人年长四五岁，他在四国松山市出生，就学于东京大学，比尾崎红叶低两级。子规热爱文学，从学校中途退学之后成了报纸《日本》的记者。在学期间，他沉迷俳句，对俳句历史进行了专业的研究，由此得知，在德川时代由松尾芭蕉构建的俳句的精神，经江户时代末期到明治时代已经彻底地堕落腐朽。他在研究俳句历史的同时，多向晚于芭蕉的俳人与谢芜村学习，致力于以近代的写实精神对俳句内容进行革新。

他就职的报纸《日本》让他主持了俳句投稿批评的小栏

目。他通过这份报纸和单行本发表他的新理论和作品，这些作品以他自己也始料未及的速度扩散全国。其实从江户时代以来，以写俳句为乐的人一直散布各地，那些人大都安于旧的写作规则，但是一些好学的年轻人受到子规新方法的吸引，纷纷聚拢在了他的身边。子规从学生时代就患上了肺病，子规这个名字，也是取自"子规啼血"的典故。大学时代，他与同校的夏目金之助关系极为亲厚。夏目在大学学习英国文学，后成为高等师范学校的教授，但很快就因失恋和青年时代特有的厌世思想而辞职离开，做了四国松山中学的教员。那里恰好是正冈子规的故乡。

甲午战争（明治二十七、二十八年）即将结束之前，正冈子规受他所供职的报纸《日本》的派遣从军。返回途中，他在船上咳血，于是前往神户医院治疗。神户与四国松山仅隔着濑户内海，住在松山的夏目便邀请稍有康复的子规前来疗养，于是二人一同过起了寄宿的生活。在此期间，当地的俳人聚在子规那里写俳句，夏目也受邀开始了俳句的创作，他从青年时代开始就时常用漱石这个号发表文章。之后，夏目虽调职去了熊本第五高中任教，但他一直都没有间断俳句的练习。然而，夏目后留学英国，十年后的明治三十八年（1905）突然开始了小说的创作，并成了一代指导性作家，这是此时的正冈和夏目都没有想到的。

正冈在稍有康复之后，就又返回东京继续在报社工作了。当时，他身边的弟子中，最优秀的是正冈子规的同乡、松山出身的高滨虚子（又名清，明治七年至昭和三十四年，1874—1959）和河东碧梧桐（又名秉五郎，明治六年至昭和十二年，1873—1937）。子规返回东京不久便旧病复发，这次结核恶化成骨疽，他连动也动不了了。岛崎藤村《嫩菜集》出版翌年的明治三十一年（1898），以高滨虚子为中心，子规作为指导者的俳句杂志《杜鹃》在东京创刊，这份杂志为正冈子规的新俳句运动打下了坚实的基础，明治时代的新俳人也大都是从这份杂志出发。子规以写生文的形式提倡的散文中的写实主义运动，也是在这份杂志上发起的。

同是明治三十一年，正冈子规还倡导和歌革新理论，并对宫廷御所的旧派歌人们进行了抨击，主张与俳句一样秉持写实精神的新短歌创作。时为友人、时为竞争对手的与谢野铁干和其妻与谢野晶子的浪漫主义歌风，和正冈子规写实主义的歌风自此尖锐对立。明治三十年代初，时代整个倾向于浪漫主义，青年少女们更受与谢野夫妇"明星派"歌风的吸引。但是,这种歌风随着诗人们年纪的增长,渐渐失去了它的魅力。因而从明治三十八年起，写实精神开始盛行文坛，子规一系的写实主义短歌势头大盛，随着正冈子规的弟子伊藤左千夫（又名幸次郎，明治一年至大正二年，1864—1913）和长塚节（明治十二年至大正四年，1879—1915）的歌作的进步，子规一派占据了下一代歌坛的中心地位。

旧派的传统和歌也并没有完全衰败。与谢野铁干的老师落合直文、东京大学国文学教师佐佐木弘纲（文政十一年至明治二十四年，1828—1891）之子佐佐木信纲（明治五年至昭和二十八年，1872—1963）等人在旧派的手法中融入了若干新鲜的时代感受，并开创了各自的流派，他们周围也聚集了不少弟子。

第八章
自然主义的发生

文坛的变革期

明治三十六年(1903)一月,夏目漱石(金之助)结束了三年的英国留学生涯,回到了日本。在他归国的前一年,他的挚友,和歌和俳句的革新者正冈子规病逝,年仅三十六岁。同年,夏目大学时代的后辈,从明治三十年起就在当时的代表性评论杂志《太阳》上不断发表文学、美术、思想等各方面指导性评论文章的高山樗牛也去世了,年仅三十二岁。在夏目于东京帝国大学和第一高等学校教授英国文学的明治三十六年十月,尾崎红叶也以三十七岁之龄英年早逝。夏目归国次年的明治三十七年,斋藤绿雨逝世,年仅三十八岁,他不仅是优秀的短篇小说家,其辛辣尖锐的讽刺批评手法在这个时代更是无人能出其右。作为明治文坛的和歌俳句、文艺评论、小说之代表的这四人的离世，让这个时代也为之改变。

正冈子规的俳句革新事业，被他同乡的友人和弟子接延了下去。其中一人是高滨虚子，他将子规俳句的表现方法继续发展，还尝试发展子规所提倡的散文中的写实主义。另一人是河东碧梧桐，他让子规的俳句改革方向进一步飞跃，韵律和语言的使用上也进行了新的尝试。在这一时期开始被称作短歌的和歌领域，伊藤左千夫、长塚节等人也继承了子规的事业，并使其得到了进一步的发展。

随着红叶之死，砚友社独霸文坛的地位也就此告终，此前被压制的小说家也开始活跃起来。这其中就包括此时三十二三岁的岛崎藤村、德田秋声、国木田独步、田山花袋等人。此时，砚友社那种古典的、情绪过剩的小说已让人窒息，于是文坛发起了小说革新的尝试，这种革新直接受到了左拉写实主义小说的影响，同时，也间接地接收了屠格涅夫、托尔斯泰、福楼拜、莫泊桑等人的小说创作手法。

夏目漱石的出现

从明治三十三年起，最为频繁地尝试写实小说创作的，当属小杉天外（又名为藏，庆应一年至昭和二十七年，

1865—1952）。小杉天外在三四年之间持续不断地尝试与发表，渐渐引起了文坛的关注。他的年龄要比尾崎红叶大，也比他的老师斋藤绿雨大。在他二十二岁的时候，从东北的秋田县来到东京，在私立的法律学校求学期间渐渐对文学产生了浓厚的兴趣。随后住进比自己年龄还小的斋藤绿雨家中，之后又与绿雨一起成为新闻记者，一边工作，一边写讽刺小说，虽然也小有名气，但并没有引得世人瞩目。在他摆脱绿雨的影响，用英语阅读左拉的小说并努力进行新小说的创作时，他已将近四十岁了。他的老师绿雨因与红叶交恶而被孤立，小杉天外也未能加入砚友社，加之他对此前小说的写作方法持反叛态度，因而他的作品想要发表就难上加难了。当时最大的出版社博文馆发行了《太阳》和《文艺俱乐部》这两份著名的月刊杂志，砚友社社员大桥乙羽作为博文馆社长的女婿就任编辑主任一职，岩谷小波、江见水荫等砚友社社员也成了报纸编辑。而继博文馆后起的文艺出版社春阳堂刊行的月刊杂志《新小说》的编辑，与红叶的弟子泉镜花和柳川春叶又多有牵连。更甚者，尾崎红叶本身就是文艺报《读卖新闻》的主要社员。小杉天外在砚友社一众的白眼之中，依然在春阳堂刊行了他关于写实主义小说的尝试之作《初姿》（明治三十三年）、《流行小调》（明治三十五年）等。

小杉天外的写作生活因为经济原因而难以维持，于是他搬去了东京西面田舍町的小田原，当时是明治三十五年。此时，尾崎红叶身患胃癌，已经无法继续写作《金色夜叉》的续篇了。《读卖新闻》也因尾崎在工作上几无进展而与他解约，报纸的发行量也因此骤减。《读卖》开始重新寻找能够替代尾崎的人气作家，但是，在新进作家中最具人气的泉镜花因为他们解雇了自己的老师而拒绝为其写文。于是，《读卖》选中了砚友社之外颇有才气的作家小杉天外，并派人前往了他的田舍住居。

病重的红叶对《读卖》满腔愤恨，但这并未影响《读卖》自明治三十六年二月起对小杉天外新作《魔风恋风》的连载。这部作品将那些以崭新的生活情感反抗传统秩序的女学生的恋爱与新的社会风俗相结合，与写实小说相比，是真正以当时的新风俗为背景描写的浪漫主义恋爱物语。而且这部小说的手法比砚友社一系要更为新颖，题材和背景中具有时代感的新鲜味也让读者深受吸引，这使得小说一经连载，《读卖新闻》的读者数量便急剧增加，甚至有人说这部作品的人气超过了《金色夜叉》。

在明治三十六年，砚友社以红叶为首的主要作家，如川上眉山、广津柳浪等人沉滞之时，小杉天外成了这一时期最具人气的作家，显示出了取代红叶地位的趋势。但是，因《魔风恋风》所得的人气，是作为通俗小说家的人气，他仍然没有实现他最初想要创作写实的社会小说的理想，在这部作品之后，他一直作为通俗作家为社会所接受，也作为通俗作家开展之后的工作。

明治三十七年（1904）日俄战争爆发。在这场赌上国运的危险战争中，日本比预想的要进展顺利，日本也因此国内一片喧腾。但是大多职业作家都陷入了不得不以战争为题材写作通俗小说的窘境，纯文学也因此越来越沉寂。在这种境况中，该年年末，正冈子规离世之后负责俳句机关杂志《杜鹃》的编辑和经营的高滨虚子与子规的挚友，也是子规唯一的友人、东京帝国大学的英国文学讲师夏目漱石开始了亲密往来。夏目时年三十八岁。

明治三十七年末，虚子劝夏目漱石写作写生文。在子规活着的时候，他们一系的俳人们就曾经尝试创作写生的散文，也就是如实描摹人物和风俗的短文。漱石在虚子劝说的时候，已经写出了比写生文更加任性奇特的散文。那是一篇以猫为主人公，以猫的眼去观察一个英文教师和他的妻子、孩子、友人的极具社会讽刺意味的文章。该文以《我是猫》为题登载在明治三十八年一月发行的《杜鹃》上。

这部作品中包含了从英国文学中吸收的讽刺精神和江户时代以来街巷曲艺场所落语[1]的幽默，给读者以新鲜的印象，因而广受好评。高滨虚子随即又向漱石约了次月的版面文稿。漱石在长期的教师生涯中，本就渴望成为作家进行自由创作，于是他将这部作品续写了下去。由于刊号的延续，他将这部

---

[1] 落语：日本传统曲艺的一种，以诙谐的语句加上动作，再以有趣的结尾逗观众发笑，类似中国的单口相声。

作品的情节进行了延展,扩充成了小说,漱石也由此声名远播。

从此时起到明治三十九年(1906),许多编辑纷纷向漱石约稿。漱石于明治三十九年春创作了中篇小说《哥儿》。这部作品以漱石十一年前工作的四国松山中学为舞台,写的是正直的年轻数学老师与另一位刚直的老师一起,与校长、副校长和其他腐败的教员斗争,最终辞职的故事,是一部典型的幽默小说。此前,从没有一部小说能够像《哥儿》这样,将日本人特有的那种性急、正直,有时带有一些冒失的正义感描写得如此生动、淋漓尽致。这部作品也成为此后漱石著作中最受欢迎的一部,"哥儿"这个说法,也成为日本式的富于幽默感的正义之人的代名词一直被使用至今。

同年秋天,漱石又写出了中篇小说《草枕》。这是一部极具幻想性质的小说,一方面,小说中运用了从俳句中汲取的诗的手法,另一方面也充分表现出了漱石当时所具有的那种为了美而舍弃所有世俗功利想法的唯美思想。

八月,他完成了写作时间达两年之久的《我是猫》。这三部小说各有不同。漱石作为一个在年近四十的时候突然开始小说创作的英国文学研究者,他的小说中,既有充满幻想之美的文章,又有幽默小说,更有以讽刺的手法去批判知识阶层的小说,显然是一位万能的作家。到了翌年的明治四十年(1907),他成为当代最著名的小说家之一。

藤村在小诸的时期

这一时期与夏目漱石齐名同时又与之相对抗的原诗人岛崎藤村和田山花袋，开启了小说之新风。岛崎藤村于明治三十年二十六岁之时出版的诗集《嫩菜集》，是他一跃成为近代日本抒情诗之父的划时代之作。此后的三四年间，他陆续出版了《夏草》《一叶舟》《落梅集》等诗文集，对更年轻的诗人们产生了极大的影响。但是，不管是在哪个国家，写诗都难以支撑诗人的生活。藤村在此期间辞掉了仙台东北学院的教职，结了婚，而后在长野县小诸的私立农业学校谋了一份教师的工作，靠着微薄的薪水生活。但是很多人都在不断地关注关心着他，并前往他借宿的农家拜访，譬如他的同好田山花袋以及有岛生马、小山内熏等崇拜他的文学青年们。

从明治三十四年（1901）起，岛崎藤村停止了诗的创作，立志成为一名散文家。他为了掌握作为欧洲近代文学根本特性的写实手法，一有机会就会在小城周围的田间游走，不断地练习写作类似于散文的如实描写自然的写生文。明治三十五年，砚友社中心人物尾崎红叶去世的前一年，他发表了两篇试作的短篇小说。其中一篇《旧主人》因为描写乱伦人妻的生活而被禁止发售。面对这样的挫折，具有强烈的主体意识和忍耐力的岛崎藤村并没有崩溃,他一边从教,一边大量阅读福楼拜、左拉等人的作品乃至俄罗斯文学,为成为散文家做了充足准备。

田山花袋的努力

明治三十六年(1903),随着尾崎红叶的去世,田山花袋也得以从暗处走了出来。在明治二十四年之后的十二三年间,他虽然是作为小说家立身,但因不能像同辈的作家泉镜花和小栗风叶那样去写砚友社式的小说,故而一直无法摆脱青年作家怀才不遇的境况。他自学掌握了英语,大量阅读近代法国、德国小说,但是因为拙于技巧而遭尾崎红叶蔑视并被一直疏远。

尾崎红叶的个人力量虽然不甚强大,他也并不是一个恶人,甚至可以说他很正直,但是尾崎红叶坚信,小说家的本质就是写出美妙的文章,而且他从根本上是尊重封建道德的。他看重那些忠实坚守自己信条的弟子,并努力通过与自己关系密切的《读卖新闻》、博文馆、春阳堂等文艺出版社为他们谋前程。他的友人和弟子们就这样建立了一个以尾崎为中心的牢固团体。

因而,观点新颖且不擅韵文式的美文写作技巧的田山花袋，就难以融入到小说家的主流之中。但是，明治三十二年（1899），经大桥乙羽推荐，他成了大出版社博文社的编辑，这让他的生活得到了保证。他在做编辑工作和翻译的同时，也与作为小说家的文坛旁系岛崎藤村和国木田独步有了往来，并期待着能够认同他们创作的新的文学时代的到来。

因而，红叶的去世自然让田山花袋感受到了光明的到来。明治三十五年（1902），田山花袋继小杉天外的《流行小调》等作品之后，写下了写实主义小说《重右卫门的最后》。在红叶去世次年的明治三十七年（1904），日俄战争爆发。田山花袋作为博文馆的一员于该年三月从军。他在前往军船出发地广岛之后，在那里的驿馆见到了他所属第二军的军医部部长森鸥外。

藤村的《破戒》

身在长野县小诸的岛崎藤村，得知了田山花袋从军的事情之后，认为自己也应该在战争这样的大事件中获取切实的人生体验，于是他上京寻求机会。然而由于并不隶属任何报社和出版社，岛崎无法获得从军资格，所以只得返回小诸。返回之后，他决心完成此前打算从军时计划的新长篇小说。岛崎藤村用了两年时间完成了长篇小说《破戒》，小说写了一个因出身部落而饱受社会不合理鄙薄的青年，他隐瞒身份成了学校教员，但是不断被得知这个秘密的人威胁，最终他为求真实自曝身份，并且为了能够光明正大地生活而远渡美国。

在写这部作品的时候，岛崎关于主人公心理苦恼的描写方法，是受到了陀思妥耶夫斯基《罪与罚》的影响，而作为小说背景的自然描写，则用了他数年间尝试创作的关于长野县风物的写生文。但这部作品的中心问题是，对当时日本社会存在的种种社会差异的抵抗，以及其与日本现实的结合。

岛崎藤村在完成这部作品之后，打算凭一己之力出版。他如果想将这部作品委托给出版社，也是有出版社愿意出版的，但他坚持不借商人之手完成自己的作品，而是直接将其交到读者手中。可他没有钱，于是在岳父和友人的资助之下，于明治三十九年三月出版了这部小说。在这部作品面世之际，他结束了教师的生活并迁居东京。岛村抱月等人评道，这部作品的出版，标志着真正的自然主义文学的出现。《破戒》几经重版，被视作新文学的典型之作。

国木田独步

明治三十九年春，还是《我是猫》在《杜鹃》上连载的期间，夏目漱石已经被视为文坛的新中心人物。他读了《破戒》之后颇受震动，也向别人分享他看到新小说面世的感动。在漱石的周围，聚集着他在东京帝大的学生铃木三重吉（明治十五年至昭和十一年，1882—1936）、森田草平（又名米松，明治十四年至昭和二十四年，1881—1949）、野上丰一郎、小宫丰隆等青年，以及他的故友正冈子规的弟子高滨虚子、伊藤左千夫、长塚节等俳人歌人。三重吉、虚子、左千夫、节等人受到漱石成功的激励，也开始了小说创作。

明治三十九年，歌人伊藤左千夫写出了描写清纯的少年少女的爱的物语《野菊之墓》，还是大学生的铃木三重吉写了抒情小说《千鸟》。明治二十年写下日本最早写实主义小说《浮云》后便搁笔的二叶亭四迷，在经过政治经济领域的浮沉和海外旅行之后，尽管做了《朝日新闻》的社员，但依然再次拾笔写作，于明治三十九年写出了小说《其面影》。

而与田山花袋往来密切的国木田独步也长期处于怀才不遇的境地，他有时也会想去做个政治家，但由于他在日俄战争期间与出版业的关系，这一想法也以失败告终。除了做文人，他别无他途，明治三十八年，他出版了短篇集《独步集》。也是从这个时候开始，砚友社文学所不具备的那种独步特有的对人的新描写方法，才被世人理解，并作为新时代的文学受到了关注。此时的独步因心中苦闷而几乎无法工作，明治三十九年写出的短篇《命运》也备受好评。夏目漱石、岛崎藤村、国木田独步三人打破了砚友社作家们的写作僵局，写出了此时,乃至20世纪初的日本新文学。明治三十九年,夏目漱石四十岁,岛崎藤村三十五岁,国木田独步三十六岁。

就这样,在日俄战争之后的明治三十九年到四十年间,新作品如同洪波一般不断涌现。

花袋的《棉被》

与国木田独步同年的田山花袋被深深的焦躁感所支配,他在文学上的长年挚友,不管是藤村还是独步,作为小说家都是他的后辈,二人都已经成了一线作家,他却落于二人之后。他觉得自己必须要有新的进展了。此时,田山花袋已经结婚并生了孩子,但还将一个年轻的女弟子安置在自己家中,他恋慕那女子,但是女弟子有自己年轻的恋人,得知此事之后花袋十分苦恼。最终那女子离开他并去了乡下,后又上京与恋人结了婚。花袋想着能否以此体验为题材写部小说。

怎样才能在作品中充分展现出这一体验的真实感呢,读了许多西欧写实主义小说的花袋为此绞尽脑汁。他最终想出的手法,是与他和岛崎藤村青年时代阅读并深受感动的卢梭《忏悔录》相接近的自传式的写法。田山花袋在作品中虽然以第三人称指代自己,但那不过是表面,读者一看便知主人公就是作者自己。主人公是一个中年小说家,他贪恋自己的女弟子而又无法将自己的感情坦率相告，他一时作为老师靠近女子，一时又烦恼于对女子恋人的嫉妒，一时又怀着父亲一般的爱将女子遣送回家，最终，他闻着女子离开后留下的棉被上的香气，陷入忘我。这便是田山花袋短篇小说《棉被》的大致情节。

这部作品是在藤村《破戒》问世次年的明治四十年（1907）九月发表的。在文坛众人的眼中，《棉被》的主人公应当就是田山花袋本人，而小说中所描写的事情，也是花袋对自己真实生活的坦率剖白。这种写作方法，在日本小说中是前所未有的。在欧洲，类似的作品应该就是斯特林堡的自传体小说了吧。《棉被》因其写作方法上的露骨成为文坛的一个问题，更有甚者，小说中所描写的作家的真实生活，被社会民众当作一则丑闻，引起了强烈争议，花袋也受到了道德上的攻击。但是，年轻的作家们很敬重田山花袋勇敢剖白的率直。从田山花袋的这种态度中，年轻的作家们得出了这样的结论：编写的故事，总比不上率直描写自己的剖白手记带给人的感动。而且，年轻的作家们还从中感受到了反抗旧道德的意义。因此，在《棉被》问世之后，年轻的作家们认为即使是反道德也要遵从自己本心生活并将其坦率地写出，这才是文人的使命。将小说与自传体剖白相结合的方法，同时也伴随着错将阅读剖白忏悔的乐趣当作小说趣味的弊病。但是，这种剖白式的方法，对日本知识青年从古老的家族、阶级、职业的束缚中解放出来起到了很大的作用。他们自我觉醒，与古旧的束缚相抗争，而后将这种抗争以自传的形式写出。那些被同样境遇束缚的青年读到他们的作品之后，也会体会到自我觉醒的重要。从这个意义上来说，《棉被》和岛崎藤村的《破戒》一样，都是激发人从旧秩序中解放自我的浪漫主义冲动的作品，但是，从直接描写人的生活这一点来看，它们依然被视作写实主义作品而纳入到了自然主义文学运动之中。国木田独步的数篇抒情描写文和人的宿命观相结合的短篇小说也显示出了其浪漫主义的一个方面，但最终也还是被归到了自然主义文学运动中。

新归国的早稻田大学教授岛村抱月（明治四年至大正七年，1871—1918）在其主持的《早稻田文学》上，将藤村、花袋等人的作品定义为自然主义文学并予以支持，这成为很大的推力。田山花袋在《棉被》发表前一年的明治三十九年，成了博文馆创刊的杂志《文章世界》的主编。这本杂志随着花袋文坛地位的确立，渐渐成为自然主义文学发表的重要舞台，花袋不仅作为作家，也作为主编成为这一文学运动代表性的存在。

明治四十年日本文学新时代的代表作家有夏目漱石、岛崎藤村、国木田独步、田山花袋、德田秋声五人。在这五人中，夏目漱石凭借幽默中篇小说《哥儿》和表现美的思想小说《草枕》被视作一位特殊的作家，其他四人则都被纳入了自然主义流派。自然主义文学这一名称，是直接借用了法国文坛对福楼拜、莫泊桑、左拉等同时代作家的命名，但是，日本的自然主义指的是与尚未脱出韵文文体的砚友社文学相对的，以更为写实的文体创作的露骨的小说。在这五位作家中，国木田独步在得到广泛认可之后不久的明治四十一年（1908）六月二十三日便去世了。夏目漱石在明治四十年进入朝日新闻社，此后便只为该报写小说了。田山花袋在明治四十一年以自传体的手法在《读卖新闻》发表了长篇小说《生》；岛崎藤村在《朝日新闻》发表《春》；德田秋声经高滨虚子推荐，在《国民新闻》发表《新世代》。至此，他们都各自开启了自己作为一线作家的文学活动。但是，在这一时期采用写实手法进行小说创作的，除了这几人之外，还另有他人。

《杜鹃》诸同人

如前所说，写下日本最早写实口语体小说《浮云》的二叶亭四迷，在明治四十年以近似于自然主义者田山花袋的手法，写出了自传体写实小说《平凡》。将夏目漱石的《我是猫》和《哥儿》登载于自己主持的杂志《杜鹃》上的俳人高滨虚子，写下了描绘僧院生活的浪漫主义短篇小说《风流忏法》，并于明治四十一年发表了记述自己和自己的俳句老师正冈子规的生活的长篇小说《俳谐师》。正冈子规在短歌方面的弟子伊藤左千夫继《野菊之墓》之后，又写了长篇小说《分家》。同为子规门下的歌人长塚节于明治四十三年（1903）撰写了长篇小说《土》。这些正冈子规一系的俳人和歌人纷纷进行写实小说的创作，无疑是受到了他们的同伴夏目漱石成功的激励。正冈子规自明治三十一年创刊自己的杂志《杜鹃》以来，一直主张在俳句、短歌乃至散文中都应该重视写实，并让弟子练习写生文这种速写性质的散文。这种文体在他死后终于以漱石的活跃为契机结出了果实。

漱石周边的人

夏目漱石凭借着多方面的才能和在东京帝国大学任英文科讲师的学识，获得了许多知识阶层的读者。明治四十年，《东京朝日新闻》聘请他为小说执笔社员。于是他放弃了东京帝国大学教师的职位做了报社社员，这在当时看来是有违世间常识的。但是漱石认为，作为作家度过一生要更有意义。漱石的周围聚集了他做高中和大学教师时所教的学生中那些热爱文学的青年，在那些学生中，写出浪漫主义短篇小说并最早展现其才能的，是铃木三重吉。他的《千鸟》《山彦》（明治四十年）等作品中那种诗性的情感，既有泉镜花的成分，也有国木田独步的成分,由此开创了他自己的新境界。大学期间与铃木三重吉一起受教于夏目漱石的森田草平则是用更接近于散文式的文体写作。明治四十年,他与秉持新女性解放思想的富家美少女平塚雷鸟(明子,明治十九年至昭和四十六年,1886—1971)相恋并拼死私奔,二人最终被找到并带回。平塚明子被迫与森田草平分开,森田也饱受社会非难。漱石将森田带到自己家中,让他在《朝日新闻》上连载他的自传小说。明治四十二年(1909)一月,描写与平塚明子事件的作品《煤烟》在《朝日新闻》开始连载。凭借这部作品,森田草平得到了堪比田山花袋《棉被》的反响,从此确立了他作为作家的地位。在漱石周围聚集的青年中,另有一人是地球物理学学者寺田寅彦(明治十一年至昭和十年,1878—1935),他兼备科学家的眼和诗人的心,因写下了许多唯美的写生随笔和短篇小说而备受注目。其后,中勘助(明治十八年至昭和四十年,1885—1965)、内田百闲(明治二十二年至明治四十六年,1889—1971)等孤僻的年轻作家,也聚集在漱石周围。除此之外,安倍能成(明治十六年至昭和四十一年,1883—1966)、小宫丰隆(明治十七年至昭和四十一年,1884—1966)、阿部次郎(明治十六年至昭和三十四年,1883—1959)等关注思想方面的青年也经常出入漱石家中,由此形成了一个批评家团体。

龙土会

与漱石身边的这些人相对地,这一时期还有一个以自然主义作家田山花袋、岛崎藤村、国木田独步为中心形成的新集团。他们时常会聚在东京麻布的龙土轩西洋料理店进行讨论交流。龙土会的创始人是十年前与花袋和独步一起作诗的柳田国男。他从东京帝国大学毕业以后,成了农商务省的官员,从此离创作越来越远,但是,他对欧洲文学有着很深的理解,于是也加入了龙土轩的讨论。此外,诗人出身的岩野泡鸣、对戏剧极感兴趣的小山内薰(明治十四年至昭和三年,1881—1928)、工学专业出身的文学评论家中泽临川、诗人浦原有明等人也加入到了这个集会中,更有砚友社初期成员,对尾崎红叶的文学常持批判态度的川上眉山也加入了进来。由此,龙土会于明治四十年前后网罗了新文坛的中心人物,成为与每周四在本乡的夏目漱石家中举办的聚会相拮抗的存在。

岩野泡鸣与德田秋声

岩野泡鸣(又名美卫,明治六年至大正九年,1873—1920)是一个野性十足的奔放诗人,也颇有幽默感,但长期以来并不得志。他认为自然主义的自传体文学最适合自己的性格，于是写下了认同这一文学倾向的评论文《神秘的半兽主义》（明治三十九年）。从这一时期起，他开始积极进行小说创作。他在明治四十二年写出的《耽溺》一文，文体虽显粗杂，但对不顾世俗一味追求色情世界的主人公的描画是强有力的。他在龙土会常常会做一些旁若无人的发言，但他自己总是一副一本正经的样子，这在别人看来就觉得他是一个幽默的人。泡鸣与花袋和藤村同辈，年轻时也发表过一点作品，在《耽溺》被文坛接受之后，他也就自然被视作龙土会的一员了。

此外，尾崎红叶的弟子，此前落于泉镜花、小栗风叶、柳川春叶之后的德田秋声（明治四年至昭和十八年，1872—1943），文风素朴，此时也加入了自然主义作家行列。德田秋声也与独步和花袋同龄，他在明治二十三年（1890）立志成为小说家，但或许是因为肠胃脆弱的原因，他生来就显得羸弱无力怠惰散漫，加之他并不谙熟韵文式的美文创作，但是他极具冷静犀利地洞察人的精神力。因而，在这个轻忽文体之美而开始重视率直描写人生真实的时代，他的文风自然引起了众人的关注。此前，他也出版过为报纸所写的通俗小说《云的去处》（明治三十三年），但直到明治四十一年写出《新世代》，他才作为一个真正的作家为人所认可，这是一部描写纯粹的市井商人家庭的客观小说，其后，他慢慢开始剖白式的自传小说的写作，最终成为自然主义主流作家的代表之一。

他的文学的特质，就是在对自己和周围不抱任何道德和功利期待的情况下洞悉其本质。正是因为他的冷酷以及敏锐深刻的洞察力，他在对散文的现实性的捕捉方面，要比诗人出身的藤村和花袋更好，因此，秋声稍后便成为这一派系屈指可数的作家之一，也被称为真正的自然主义者。

真山青果、正宗白鸟与近松秋江

此外，还有两位纯粹的新人也作为加入这一流派的作家而登场。其中一人是小栗风叶的友人兼弟子，有时也是他的代笔，那就是真山青果。明治四十年，在《新小说》刊载花袋的《棉被》四个月之前，杂志《新潮》便登载了真山青果（又名彬，明治十一年至昭和二十三年，1878—1948）的短篇小说《南小泉村》。这部作品描写的是东北一寒村医院的代诊医眼中所看到的贫穷村人的生活。作者将村人们的贫穷贪欲粗野吝啬的生存方式，以一种全无姑息的残虐态度写了出来。这部作品将写实主义的方法进行了确确实实的运用，并凭借那种痛烈的印象，唤起了文坛人的注意。真山青果此时是三十岁。他生于仙台的世代藩士之家，父亲是教育工作者，二十岁时，他进入第二高等学校的医学部读书，但随后便弃学做了药剂师、医师的代诊医乃至中学教员，他从事过各种各样的职业。他在读了德富芦花的《回忆记》之后深受感动，便想成为一个文人，于是上京拜访芦花，想要成为他的弟子。但是芦花以自己没有资格成为他人之师为由拒绝了他。之后，他成了红叶的弟子佐藤红绿（又名洽六，明治七年至昭和二十四年，1874—1949）的学徒，并得识了小栗风叶，成为他的弟子。也就是说真山青果应该是红叶的徒孙。他本人是一个个性非常强的人，因而他的作品也充满力量。

在资质上与真山青果相当的另一位年轻作家，在《南小泉村》问世的三个月以前，即明治四十年二月，因在杂志《趣味》上发表短篇小说《尘埃》而引起关注。这是一部描写长期担任报社校对工作并完全失去人生理想和兴趣的老人的写生式作品，但是作品中飘浮的那种虚无感是日本文学中史无前例的，这让读者觉得作者仿佛是在诘问人生的虚空以及活着的意义。在这一点上，《尘埃》的作者正宗白鸟（又名忠夫，明治十二年至昭和三十七年，1879—1962）因为带去新的自然主义文学思想而被认可。正宗白鸟此时二十九岁，他出生于冈山县，在早稻田大学师从坪内逍遥和岛村抱月。而且也作为当时《读卖新闻》的记者写一些剧评和美术评论。他从少年时代就亲近基督教，常去植村正久的教会，也是内村鉴三著书和杂志的热心读者，但是，当他舍弃基督教以后，常常会去反复思考关于人生虚无的问题。真山青果与正宗白鸟二人，携此前文学中前所未有之新风登场，成了自然主义作家。

作为自然主义派的作家,最晚加入的是近松秋江(明治九年至昭和十九年,1876—1944)。他本名德田浩司,最初自称德田秋江,但因为喜欢近松门左卫门的戏曲,便以近松秋江为笔名了。他从早稻田大学的学生时代开始就与正宗白鸟是好友,他是一个颇为怠惰,又很容易耽溺感情的人。他将对离自己而去的妻子的爱,以及其中的悲惨与耻辱原原本本地全部揭露了出来,由此写成小说《写给别妻的信》(明治四十三年),并作为作家得到了认可。这部作品属于自传式的剖白,但是其以情感为主的描写方法,与其他的自然主义者有着显著区别。

长谷川天溪与岛村抱月

在自然主义文学的风潮席卷日本文坛之时,从理论上支持自然主义的批评家,有长谷川天溪和岛村抱月。长谷川天溪(又名诚也,明治九年至昭和十五年,1876—1940)自早稻田大学的前身东京专门学校毕业,进入当时最大的出版社博文馆,成为该社代表性评论杂志《太阳》的编辑。他最初也写宗教、美术、历史方面的评论,后来慢慢将工作重心转向了文学评论。在对田山花袋《重右卫门的最后》共情并撰写评论以后,他便逐渐成了自然主义文学的拥护者。他的立论是，人生本就是基于人本性的利己主义者的聚合，是故真正的现代作家就须拥有直面这种无以解决、理想破灭的勇气。他通过《太阳》大力拥护自然主义文学。

岛村抱月则作为东京专门学校出身、坪内逍遥的得意门生而为人所知。他在母校任教的同时，也进行小说和评论的创作。明治三十五年（1902）他前往欧洲游学，曾求学于牛津大学和柏林大学，明治三十八年归国，成为早稻田大学的教授。翌年，他复刊了长期休刊的《早稻田文学》，开始了他作为文艺评论家的活动。他起初只是介绍欧洲文学的传统，但是在理解了他归国之时兴起的自然主义文学的本质之后，便成了自然主义文学的拥护者。他大力声援岛崎藤村的《破戒》，也论证花袋《棉被》出现的意义。而且，他也在努力地为这种新的文学倾向进行理论建构。就这样，不仅仅是有影响力的杂志《太阳》《文章世界》《早稻田文学》成了自然主义文学的舞台，正宗白鸟做记者的《读卖新闻》的文艺栏也多登载自然主义作家的议论，这使得自然主义的作品风靡整个文坛。不少青年开始抱着小说就是自传体剖白的先入观念写一些粗陋的自传，结果，便产生了一种视诗性情感为幼稚、认为文章之美就是古旧的代名词，并将小说根本的故事性和构思技巧都当作邪道加以鄙薄的倾向，在此后的很长一段时间内这种习惯都根植于日本文坛。

砚友社一系作家们的变化

那么,在这种新文学隆兴的时候,砚友社一系的作家们又是怎样的呢?

川上眉山很早就意识到砚友社文学的不足并靠近樋口一叶,在一叶死后,又与她的同伴、《文学界》的马场孤蝶和川户秋骨相交,努力吸收新的文学精神。他在自然主义的勃兴时期也试图从自己的旧壳子中走出,出席龙土会的集会,并尝试创作自然主义的作品。但是,他是一个孤僻的人,终究难以将自己作为作家的苦楚说与人听,他的思想也很难从与学友红叶相交以来形成的旧作家的意识中超脱出来。川上眉山在明治四十一年六月十五日自杀,当时年仅四十岁,比国木田独步因结核去世早了几日。

广津柳浪个性很强,很难轻易改变自己的创作方法。他在明治二十九年到三十五年之间,写下了《河内屋》《今户中心》《畜生腹》《雨》等数部佳作,这些作品无一不是在描写那些被锁困于黑暗旧社会的僵滞秩序中的人的悲哀境遇。他希望能够得到解脱并站在更加广阔的视野去创作社会性的小说。他也排斥自然主义作家们的文学倾向,并写了以他们为主题的讽刺小说,讽刺他们对作品内容的不负责任,以及他们并不具备实践他们所写的那种真正解放人性的生活的勇气。

但是，他终究也没能找到自己创作的新境地，因而渐渐变得厌世，并远离了创作。自明治四十一年他四十八岁时在《二六新报》上连载了长篇小说《心火》以后，便几乎不再提笔，并由此沉寂了下去。

被认为是红叶最优秀弟子的泉镜花在红叶死后，便成了最受自然主义作家们鄙薄的存在。随着自然主义的兴起，镜花也失去了他大半的创作园地。然而世人皆知，镜花尽管不写写实主义作品，但他在浪漫主义抒情文学的创作上拥有天才的才能。红叶死后，镜花便与曾受老师红叶阻拦的恋人伊藤铃结了婚，并创作了描写此事来龙去脉的半自叙小说《妇系图》（明治四十年）。他到底还是通过这部作品展示出了他的力量，作品也被反复上演，为许多人所喜爱。

他在自然主义运动的兴盛时期，为了缩减生活所需移居逗子乡下，尽管这样，赚取生活费用也很不容易。只有《新小说》的主编后藤宙外（又名寅之助，庆应二年至昭和十三年，1866—1938）还支持他。宙外原是岛村抱月的挚友，也是逍遥的弟子，年轻时曾协助杂志《新著月刊》的编辑。之后，宙外与大量出版红叶著作的春阳堂合作，也与红叶走得很近，成了砚友社文学的支持者。在红叶死后，自然主义文学兴盛的明治四十一年（1908），岛村抱月在《早稻田文学》上发表了自然主义的支持论《自然主义的价值》，后藤宙外则随之在《新小说》上写了《非自然主义》进行反驳。随后，后藤宙外作为评论家、泉镜花作为作家，他们以《新小说》为根据地对自然主义进行抵抗。在评论方面，这种抵抗并未生效，但是当第三年的一月镜花在《新小说》发表短篇小说《歌行灯》之后，终于证明镜花的才华并未被议论削减，同时也证明，文学并不仅仅只有自然主义这一种方法。《歌行灯》写的是年轻的能乐艺人喜多八因青年时期的轻率行为被作为能乐名家的叔父逐出家门，直到有一次旅途中与叔父相遇，他的艺能也得到了叔父的认可，叔侄最终和解的故事，这部作品因其叙述和会话的美而被视作镜花的代表作之一。之后，镜花得到了为反抗《昴》《三田文学》一系的自然主义而兴起的耽美派年轻作家的支持和重新认识，尽管他的作品并不多，但他的创作一直持续到昭和年间也未中断。

小栗风叶的小说创作非常纯熟，同时也极具破灭性。红叶死后的第三年，也就是明治三十八年，他在《读卖新闻》发表长篇小说《青春》并获得了很高评价。这部作品是跟小杉天外《魔风恋风》相近似的青年恋爱小说，但因为受到屠格涅夫的影响，将抒情性和或多或少的近代意识相结合，因而显得颇有新意。由于这种新的创作方式，他一时被纳入到自然主义的初期作家之中，但后来专写通俗小说了。明治四十年，他移居爱知县的丰桥，自此就渐渐远离了创作。

柳川春叶则在红叶去世前后，与田口掬汀、草村北星、菊池幽芳等人作为通俗的家庭小说作家而一并成名，同时也就避开了纯文学作家的论争。

藤村以后的诗人们

继岛崎藤村、土井晚翠之后，在诗的领域有所成就的就当属浦原有明、薄田泣堇、野口米次郎这三人了。

浦原有明（又名隼雄，明治九年至昭和二十七年，1876—1952）最初立志成为小说家并拜入了尾崎红叶门下，在红叶的推荐下，于明治三十一年二十三岁时发表了两篇小说。但是他在读了当时岛崎藤村的《嫩叶集》之后，便被诗深深吸引，于是去拜访藤村并与之相交。他生于东京，正规的学校教育只完成了中学课程，但他相当擅长英语阅读，最初读外国诗人拜伦，后来又读了加百利·罗塞蒂，从明治三十六年起开始阅读法国新象征派诗人魏尔伦的作品英译，可以说开创了日本象征派诗歌的新风。

与岛崎藤村一同在《文学界》工作的上田敏（明治七年至大正五年，1874—1916），在帝国大学时曾受教于拉夫卡迪奥·赫恩（又名小泉八云，嘉永三年至明治三十七年，1850—1904），在赫恩去了早稻田大学之后，恰好夏目漱石归国，并做了东京帝国大学的英文科讲师。由于上田敏懂得西欧各国的语言，从《文学界》时代开始就翻译英法德意各国的新诗，并撰写介绍性的评论文，明治三十八年，他将此前的译诗汇集出版了译诗集《海潮音》，此时他年仅三十二岁。他在诗作原意的捕捉方面非常敏锐，加之日语的表现力也很卓越，这使得他的译诗效果有时甚至会超越原作。邓南遮的诗歌《声曲》就是上田敏所译：

> 我听，在这永夜，我的胸膛，伏着熟睡的你
> 我听，在这夜的静寂里，只有水珠滴答，滴答
> 时近，时远，听啊，水珠滴答滴答，绵绵不绝
> 在这永夜，在你熟睡的时候，你已熟睡，只留我一人

浦原有明想要找到比藤村所创的作诗方法更为新颖、更能够打动现代人心灵的诗的方法，因而当上田敏如此巧妙的译诗发表于杂志上之后，便引起了他的注意，他阅读之后，凭借译诗的影响和自身的学习，创制了新的作诗方法，并写出了数篇佳作。其中就有明治三十六年出版的第二册诗集《独弦哀歌》中的《圣菜园》：

> 在我采摘精神食粮的菜园
> 晦暗的思想已习惯了日日劳作
> 这里时有低矮的翠绿升腾

> 我身烦忧，是为梦境
>
> 也时而沉入恐怖的悲伤之境
>
> 地狱的大风啊，狂猛吹来
>
> 这里的生命，枝叶尽皆枯萎
>
> 欢乐冀愿徒自散去
>
> 啊，那花草（如同无羽
>
> 而私语的鸽）那香气
>
> 让干涸的泉重又淌起了水
>
> 啊，当荒芜的土地丰饶的时候
>
> 这里响起不绝的爱的花草赞
>
> 只一人，独在圣草园，劳作

这部诗集出版的时候，有明二十八岁。此后，他又出版了诗集《春鸟集》（明治三十八年）《有明集》（明治四十一年），成为藤村之后日本诗坛与薄田泣堇齐名的代表诗人。

薄田泣堇（又名淳介，明治十年至昭和二十年，1877—1945）与浦原有明几乎同时开始诗歌创作。他出身冈山县，从中学中途退学之后，便开始自学英语，与有明一样，读了大量的英国诗歌，并受到了鸥外与上田敏译诗的影响。他常住关西，在大阪的杂志《小天地》做编辑，也经常向与谢野宽的《明星》投稿。他的诗作比有明的更为华丽，想象力也更加丰富，但是在感受的敏锐度上不及有明。他于明治三十

九出版的第五部诗集《白羊宫》中的《啊,大和险峻如斯》一诗被评为佳作,并受到了上田敏的赏赞,其中的第一联如下:

> 啊,大和险峻如斯
>
> 已是旧十月的时节
>
> 神无备的森林里,秋叶飘零
>
> 穿过小路,晓露打湿我的头发
>
> 去斑鸠町,那里有平群辽阔的原野和疯长的草
>
> 有黄金的海面和摇曳的日光
>
> 尘居的窗已泛白,阳光淡薄
>
> 隔代的珍贵经文上,文字灿然
>
> 百济的琴,斋戒的瓮和那涂着彩绘的墙壁
>
> 看呀,暮色中恍然而动的立柱
>
> 宫殿中插着常开不败的花,斋殿深深
>
> 焚香烟气袅袅,宛延回折
>
> 盛满美酒的瓮啊,让人迷醉
>
> 那么,且就这样醉倒吧,就在这里

此时,泣堇三十岁。薄田泣堇的诗多用古汉字和日本固有语言的表现效果,当时的日本青年能够很好体会其中的意趣并且喜欢吟咏,但是因为过于偏重技巧而陷入滞涩,之后诗作的数量也逐渐减少,泣堇也开始了小说的创作。但是他

很快就放弃了小说,进入大阪每日新闻社,后来作为随笔家为人所知。浦原有明在明治四十一年出版《有明集》之后,也几乎中止了诗歌创作。但是此二人对他们之后出现的三木露风、高村光太郎、北原白秋、木下杢太郎、石川啄木等诗人,以及吉井勇、若山牧水等歌人产生了巨大的影响。

野口米次郎(明治八年至昭和二十二年,1875—1947)的特别之处在于,他用英语写诗,并受到了英国的认可。野口在爱知县出生,就学于庆应义塾大学,十八岁远渡美国,一边半工半读,一边住在亨利·米勒家中用英语进行诗和文章的创作。但他并没能在美国作为诗人成名。明治三十五年,他又前往英国,自费出版了一小册十六页的诗集《从东海而来》,分送各处,引得多方评价。当时英国诗人西蒙兹、叶芝等人便对他高度赏赞,甚至称他为堪与印度的奈都、泰戈尔并列的东洋三大诗人。自明治三十九年归国之后,他也用日语写过诗,但其中几无佳作。他后来做了庆应义塾大学英文科的教授,作为日本浮世绘的研究家为人所知。

第九章
明治末期的思想与文学

永井荷风的出现

自然主义小说一般都是灰暗散漫的剖白小说，也缺乏砚友社小说的那种故事性，这使得这一时期的小说呈现出了一种美好尽失的观感。在这种风潮中，饱含朝气蓬勃的情感与诗性意象的年轻作家的突然出现，给人一种云天之中阳光乍现的光芒四射之感。那就是明治四十一年八月出版的永井荷风（又名壮吉，明治十二年至昭和三十四年，1879—1959）的《美利坚物语》，它的出版几乎与藤村的《春》和花袋的《生》在报纸上结束连载是同一时间，当时，永井荷风刚满三十岁。

明治三十六年（1903），永井荷风远渡美国，作为学生和正金银行的职员在那里生活了三年，到明治四十年，他作为银行职员前往法国,又在法国度过了一年时光。他在去往美国之前是作为广津柳浪的弟子开始创作生涯的,也发表了数篇短篇小说,随着《地狱之花》(明治三十五年)的刊行,他作为新锐作家的地位得以确立。在居留美国后期到在法国生活期间,他以外国生活为题材在日本的杂志上发表了不少短篇小说。这些作品将青春的情感置于种种异国的境遇之中加以奔放的表现,其中充满了浪漫主义的美感。那些开始厌倦基调灰暗荒凉而又无所进展的自然主义文学的文学青年在永井荷风的这些作品结集成《美利坚物语》出版的时候,纷纷欣悦欢迎。而那些长期以来都习惯并亲近砚友社文学的美感,并暗中对自然主义文学颇为不屑的古风读者也从荷风的作品中得到了慰藉。岩野泡鸣则攻击永井荷风,认为他不过是对砚友社文学的重复,但是荷风的异国情调和自然感情的流露是区别于砚友社的新鲜的东西。在《美利坚物语》之后,他又出版了《法兰西物语》,但是这部作品因其中含有坏乱风俗的内容而被禁止发售了。不管怎么说,在明治四十二年到四十三年期间,荷风是作为最耀眼的新锐作家,不断发表了一部又一部的作品。

新归国作家永井荷风的出现的确令文坛震惊。他以前虽然在东京外国语学校的清语科保留了学籍,但并没有正规的学校生活,全凭喜好进行游艺创作,如此度过了青年时代。他自学习得的法语和法国文学的知识对他也助益良多。明治四十三年，庆应义塾大学大学新设文科，他便被招为教授，并成为该大学所出新杂志《三田文学》的编辑。当时，欧洲文明的输入从明治初期以来经过四十年之后已经定着为日本式的形态。东京的外国风建筑也增多了，街上也有了酒场和茶馆，到处弥散着一种欧洲和日本情调相混融的情味。青年们也喜欢品品洋酒，吃吃西洋料理，喝喝咖啡，而这些青年所梦想的文学，是与自然主义全然不同的甘美的、陶醉的、异国的梦幻的文学。在这种氛围中，与荷风同辈的作家、庆应义塾大学的教授小山内薰与左团次开始了新的演剧运动。在永井和小山内的刺激之下，新的文学运动以各种各样的形式就此展开。

《昴》作家群

当时，在东京帝国大学的毕业生和在校生所创的杂志《帝国文学》《七人》《新思潮》中，涌现出了一批以小山内薰为首的年轻文人，如武林无想庵、和辻哲郎、谷崎润一郎等。此外，在诗人与谢野宽与晶子夫妇周围聚集着的年轻诗人与歌人吉井勇、北原白秋、石川啄木、长田秀雄、高村光太郎、木下杢太郎等人，在离开了与谢野主编的杂志《明星》之后，于明治四十二年一月，创刊了新的杂志《昴》。

这个同好会的指导者是森鸥外,他是日本最早介绍海外文学的人,而且,作为作家、评论家,无论是哪个流派,都对他最为尊敬。森鸥外与幸田露伴在红叶去世前后保持了沉默,对于自然主义文学的隆兴也是以一种极度不满的态度进行观望的。但是对于这场因永井荷风归国而掀起的青年文学运动,鸥外是积极支持的。此外,《昴》还得到了以他们以前的老师与谢野宽为首的前辈作家永井荷风、浦原有明、小山内薰等人的援助,并兴起了对抗自然主义文学的唯美主义文学运动。

其中,被认为是最有才能的小说家就是谷崎润一郎。他们有时会在隅田川边的料理店开设酒宴,祝贺日本真正意义上的青春文学的诞生。北原白秋极具感受之美的诗、吉井勇令人印象鲜明的浪漫主义的歌、木下杢太郎的戏曲、谷崎润一郎被称作恶魔主义的小说《刺青》等等,都是在这一时期问世的。

谷崎润一郎

谷崎润一郎(明治十九年至昭和四十年,1886—1965)生于东京,从中学时代开始就是众所周知的才子。他从少年时代起就喜爱歌舞伎,读了许多江户时代的草双纸和读本，有着天马行空般的想象力。中学时代，他更是广泛涉猎中国文学和欧洲诸作家的作品。直到从第一高等学校毕业并进入东大之后，他才确立了文学之志。当时正是自然主义隆盛的时代，但他并不喜欢自然主义那种平板的文章和缺乏想象力与结构感的作品，反而被从欧洲归国的永井荷风的《美利坚物语》《法兰西物语》中那种感情充沛的异国情调深深吸引，并将荷风视为自己的先行者。

明治四十三年（1910），他与前辈小山内薰、学友和辻哲郎、后藤末雄，以及木村庄太等人一起，创办了第二个名为《新思潮》的同人杂志，发表了戏曲《诞生》、短篇小说《刺青》，并在《昴》上刊载小说《少年》。永井荷风读了这些作品之后也深受触动，他在《三田文学》上写了赞赏谷崎润一郎的评论文章，认为谷崎是明治以来首位兼具新奇文风和卓越才能的新人，文坛的关注也由此集其一身。凭借着荷风的推荐，谷崎一举成名。明治四十四年（1911）十一月，他在初受重视的纯文学杂志《中央公论》上发表了小说《秘密》，此时他才刚满二十六岁。

之后，谷崎润一郎在明治末期到大正初年写出了《恶魔》《阿艳之死》《阿才与巳之介》《异端者的悲哀》《小王国》《恋母记》等一系列作品，成为这个时代最富才能的作家。

北原白秋与三木露风

与谷崎同年辈的很多诗人和歌人,如高村光太郎、木下杢太郎、北原白秋、石川啄木、吉井勇等都加入了《昴》,他们同样反对自然主义文学的平板单调,创作唯美而又带有颓废感的诗歌。

北原白秋(又名隆吉,明治十八年至昭和十七年,1885—1942)在这个浦原有明和薄田泣堇沉寂下去的时代,作为年轻多才的诗人,与三木露风一起开创了新的时代。他生于福冈县柳川,就学于早稻田大学。明治四十二年出版了他的首部诗集《邪宗门》,其华丽的诗风一举引得世人瞩目。诗集卷头的《邪宗门秘曲》在接受有明、泣堇乃至上田敏《海潮音》的影响的基础上,确立了自己新的诗歌创作方法。

> 我想到
> 想到那末世的邪宗,天主的魔法
> 黑船的怪诞,红毛人奇异的国度
> 南蛮的条纹布,阿剌吉酒和红葡萄酒
> 艳红的玻璃,香气袭人的康乃馨

那蓝眼睛的传教士念诵着经文,梦中亦时有呓语
被钉上十字架的耶稣,鲜血淋漓
那些故弄玄虚的仪器,将罂粟也幻化成了苹果
说透过伸缩的离奇眼镜,窥得见极乐天国

说那房屋也用石头建造,大理石的洁白中涌动着血潮
玻璃罩子里的亮光,一入夜便能绽放
这迷幻的电灯,如同美梦般混杂着天鹅绒的香
映出月球上异兽珍禽的影像

在两年后出版的短诗集《回忆》中,也可以看到他所创立的独特的新诗风。

女郎啊,你想要的是什么呢
在傍晚深深迷梦的香气里
就这样与你接吻,接吻,接吻
你不停地啜泣
唉,你想要什么呢
女郎啊,你想要的是什么呢
在傍晚的,傍晚的无与伦比的梦境里

北原白秋的诗想象力丰富而恰当，在感受力的多样性方面，近代日本诗人中无人能出其右，因而被称为天才的诗人，不过也有人认为他的诗在思想的沉潜力方面多有不足。但是他的一生，在诗、短歌、俳句、童谣、民谣等诸多领域都留下了前人无法比拟的多彩的活动轨迹。

当时与白秋并称的诗人是兵库县出生的三木露风（又名操，明治二十二年至明治三十九年，1889—1964），他自称是象征主义的诗人。从诗风来看，白秋与薄田泣堇一系接近，三木露风则对浦原有明一系多有吸收，因而他的诗略显暗昧沉静。现摘录露风的诗作《死亡之恋》如下：

我们深深睡去

难以相见的日子，要到何时

心目紧闭，记忆消散

一腔赤诚啊，我的爱恋

钟声，声声似燃

醉后苦涩的泪水，我的泪水

钟声阵阵

难以相见的日子，他的声音

就在我的肌肤上响遍

三木露风是一位早熟的诗人，在十七岁时，他便出版了诗集《夏姬》（明治三十八年），随后又有一系列诗集面世，包括明治四十二年的《废园》、翌年的《寂寞曙光》、大正二年（1913）的《白手猎人》、大正四年（1915）的《虚幻田园》。随后他成了天主教教徒，于大正九年（1920）进入北海道修道院，自此创作活动急剧衰减，与白秋的活跃相比，他的后半生显得颇为沉寂。

与他同时期的诗人，还有人见东明、野口雨情、正富汪洋、加藤介春等人。

歌人们

这一时期歌坛的中心侧向了吸收正冈子规一系的影响，在明治四十一年由冈麓、伊藤左千夫创刊的《阿罗罗木》。这本杂志汇集了长塚节（明治十二年至大正四年，1879—1915）、斋藤茂吉、岛木赤彦、古泉千樫（又名几太郎，明治十九年至昭和二年，1886—1927）、中村宪吉（明治二十二年至昭和九年，1889—1934）、土屋文明等优秀歌人，这些歌人活跃于整个大正时期，他们从万叶歌风出发，呈现出了写实而又纤细澄净的歌风，譬如以下作品：

白浪流过人们生活的地方

将大地分成两半

奔向尽头

　　　　　　　　　　　——伊藤左千夫

夜已深

月光悄悄钻进蚊帐

无一人知晓

　　　　　　　　　　　——长塚节

高槻的树梢上

画眉鸟啼声呖呖

春天来了

　　　　　　　　　　　——岛木赤彦

来此，心内一片哀痛

眼前的山上

积雪皑皑

　　　　　　　　　　　——斋藤茂吉

　　面对这样的写实倾向，那些接受与谢野宽与晶子《明星》一系影响的吉井勇和白秋等歌人，以及明治时代继正冈子规和佐佐木信纲之后活跃的尾上柴舟一系的若山牧水等歌人,则展示出了别样的浪漫主义特色。

> 白鸟啊你不悲伤
> 那碧海般的蓝天
> 亦未曾将你浸染
>
> ——若山牧水

> 那让人无比怀念的祇园啊
> 纵是入睡
> 枕下仍有水流过
>
> ——吉井勇

> 凝望着
> 雾雨中的银柳
> 方觉春天已至
>
> ——北原白秋

此外,同时代的歌人,还有窪田空穗、金子薰园、太田水穗、川田顺等人,短歌与诗一道,从明治末期到大正前半形成了许多流派,涌现出不少佳作。

白桦派诸同人

自然主义文学勃兴时期，在为皇族和贵族子弟教育开办的学习院的在校生和毕业生中，就有一批热爱文学的青年。他们从明治四十年起就出了两三种内部的杂志，到明治四十三年（1910）终于联合创办了同人杂志《白桦》。他们是武者小路实笃、志贺直哉、正亲町公和、木下利玄、里见弴、园池公致、儿岛喜久雄、柳宗悦、郡虎彦等人。此外，有岛武郎、有岛生马、长与善郎也加入了他们的同好会。他们中很多人都是公卿旧大名或者成功实业家的子弟，不知生活苦辛，因此有着强烈的理想主义倾向。在这些人中，有岛武郎、志贺直哉、长与善郎从早前就开始进出内村鉴三家中，武者小路实笃则对托尔斯泰的人道主义深感共鸣，故而非常尊敬具有同一倾向性的德富芦花并不时前去拜访。同好会中的大部分人都具有追求道德感的意愿和加入文学活动的意图，他们受明治四十年前后新文学运动的刺激，对露恶的阴郁自然主义文学抱有强烈的反感情绪。自然主义者大都出身贫困的农民聚居之地，他们自身也窘迫不得志，往往是在屈辱中度过青春时期，作品中自然就多带了阴暗、自弃、虚无的情绪。

《白桦》的同好们并不觉得人生就是那般黑暗，他们坚信人生的问题尽可以凭靠善意、良心、友情去解决，同时他们也很难认同感官享乐主义和异国趣味风行的《昴》。他们中大多数人信重的作品，是夏目漱石。武者小路实笃便写了漱石作品的评论文，还与志贺拜访过漱石。

《白桦》派的青年作家们虽然敬重漱石，却不曾像漱石的弟子森田草平、铃木三重吉那样直接聚拢在漱石身边，他们营建起了自己不同于他人的文学与思想氛围。他们的特色之一，就是以自己为中心，将个人的利己主义与良心在心中加以调和，从而期待善的意识的支配。

这种人道主义的冲动最为强烈的就是武者小路实笃（明治十八年至昭和五十一年，1885—1976），他明朗的性格和坚决对抗自然主义文学的意志，让他成为这个同好会的代表。他不关注文章的技巧，因而他的文章时常遭到反对者的嘲笑。但是，他那种不为任何外物拘束的明快思想，以及表现这种思想的全然无邪率真的文章，让他的作品呈现出了其他成名作家无法企及的强烈张力。

武者小路实笃尽管反对自然主义的无解决和虚无思想，但同时也利用其自传式的剖白文体，于明治四十三年二月写下最率直的小说《老好人》，此时他二十六岁。小说写的是一个极为单纯的故事：坚信真心可以换来真心的青年痴恋一女子五年之久，却最终遭到背叛，他尽管意识到了自己的天真，却并没有放弃良善的本性，也没有失去对真心的信心。看上去过于单调的文章,最终却累积了无数人性的感动,在这一点上,他在日本可谓开创了新的文学样式,并逐渐为文坛人所理解,文坛也认同了武者小路实笃这样一种特殊人格的存在。

武者小路的挚友志贺直哉(明治十六年至昭和四十六年,1883—1971)在文学之路伊始则显得默默无闻。与武者小路不同,他的特色在于鲜少进行空想,而是正确看待事物并将其写实地描写出来。他与武者小路从当时的高中学习院毕业之后进入东京帝国大学,却中途退学,立志成为文学家。志贺最初得到认可的作品,是明治四十一年所写的短篇小说《一个早晨》,那不过是一部关于家庭中司空见惯的场景的小说,但小说中并没有徒劳的描写,而是将人的心理与行动中最强烈的部分进行了有效的汇总,就此塑造了他所特有的写实主义。此时,他二十六岁。这部作品虽然只是在小范围内得到了认可,但认可他的作家包含了从自然主义出现以来进行写实小说创作的大部分作家。譬如藤村、花袋,他们的写实手法,因其与生俱来的诗人气质而流于咏叹,在描写的确切性上则略显薄弱;而泡鸣和秋声则因自我放任的态度,文章细部常因不甚用心的粗杂而显出凌乱的倾向。与这些作家相比,志贺直哉在以自传式的想象进行小说创作方面,与武者小路一样都受到了自然主义的影响,但不同的是,他将描写的部分极力压缩,只着重于本质,具备一种削减了不必要部分的集中性，这是他所认为的写实主义的基础。当时，志贺直哉的代表作有《大津顺吉》《剃刀》《克罗蒂斯日记》等。志贺直哉凭借着数篇短篇小说，得到了文学专家们的重视。大正初年，志贺直哉得到了夏目漱石的认可，漱石建议他在《朝日新闻》发表长篇小说，于是他开始了长篇小说《时任谦作》的写作，但他的小说题目被认为并不适合报纸小说，由此他失去了继续写下去的勇气并陷入了颓靡之中，也中断了小说的创作。此前，在他构思这部作品期间，曾经移住尾道、松江、京都、赤城山等地，大正三年，他结了婚并定居在了我孙子市，此后的三年之间一直很沉默。大正六年，他经友人武者小路实笃的推荐，再次开始了创作，写下了《在城崎》《小僧的神》《真鹤》《和解》等优秀的作品，在文坛复起。凭借着这些作品，他作为日本文学中确立最确切的写实主义手法的作家，成为被许多后辈作家视作目标一般的存在。

稍晚加入该派的有岛武郎（明治十一年至大正十二年，1878—1923）比志贺直哉还要年长五岁，比武者小路实笃大七岁，他从学习院毕业之后，进入了由克拉克奠定基调的札幌农学校，成为一名基督教徒。此后他远渡美国重读大学，大学期间，他曾像内村鉴三一样做过精神病院的看护工作。他在大学专攻经济学，但在这个过程中他失却信仰，开始广泛阅读文学作品。有岛武郎因受到惠特曼、托尔斯泰、易卜生等作家的影响而萌生了社会主义思想。他前往美国是在和永井荷风同年的明治三十六年（1903），而归国时间则比荷风早一年，是在明治四十年。当时，他的弟弟有岛生马正留居欧洲学习绘画。有岛武郎在美国期间也曾尝试创作过一两部作品，但在归国之后他依然没有成为文学家的自信，于是在母校札幌农学校做了教授。他偶尔也会作为同好去参加后辈们和其弟有岛生马，以及里见弴等人始创的《白桦》的活动，在他们的劝说之下，又重新开始了创作。有岛武郎在该杂志发表数篇短文之后，从明治四十四年一月起开始了作品《一个女人的一瞥》的连载。这部作品描写的是一个名为早月叶子的女性，她的原型就是佐佐城信子，她原是国木田独步的妻子，后与有岛武郎的友人订婚，婚约期间又在去往美国的航船中与一船员相恋，从此生活陷入混乱破灭。这部作品在连载期间并没有引起关注，但到了大正八年（1919），有岛武郎对其进行了改写，并添写了后篇，使其一跃成为有岛的代表杰作《一个女人》。有岛武郎青年时代曾经长期在海外生活，遍阅世界各国文学，并吸收了俄罗斯文学的无政府主义者克鲁泡特金等人的社会主义思想。而且，由于他教师职业的关系，他成为当时鲜少以自然主义的剖白式自传小说的方法进行创作的作家。有岛武郎其实有着基督教强烈的仁爱思想，但是这种极易感知的情绪被他压抑在了绅士式的生活中，形成他特有的性格。

明治后半的思想家

明治初年以来，基督教思想对日本的思想家和文学家们造成了强烈的震动，涌现出了譬如新岛襄、植村正久、内村鉴三、海老名弹正、押川方义等一大批指导者。日本的基督教思想具有在武士道正义感的基础上加以补足的倾向性，这超越了仅仅依从阶级秩序思考人的儒教道德，而是在人性的层面上将所有人视作同胞，这成为新的人生观、社会观形成的基石。德富苏峰和芦花兄弟接受新岛襄的教导，藤村、独步、白鸟等人则受教于植村正久，小山内薰、志贺直哉、武者小路实笃、长与善郎、有岛武郎等人则向内村鉴三靠拢了过去。岩野泡鸣就学于押川方义的东北学院。他们中的大多数人意识到文学家的生活很难不打破基督教的戒律，于是便放弃了这一信仰。但是他们不会以上下型的模式去考虑人与人的本质关系，而是在平等的基础上去看待人性之爱，他们的这一根本思想支撑了他们的创作，这一点是我们必须重视的。

基督教的思维方式对社会主义思想也产生了重要的影响。明治三十年（1897），社会主义运动在日本兴起，其中心人物便是曾经长期留学美国，后作为秉持社会主义思想的基督教徒返回日本的片山潜。而后，持温和的社会主义思想的传教士安部矶雄也加入其中。此外,基督教的牧师横井时雄、松村介石对此也大加支持。但是,在幸德云次郎(又名秋水)和堺利彦(又名枯川)加入之后,社会主义运动的日本特色渐渐明晰起来。片山潜以该运动在日俄战争前夕受到弹压一事为契机前往美国,到明治三十九年返回日本之时,他成了坚持议会政治的温和的社会主义者。而激进的社会主义运动则是由幸德与堺所指导的,发起普选运动的基督教徒木下尚江也支持他们的运动。幸德是中江兆民的弟子,他于明治初年与西园寺公望一同留居法国,成了唯物的社会主义者,从法国归国之后,他又前往美国,对社会主义进行了理论的研究,渐渐倾向于无政府主义,并排斥议会政治,他坚信劳动者应当直接行动并发起革命。堺原本是对儒教抱有深切认同的合理主义者,与马克思主义的立场大体相近,他的思想要比幸德更为稳当。

日俄战争以后,大企业创立,失业者增多,由于劳动的不安,足尾铜山发生了暴动,社会主义运动也再次炽盛,山川均、荒畑寒村(又名胜三)等年轻的斗士加入了其中。此外,也出现了像石川三四郎、大杉容这样的无政府主义者,他们的运动时而是对共产主义与社会主义的对抗,时而又与其合流。从这一时期开始,社会主义运动便远离了基督教,渐渐具有了极强的暴力色彩。明治四十一年(1908)六月二十二日,在石川三四郎为他们的同志山口义三(又名孤剑)主办的出狱欢迎会上，他们竖起赤旗与警卫队相争，大杉和山川等人由此被投入狱中。在政府对其加强警戒和镇压的同时，他们的暴力革命倾向也愈加强烈，认同幸德思想的一部分人甚至尝试炸弹的制作。在他们的社会主义团体中，二十六名被检举，幸德和他的情人管也须贺子作为谋划暗杀天皇的革命团体中心人物接受了审判。在以幸德为首的二十六名被告中，虽然不乏明显的含冤者，但其中确实有三四人企图暗杀天皇，这是事实。明治四十四年（1911）一月十八日判决结果宣布，除两名被判有期徒刑之外，其余二十四人都被判处死刑。在幸德秋水与管也须贺子被执行死刑之后，后面的十二人被改判了无期徒刑。

这一事件不仅令日本全社会大受震动，也引起了世界各国社会主义者的强烈反响，甚至可以看到劳动者们在日本大使馆前游行的光景。以这一事件为契机，日本开始彻底地取缔和镇压社会主义运动，他们几乎无法进行任何活动。而且，文学家们的发言和创作也不再能够延伸为社会性的举动，而仅以作家身边的事情为题材的剖白小说开始盛行文坛，发展到后来这种小说被称作私小说，成为日本近代小说的一个固定类型。

德富芦花并没有加入文坛的交际圈，他常常作为自由的人道主义者生活和创作，吸引了许多读者。在幸德事件发生之时，他进行了关于申诉幸德秋水等人被判处死刑的不当性的演讲，并向当局提交了相关文书，但并无结果。

石川啄木

石川啄木（又名一，明治十九年至明治四十五年，1886—1912）靠着《朝日新闻》的校稿工作维持贫寒的生活，这也让他有机会读到了幸德事件非公开的审判记录，他意识到这一事件中来自不正当的国家权力的压力，这让他的思想发生了很大改变。他写文章攻击自然主义者刻意回避解决、具有宿命论的人生观，并将自己划归为社会主义者。他原是与谢野铁干《明星》的一员，因和吉井勇、北原白秋一起创作耽美诗歌而得到认可，后因反感《昴》唯美的异国趣味而脱离了那一流派，去探寻属于自己的道路。幸德事件之后，他开始创作极具写实意味和明确意象的诗歌，其中饱含革命的意识。而且，他还把短歌从传统的自然和季节描写中分离了出来，只将其当作完全忠实生活的抒情诗，形成了独具特色的三行短诗。他的歌集《一握沙》在明治四十三年刊行，而另一册歌集《可悲的玩具》则直到他去世之后才得以出版。在他的这些诗和歌得到世人认可之前的明治四十五年四月，他因结核去世，时年二十七岁。

在东海的小岛的岩滩

我的泪水打湿了沙
摆弄着一只螃蟹

这没有生命的沙的悲哀啊
沙沙地
一握，便从指缝间落下

啄木写下这首歌的时候，土岐哀果（又名善麿，明治十八年至昭和五十五年，1885—1980）作为他的盟友，同样也尝试进行短歌的革新，二人多有往来。

啄木的诗在初期因受到泣堇和有明的强烈影响而缺乏独创性，但到了晚年展现出了极强的写实性并给人以鲜明的印象。

我的友人，打开旧皮包
在蜡烛的光影散落的微暗床上
掏出了许许多多的书
那都是这个国家的禁书

最后，他翻出一枚照片
放在我的手上
他静静倚在窗边，吹起了口笛
那是一张并不美丽的少女的照片

随着他的思想在理论层面上的明晰,他的诗歌也变得写实、锐利而安定。啄木诗歌的变化,昭示着诗歌在脱离明治影响之后的发展方向。

鸥外和漱石的对立

在明治末年(1912)到大正初的三四年之间,日本的思想和文学为各种怀疑思想、内省的思索、颓废美的思想所支配,在这种氛围中,尽管自然主义文学发展停滞,但将自传当作小说的写作方法依然为日本的近代小说奠定了基石。这种自传式的剖白,影响到了白桦派,该派作家写出了具有理想主义倾向的自传小说。不仅如此,反对自然主义的夏目漱石也受其影响,于大正四年创作了自传小说《道草》。当时的文艺评论家大都是自然主义的支持者,他们认为,尽管漱石拥有广泛的知识阶层读者,但他的文学并不是真正意义上的近代文学,而只能算作游戏文学。因而,在漱石的自传小说《道草》出版的时候,这些评论家评论道,漱石这才开始了真正的小说创作。

森鸥外是一位自控力极强、意志坚定的理想主义者,他因自然主义耽溺情感而对其多有非难。他聪明理智,并不是那种创作力勃发型的作家。他认为，如果自己使用自然主义文学的创作方法进行写作，必能写出优于他人的作品。他怀着这种自信，在明治四十二年七月号的《昴》上发表了关于自己性生活的报告《我的性生活》。因为这部作品，《昴》甚至被禁止发售，但是小说本身其实是禁欲的医学报告书式的作品，能够起到修正性风俗的作用。在其写作中，弥漫着森鸥外所特有的那种兼为文人、军人、医学家的冷静透彻的人生认识。他作品的魅力，是那些年轻的读者很难参透的，也无法为那些耽于杂志小说阅读的读者所理解。但是，那些深入关注人生，对自己和他人均具备洞察力的人，则能够体味到他作品中那种穿透澄澈水面望入湖底的通透感。他是文坛元老，是介绍引入海外文学的伟大存在，整个文坛无人不惧他尖锐的批评，但他并不是这一时期的人气畅销作家，仅在青年作家们创办的没有稿费的杂志《昴》上发表文章。不过自此时起，他写出了许多短篇小说，开始了时隔十年之久的活跃的创作生活。

这一时期的森鸥外，抱着强烈的与夏目漱石竞争的意识。明治四十一年（1908），漱石在《朝日新闻》发表青春小说《三四郎》，与之相对的，森鸥外便在明治四十三年的《昴》上连载了题名相类的小说《青年》。但是这部小说最后以失败告终，鸥外也停止了连载。此后，他也开始在《中央公论》《三田文学》等多家杂志发表文章。大正元年（1912）九月，乃木大将夫妇为明治天皇殉死之时，与乃木大将多有交际的鸥外对日本武士的精神生活产生了兴趣，由此写出了历史小说《与津弥五右卫门的遗书》。从明治四十四年（1911）九月起，鸥外在《昴》上分十二回连载了描写一大学生与放高利贷家小妾故事的长篇小说《雁》。这部作品生动地描写了明治时代的上野本乡附近的风景和市街，与其同时，也极其明晰地展现出了青年、女子、放贷老人的心理，作为纯粹的小说而言可以说是他一生的杰作。到了大正时期，他在完成《浮士德》的翻译之后，便渐渐转向了历史小说的创作，大正五年（1916）以后便专注于《涩江抽斋》《伊泽兰轩》《北条霞亭》等史传的写作之中了。虽然他对自己的转向做了说明，觉得这是因为自己为官的经历以及喜欢历史实证调查的性格作用之下自然而然选择的题材，但是田山花袋认为，鸥外全无虚构的实证的史传，是受到了自然主义的影响。

夏目漱石在进入《朝日新闻》之后，以一两年一部的速度进行长篇小说的创作。最初所撰的《虞美人草》（明治四十年）以诗性的表达描写了近代人的恋爱心理，被认为是多少受到了镜花的影响。但是随后他的作品逐渐发生了变化，他放弃了早期的浪漫主义散文诗风格的创作，也中止了幽默小说的写作，到明治四十二年《从那以后》发表之后，他的关注点全部集中在了知识人的良心和利己主义的问题上，与自然主义文学忏悔冲动之下的剖白不同，他通过客观小说，着力于从内部对人进行剖析。虽然此时的漱石所创作的已经是真正意义上的近代文学了，但他的作品并没有得到那些只重剖白真实的文坛人的关注，他们依然将漱石的文学当作游戏文学加以轻视，或者敬而远之。

漱石喜欢在家中会客，他与年轻的思想家和作家们的相谈，充溢着机智。因而，每周四漱石的待客日对于青年们来说也成了极富魅力的文学集会。继寺田寅彦、野上丰一郎、森田草平、铃木三重吉、小宫丰隆等人之后，中勘助、内田百闲（又名荣造，明治二十二年至昭和四十六年，1889—1971）等东京帝大的学生和毕业生们也聚拢在了漱石家中。铃木三重吉在《千鸟》《千代纸》等浪漫主义小说之后，渐渐转向写实小说，写下了譬如《桑果》这样取材于现实生活的作品。中勘助从明治末期到大正初年，凭借描写少年时代回忆的《银之匙》得到了漱石的赏赞。

从明治末到大正初，在鸥外和漱石不断进行对抗的时候，自然主义者阵营中，岛崎藤村继《春》（明治四十一年）之后，发表了描写家族亲戚的《家》（明治四十三年），其创作手法在这部作品中达到顶点。花袋在《生》（明治四十一年）之后，又接着写了《妻》（明治四十二年）、《绿》（明治四十三年），至此完成了他的自传小说三部曲。秋声先后创作了《足迹》（明治四十三年）、《霉》（明治四十四年），体现着他从客观小说逐渐向自传小说的转变。泡鸣依靠《放浪》（明治四十三年）

之后的《断桥》《发展》，进入了他大规模自传小说五部曲的写作。白鸟从《去何处》（明治四十一年）到《泥人偶》（明治四十四年），其小说中厌世的意味更加浓烈。此外，永井荷风、谷崎润一郎、木下杢太郎、北原白秋等唯美主义倾向的作家和诗人也在持续地开展着他们的活动。这些作家的作品都是文学史上重要的存在，但是，与每个作家个人创作的日渐成熟相对的，文坛被笼在了一种停滞感之中。

第十章
大正初期的诗和小说

《新思潮》诸同人

从明治末到大正初期,自然主义文学的中心是以明朗和善的山田花袋为核心的《文章世界》和阴郁理论的岛村抱月所主持的《早稻田文学》,但是崇拜者最多的是沉稳寡言的作家岛崎藤村,而以森鸥外和永井荷风为指导者的《三田文学》和《昴》则站在与其对立的艺术至上主义阵营。此外,在夏目漱石、高滨虚子周围,也聚集着一些歌人俳人和东京帝大出身的年轻作家和批评家。夏目漱石的文学中并没有自然主义者那种近乎于宗教的自虐式的忏悔态度,也没有《昴》的文学家们那样耽溺于情绪、空想、感觉的倾向,他多描写那些以幽默的态度进行人生批评,以理智的判断处理人生种种危机的人。正因如此,那些想要过上普通生活的知识阶层许多都成了漱石的忠实读者。但是那些着意通过文坛生活苦修的青年则偏爱自然主义文学,而那些追求青春期的空想和情感以及外国文学的异国情调的青年则喜欢阅读《昴》。

小山内薰在明治四十年到明治四十一年期间中止杂志《新思潮》六册的刊行。明治四十三年(1910)九月,他的后辈,东京帝大的学生们以小山内薰为中心复刊了《新思潮》。这些人中,除了谷崎润一郎、和辻哲郎、后藤末雄等大学生之外,还有像木村庄太这样的同好。润一郎通过在该杂志发表《刺青》《麒麟》为世人所知。因而,东京帝大的文学爱好者们于大正三年(1914)创办同人杂志时第三次冠以《新思潮》之名,也就不难理解了。久米正雄、芥川龙之介、丰岛与志雄、菊池宽、松冈让、山本有三、成濑正一、秦丰吉、山宫充等人也参与其中。这本杂志认可了丰岛与志雄的小说和久米正雄的戏曲,使二人得以在文坛崭露头角,但是,除此之外,没能让其他同好引起世人关注。

该同好会中的芥川、久米、菊池、松冈、成濑五人于两年后的大正五年二月第四次刊行了《新思潮》,并在创刊号上登载了芥川龙之介的(明治二十五年至昭和二年,1892—1927)短篇小说《鼻子》。

此时,芥川龙之介还不满二十五岁。夏目漱石读过这部作品之后深受触动,于是写信给芥川,直言"这样的作品若能再得二三十篇,您必将成为文坛无与伦比的作家",这对芥川来说是莫大的激励。而且,经时任《新小说》编辑顾问的漱石门生铃木三重吉的推荐,《鼻子》得以在《新小说》再次刊载。这是芥川龙之介在文坛迈出的第一步。芥川拜访了夏目漱石,此后一直视漱石如师,他的同好久米正雄与松冈让等人也时常出入漱石身边,继铃木三重吉和小宫丰隆在漱石周围的集会之后,第二期漱石的弟子群由此产生。芥川尽管师事漱石,但以他的小说《鼻子》为例就可以看出,与现代相比,他对从历史中取材更感兴趣,他的手法许多都是从森鸥外的历史小说借鉴而来的。此后,芥川创作了许多优秀的短篇小说,如《罗生门》《地狱变》《圣·克利斯朵夫传》《戏作三昧》《玄鹤山房》等。

芥川和久米进入文坛,之后顺利地作为新作家开始发表作品,但是他们的同伴菊池宽(明治二十一年至昭和二十三年,1888—1948)尽管也在该杂志发表了《屋上的狂人》《父归》《海的勇者》《投河救助业》等在后来成为名作的戏曲小说,但是当时并未得到认可。菊池曾与久米和芥川一道在第一高等学校就学,在学期间为给偷盗的友人替罪而退学,后来进入京都帝大求学。菊池作为作家并没能得到认可,于是在京都帝大毕业之后便前往东京,从大正五年(1916)起在《时事新报》做着记者的工作。他在大正七年七月首次在当时盛传可以让新作家登龙门的杂志《中央公论》上发表了自传小说《无名作家日记》，比芥川晚了两年。但是对他的名气起到决定性作用的则是两个月后在同一杂志登载的《忠直卿行状记》。这部作品写的是一个被全然放任自流的大名的故事，由于可以任性妄为，他道德感沦丧，在奸污臣下之妻后终于陷入精神的破灭，从此作为罪人过着孤独的生活，这反而让他获得了内心的平静。菊池宽的作品时常进行社会批判，他会明确地写出所涉问题的要害。这是他爱读近代英国戏曲，尤其是萧伯纳的作品并受其影响的结果。在这一点上，菊池宽与自然主义者们不做选择、没有问题意识的自传式写法全然不同。芥川也具有同样的社会批判倾向，但喜欢法朗士和波德莱尔的芥川文章中的反论、机智、诗情，让他选择了更为精细的技巧。因为这样的特色，菊池和芥川等人被称为理智派，在大正七年到大正八年期间，菊池、久米、芥川三人作为东京帝大颇具才能的作家，继谷崎润一郎之后登上文坛的中心。

在这一流派中，除此三人之外，还有东大作家中比他们更早进入文坛的丰岛与志雄（明治二十三年至昭和三十年，1890—1955），以及他们的同好、作为戏曲作家成名的山本有三（又名勇造，明治二十年至昭和四十九年，1887—1974）。山本有三出生于枥木市，少年时代曾做过商店的店员，通过半工半读自东京帝大德文系毕业。他做过一段时间的新派专属作家和舞台监督之后，成了早稻田大学的讲师。他创作了描写曾在第一高等学校读书的贫穷矿工的独幕剧《穴》并得以上演，他从一开始就具备了练达的技术。山本有三具有强烈的社会正义感，他擅长以此为中心去激发剧作的效果。他于大正九年（1920）发表的戏曲《生命之冠》便描写了一个豁上破产也要坚守商业道德的男人，大正十二年的戏曲《诸同志》则描写了明治维新的志士为了理想牺牲自己，倒在同志刀下的经过。

在《新思潮》中，芥川与菊池的盟友久米正雄（明治二十四年至昭和二十七年，1891—1952）是在漱石晚年的时候出入漱石家中，师事漱石的。他最初是依靠戏曲《牛乳屋的兄弟》（大正三年）出世，之后开始创作小说，每一篇都显示出了其稳定的水准。他在艺术性上虽然并不突出，但是在戏曲、小说、俳句等任何一种形式的创作上依然展现了充分的才气。在大正五年十二月夏目漱石去世之时，他还不满二十六岁，便已经作为新锐作家得到了认可。他在出入漱石家中期间认识了漱石的长女笔子，后在漱石去世之后曾向漱石的夫人镜子提亲，但镜子并未同意这门亲事，笔子最终与松冈让结了婚，久米很失望，不久便回到了郡山乡下。但他很快又写出了戏曲《地藏教由来》并返回东京，确立了他作家的地位。在大正十一年三十二岁之时，久米将这一事件写成了小说，命名为《破船》并连载在《主妇之友》上。他由此获得了世间的同情，他的作品也大受欢迎。在这部作品之后，他成了典型的人气失恋男，渐渐开始在报纸和妇女杂志上发表大量的通俗小说。

这一群《新思潮》系的作家，无论是像山本有三那样将目光投注到社会问题的作家，还是像菊池宽那样描写个人利己主义的情况，抑或是芥川龙之介那样追求作品的美感，他们都无法像自然主义作家那样认为人生是任何部分都同等重要的必然连续，并将其全盘纳入作品。人的生活和描写人生活的艺术作品，都有各自的重点和问题点，对其进行选择并设定主题，而后有侧重点地进行描写，这是他们的方法。从这个意义上来说，这些作家被称为新现实派，因为他们的创作方法，他们的作品也被称为主题小说。大正六七年间涌现出的这一批作家，他们不仅具有修正自然主义正统创作方法的意图，同时对永井荷风、谷崎润一郎、吉井勇、北原白秋等新浪漫主义作家逃避现实的倾向也多有不满，而且还想要订正白桦派许多作家那种无视现实的理想追求和高扬自我的创作态度。

久保田万太郎与佐藤春夫

除新思潮一派的作家之外，还另有一群与他们前后登上文坛的新作家，他们被当时的批评家统称为新现实主义。但是那些作家的创作在本质上各不相同，应该说正是他们多变的文风，代表了大正文学。

其中就有明治四十四年在庆应义塾大学就读时便发表处女作《朝颜》，随后地位一路攀升的《三田文学》系作家久保田万太郎（明治二十二年至昭和三十八年，1889—1963）。他的文风显见是受到了泉镜花的影响。他反复描写他自小长大的东京下町浅草的人际关系，并在其中酝酿了充分的情绪，这是他作品的特色。当时芥川龙之介称他为"咏叹诗人"。大正六年（1917）八月，久保田万太郎在《新小说》发表的《末枯》可以说是这种倾向的代表作。与久保田同时就学于庆应的水上泷太郎（又名阿部章藏，明治二十年至昭和十五年，1887—1940）是一位实业家，也创作了诸如小说《大阪之宿》等许多作品，并给予泉镜花等许多文人以援助。

在久保田万太郎稍晚之后，还出现了永井荷风与小山内薰所教的庆应义塾大学学生佐藤春夫。佐藤春夫（明治二十五年至昭和三十九年，1892—1964）生于和歌山县，在中学毕业之后便前往东京，随后加入与谢野宽的新诗社并创作了大量诗歌，同时他拜当时的一线批评家生田长江（明治十五年至昭和十一年，1882—1936）为师，后又与谷崎润一郎相识，并开创了艺术至上主义小说家之新风。大正七年（1918），他在未满二十七岁之时，便在杂志《中外》发表了《田园的忧郁》。这部小说写出了当时青年的时代病，一位疲于都市颓废氛围的年轻诗人与妻子二人住到东京附近的田园，在那里重新发现了自然，由此体会到了新的美感。佐藤将那种因精神的疲悫而生的无为情绪以及看到生机盎然的自然风物的震惊如散文诗一般汇集在这部中篇小说中，这使得佐藤春夫与谷崎润一郎、芥川龙之介一道，被视为可堪代表当时艺术至上主义的新锐作家之一。佐藤春夫具有敏锐的审美眼光，他关于文学的思考对同时代的人都颇有指导意义。大正时期的文坛也倾向于将他和芥川龙之介视作具备指导性的艺术至上主义评论家。此外，与佐藤春夫一起在庆应义塾大学读书，后又一起在新诗社作诗的堀口大学（明治二十五年至昭和五十六年，1892—1981），因父亲是外交官的关系长年居于海外，在大正年间主要是作为新法国小说和诗歌的翻译家活跃于文坛。

葛西善藏与广津和郎

与以上的作家相比，同年辈的带有更强自然主义色彩的新作家们则汇集在了以早稻田大学的学生为中心的同人杂志《奇迹》周边。该杂志创刊于大正元年，比《白桦》晚两年，比菊池、久米、芥川等人第三次复刊的《新思潮》早了两年。杂志以舟木重雄为中心，其同人还包括砚友社重要作家广津柳浪之子和郎、谷崎润一郎之弟谷崎精二、葛西善藏、相马太三等。

其中，葛西善藏（明治二十年至昭和三年，1887—1928）

受德田秋声的影响，将自然主义系统的私小说以更为纯粹的形式体现了出来。他生于青森县，具有东北人特有的阴郁和执拗。他作品很少，有着异于常人的专注、孤僻厌人、自我批判和艺术良心，这使他生活在无歇止的自我苛责之中，也写下了记录这种生活的私小说，但这种严苛在读者看来时常显得颇有幽默感。他的作品都是短篇小说，整体上看虽然不尽完美，但那种尖锐的自我批判是其他作家难以比拟的，因此被同时代的人视为奇人，甚至有时称他为"小说之神"以表达敬佩之意。

葛西的生活，总处在一种无限的循环之中：他为了艺术良心而没能写出足够多的作品以支撑生计，以致生活困苦、家庭离散，他为了排遣这种苦闷而酗酒，因为借贷而过着逃亡生活，而后再去描写因不滥作而生活困窘的自己。在这种生活的维续中，他的健康逐渐被蚕食，终于在昭和三年不满四十二岁的时候离世。他的代表作有《携子》（大正七年）、《栲的嫩叶》（大正十三年）、《湖畔手记》（大正十三年）等。

广津和郎（明治二十四年至昭和四十三年，1891—1968）在早稻田大学读书的时候就开始了契诃夫和莫泊桑的翻译，后作为批评家为人认可。在大正时期，他属于与芥川龙之介、佐藤春夫相对立的人生论的文艺批评家。在他进行创作的第六年的大正六年，他的小说《神经病时代》才首次发表在《中央公论》并得到认可,此后又写下了《师骑行》《壁虎》《怀抱死儿》等私小说系统的小说。大正十三年(1924)他撰写了评论文《散文艺术的位置》,以此来批判有岛武郎对像泉镜花那样只埋头于自己艺术之境的作家的倾羡,其论旨是对艺术至上主义的否定。在这篇评论中,广津和郎指出,小说这种艺术一旦纯粹化,就会必然陷入颓废。也就是说,小说、戏曲等散文艺术与诗歌、音乐等纯粹的创作不同,其中常常被导入了真实人生中不甚成熟的部分,是通过打破艺术的完整性来保持魅力的,这是他理论的核心。

说小说、戏曲等散文艺术是现实生活诸因子组合而成的艺术,这没有问题,但是与他同时代的创作家存在着两极分化的现象,一边是技巧派的芥川龙之介,另一边则是热衷于使生活与艺术创作相一致的葛西善藏,这样看来,自然主义一系的想法相比之下更符合广津的想法。但是,他这种认为一旦与现实生活割裂小说便会死亡的想法,成了促使他在大正末年到昭和年间变成无产阶级文学理解者的契机。广津和郎的父亲柳浪在明治末年自然主义文学繁盛的时候就完全绝笔,过着隐者一般的生活。他生活拮据,甚至被停了电灯,只能点煤油灯。因此,广津和郎在学生时代开始就不得不靠撰写评论文和做翻译维持生计。毕业之后他和秋庭俊彦一起将契诃夫许多小说从英译本进行了转译出版,而且在成为作家后因创办出版社,作品并不多。

有岛武郎的《一个女人》

广津的《散文艺术的位置》在《新潮》上发表稍早之前的大正十二年六月,有岛武郎与《中央公论》的女编辑波多野秋子一起在轻井泽的别墅自杀。他是在大正八年(1919)完成了《一个女人》的写作。除了这部描写以国木田独步第一任妻子佐佐城信子为原型的恋爱事件的作品之外,他在写下了《卡因的后裔》(大正六年)、《与生俱来的烦恼》(大正七年)等名作之后,于大正十一年(1922)撰写评论《一则宣言》,在其中,他表示了对无产者革命的同情,并得出知识阶级无法完全参与到实践运动之中的悲观结论。他在性格上是向往纯粹的艺术的,但出于理智的教养,他怀抱社会主义思想,又始终无法踏出实践的一步,他为这种矛盾而苦恼。而且,他对从父亲那里继承的大额遗产深感罪恶,于是给予了许多社会主义者以物质上的援助。据说大杉荣在大正十一年离开日本参加国际无政府主义大会时的资金,便是有岛武郎所出。

宇野浩二

广津和郎的友人、大阪出生的宇野浩二（又名格次郎，明治二十四年至昭和三十六年，1891—1961）也是在明治四十三年考入早稻田大学而后中途退学，他与自然主义系统的前辈作家近松秋江相识，并与广津和郎亲密相交。广津与宇野都不会饮酒，但宇野是那种看朋友喝醉他也装醉，并指导其唱歌的演技型人才，而且，由于他与母亲二人生活贫寒，时常需要去当铺典当，他很擅长与当铺掌柜搞好关系并借到钱，当时的年轻文人似乎都是如此。

广津和郎在《中央公论》发表《神经病时代》并由此出人头地，是在大正六年，此时广津与宇野都年近三十。而明治末年凭《写给别妻的信》奠定作家地位的近松秋江，此时是四十二三岁。秋江当时独身，由于痴迷京都妓女，一度过着在东京写作攒足稿费，而后去京都嫖妓的生活。秋江将衣服全部押在了当铺，每个季节只能自己去当铺晾晒。

秋江的这些故事，加上宇野自身的一些事，宇野在大正七年将其写成了小说。广津和郎读后觉得非常有趣，想将其发表在当时一线批评家生田长江经手的杂志《中外》上，不过并未成功。大正八年春，广津带着这部名为《仓库中》的小说来到《文章世界》的编辑、凭借《厄年》（明治四十四年）、《去世上》（大正七年）等私小说为人所知的加能作次郎（明治十九年至昭和十六年，1886—1941）处，终于得到了发表的承诺。这部作品与同年随后发表的描写一个神经质的女人和画家生活的小说《苦闷的世界》一起，让宇野浩二一举成为流行作家。

宇野浩二作为作家的特色，在于生来细心的洞察力，以及那种用从果戈理和契诃夫那里学到的幽默笔致所进行的巧妙描写法。这种自流畅巧妙的说话艺术中产生的文体，有人认为属于落语的表现法。在《仓库中》发表的时候，菊池宽便评论说小说有大阪落语的味道，宇野也当即写信给菊池宽，向他询问菊池宽在前一年九月发表的成名作《忠直卿行状记》是否也有着讲谈的性质。

这些文人都有着各自的派别。白桦派的志贺直哉、武者小路实笃、里见弴、长与善郎之间存续着长久的友情，新思潮系的菊池、芥川、久米等人之间也有着牢固的盟约，《奇迹》一系的广津、宇野、葛西等人之间也保有同好的友谊。而像都市人那样最擅交际的芥川龙之介则超越了这种党朋意识，与有才能的同时代人都多有往来，他与佐藤春夫亲近，也与久保田万太郎相交，同时，与室生犀星、宇野浩二也亲密往来。永井荷风和谷崎润一郎虽然厌烦与文坛人来往，但谷崎也与佐藤春夫关系亲密。菊池、广津、佐藤等人之间虽然时有论争，但他们互相尊敬对方的才能,他们之间有着一种同时代文人间建立起来的紧密的文坛意识,那就是对于自己追求美与善,并作为超脱世俗之上的纯粹存在的互相确认。

室生犀星与诸诗人

佐藤春夫《田园的忧郁》发表翌年,宇野浩二发表《仓库中》的大正八年(1919),另有一位小说家室生犀星在《中央公论》发表了自传体小说《幼年时代》并由此出名。室生犀星(又名照道,明治二十二年至昭和三十七年,1889—1962)此时三十一岁,是正当活跃的新锐诗人。他在发表《幼年时代》的两月之后在十月号的《中央公论》上再次发表《情窦初开时》,这两部作品完全奠定了他小说家的地位。这两部作品都是散文诗风的自传体小说,其特质就是以诗的手法进行极致的感受性描写。这与宇野浩二的说话体相并列,为前所未有的小说散文化开辟了新的路径。

在同龄诗人中,与他一同创办杂志《感情》的同好,有荻原朔太郎和山村暮鸟(明治十七年至大正十三年,1884—1924),这三人在思想上都受到了陀思妥耶夫斯基的影响,破除了此前近代诗的韵文制约,以敏锐的表现力开创了抒情诗的新篇章,在这一点上,是值得特别记载的。室生和荻原都是得到北原白秋认可而成名的诗人。此外,同时代的诗人还有从接受《白桦》影响起步的千家元麿(明治二十一年至昭和二十三年,1888—1948)、佐藤惣之助(明治二十三年至昭和十七年,1890—1942)、福士幸次郎(明治二十二年至昭和二十一年,1889—1946)等人。有受特劳伯、卡彭特、惠特曼等影响的民众派诗人如百田宗治(明治二十六年至昭和三十年,1893—1955)、富田碎花(明治二十三—昭和五十九,1890—1984)、白鸟省吾(明治二十三年至昭和四十八年,1890—1973)、福田正夫(明治二十六—昭和二十七,1893—1952)等人,他们在诗中以较为散漫的手法表现了民主主义人民解放的情感。有日夏耿之介(明治二十三年—昭和五十六,1890—1971)、西条八十(明治二十五年至昭和四十五年,1892—1970)、川路柳虹(明治二十一年至昭和三十四年,1888—1959)、堀口大学,他们是在吸收更早成名的浦原有明、薄田泣堇、三木露风、北原白秋等人影响的基础上糅融了欧洲新诗风,从而开创了洗练的诗歌新风。此外,还有明治三十七年在英国成名而后归国的野口米次郎。

也就是说,在大正五年到大正十年之间,出现了以上四类,总计数十名有才华的诗人,形成了与明治时代全然不同的大正诗坛。他们与芥川龙之介、菊池宽、佐藤春夫等小说家几乎同龄。与同年辈小说家们大受报纸欢迎,经济宽裕的境况相比,这些诗人则在贫穷局促的生活中保有了独特的艺术家气质。明治时代之后的有名诗人中,立于这个时代顶峰的当属北原白秋和高村光太郎。

高村光太郎

高村光太郎(明治十六年至昭和三十一年,1883—1956)在大正三年出版了诗集《道程》,此时,他三十二周岁。他是明治初期最具代表性的木雕家高村光云之子,明治末年前往欧美游学,三年归国之后,自己也想从事画和雕刻的制作。他在出国之前曾加入与谢野宽的新诗社,归国后也与《白桦》多有联络,而且也是《昴》的作家,他的诗风游走在抒情诗和思想诗之间,有着丰富的变化,后来渐渐成为思想性的诗人并构建了自己的世界。他的诗歌以表现的激荡、观念的强韧以及构想的奔放为特色。比如《狂者之诗》的开头就是这样写的:

> 吹来了,吹来了
> 秩父[1]凛冽的寒风
> 从山间呼呼吹来

---

[1] 秩父:位于埼玉县西部秩父盆地的市。

这浊世,有山风吹来

山风吹来,吹过我的背脊

脑中,有猫叫声作响

是谁在哪里饲养着它呢

可口可乐,Thank you very much

电车、电灯、电线、电话

丁零零,丁零零

柳枝在夜雾中摇曳

我们携起手

身心都洋溢着自由的气息

再来一杯可口可乐吧

复合营养剂、镇痛剂、止咳糖丸……

禁止妥协

圆满顺利是第二问题

我将被推向何处,遣向何方

吹来了,吹来了

从山间呼呼吹来的

秩父凛冽的寒风

从山间呼呼吹来

为我的肌肤吹入鲜血

哦,吹来鲜活

这样的诗歌创作方法，堪称是对明治末期以前确立的藤村、有明、泣堇等人以纤细协调为主的近代诗歌形式的破坏。高村的诗歌，对与表现的效果相比更加看重无限制吐露自己心情和思想的千家元麿、佐藤惣之助、富田碎花等人也产生了影响。可以说，在对过去诗歌创作方法的破除方面，民众派诗人是步随高村光太郎之后的。

荻原朔太郎

室生犀星和荻原朔太郎吸收了白秋的手法，创建了更为主观的诗的世界。初期，二人都属于敏锐唯美的抒情诗人，但在犀星转向小说的创作之后，荻原朔太郎受陀思妥耶夫斯基、尼采、叔本华等的影响，将其阴郁的思想加以感受化，由此确立了日本诗中前所未有的独特诗歌创作法，他或许可以说是日本明治以来的近代诗坛上最为巨大的存在。

荻原朔太郎（明治十九年至昭和十七年，1886—1942）是前桥市医师之子，有着异常敏锐的感受力，并兼备了对观念和感觉的双重把握力。他曾就学于冈山第六高中，但中途就放弃了学业。荻原在三十二岁时出版了诗集《吠月》，并赢得了野口米次郎和森鸥外等人的赏赞，由此进入同辈的诗人之列。而且除白秋之外，他在不受其他诗人影响的情况下确立了独属自己的诗风,并对其后的诗人们产生了不容忽视的影响。大正十二年,他出版了诗集《黑猫》。在他的同龄人中也有不少才华出众的竞争者,但没有人能在诗的创作上与他相提并论。而且,他还撰写了《新欲情》(大正十一年)、《虚妄的正义》(昭和四年)、《诗的原理》(昭和三年)的美好思想理论著述。

现从他中期的诗集《黑猫》中摘录一段如下:

  寂寞的来历

  那滚圆的
  中间嵌着白色的球形幻象,多么令人不可思议
  没有耳朵,没有面庞,就像野地锦一般,噌噌
爬向天空
  夏云哦,这无处安放的寂寞
  没有信仰,也没有可以依赖可供思念的恋人·
  我如同踉踉跄跄的骆驼
  嚼碎那被太阳烘晒的椰核
  啊 在这样乞丐一般的生活中
  我已一无所有
  去往无风的田间小路
  高粱叶面已经枯黄
  我的寂寞啊,到底从何而来

仓田百三

大正初期是一个新作家层出不穷的时代。大正五年，芥川龙之介发表了《芋粥》；大正六年，久保田万太郎写了《末枯》，有岛武郎创作了《卡因的后裔》，广津和郎发表了《神经病时代》；大正七年，菊池宽发表了《忠直卿行状记》，佐藤春夫写下了《田园的忧郁》，葛西善藏发表了《携子》；大正八年，宇野浩二写出了《仓库中》，室生犀星发表了《幼年时代》。在这群新作家在三四年之间纷纷涌现的背景之下，报纸业也得到了发展。

大正七年（1918）是持续四年的第一次世界大战结束之年，日本作为名义上的参战获胜国参加了议和会议，作为战时武器食物的输出国获得了经济上的繁荣。随着战争的结束，缩减军备的呼声出现，新民主思想风行。在这种风潮中，除此前的《太阳》《中央公论》《新小说》《新潮》等杂志之外，还有如《改造》《解放》等综合杂志于大正八年得以创刊。而且，《白桦》系的里见弴、《新思潮》一系的久米正雄等人也在这一年创办了文艺杂志《人间》。这使得可供登载小说的地方大幅增多。不仅如此，纯文学的小说单行本的出版也颇为繁盛。这对新作家们生活的支撑和地位的确立都起到了相当的作用。

这些三十岁前后的新作家与此时已年过四十、甚至将近五十岁的作家藤村、花袋、秋声、白鸟等人,以及白桦派的作家们一起,在各杂志发表每月小说。

在这个时代,还有一位不得不提的作家仓田百三(明治二十四年至昭和十八年,1891—1943)。他与以上各位稍有不同,是一位具有思想家特质的作家,写过《出家人和他的弟子》。仓田于明治二十四年生于广岛县,后因病从第一高中中途退学。但他从在学时起就喜欢阅读西田几多郎的《善的研究》,西田几多郎因将日本禅宗思想与欧洲式逻辑哲学相融合建立哲学体系而为人所知。并且,他也曾拜访当时佛教系行者西田天香的一灯园。这一时代的青年,无一不受《白桦》的影响。仓田百三与其说是文学青年,毋宁说是思想青年更为妥当,他的思想在宗教层面上是基督教与佛教的融合。大正五年(1916)十一月,仓田在同人杂志《生命之川》上发表了由亲鸾[1]及其周边取材的戏曲《出家及其弟子》。这部作品作为单行本出版之后,与其说是文学作品,不如说是作为性与道德相结合的思想书受到了青年们狂热的喜爱。大正十年(1921),仓田又出版了评论集《爱与认识的出发》,这本书作为对他思想的直接陈白而成为青年们的必读书。

---

1 亲鸾:1173—1262,日本镰仓初期僧人,净土真宗创始人,其教义提倡"恶人正机说",即只要心诚,恶人也能成佛。

白桦派的作家们

在白桦派的作家中,继志贺直哉与武者小路实笃之后的里见弴(明治二十一年至昭和五十八年,1888—1983)在短篇小说的创作上具备卓越的才能,并凭借《买妻经验》(大正六年)、《银二郎的独臂》(大正六年)等作品为人认可。里见弴是有岛武郎和有岛生马的胞弟,因继承母家,本名为山内英夫。他常被称为"小说名人",代表作有将其人生哲学加以具体化的长篇小说《多情佛心》(大正十一年至大正十二年)、《大道无门》等。

长与善郎(明治二十一年至昭和三十六年,1888—1961)是一位抱有人道主义思想,并受内村鉴三思想影响的作家。他的初期代表作有《项羽和刘邦》(大正五年)、《青铜基督》(大正十二年)等,之后又创作了具有自己特有的人格主义思想的长篇小说《竹泽先生其人》(大正十三年),得到了川端康成的激赏。

武者小路实笃的人道主义思想最终发展向了空想的社会主义,他提倡理想社会的建设。由于这种氛围在此流派愈演愈烈,初期同人中秉持写实主义的志贺直哉便渐渐脱离了这一流派,之后,从大正十年(1921)一月开始在《改造》上连载其大作《暗夜行路》。此外，秉持庶民思想、将男性的色情表现概括为"多情佛心"、在小说创作中以技巧见长的里见弴，和新思潮派中持有相同倾向的久米正雄在创刊了新文艺杂志《人间》后也离开了此派。

武者小路实笃和罗伯特·欧文、威廉·莫里斯一样，以实现理想的社会主义为目标，大正七年（1918），他在宫崎县儿汤郡木城村购入土地，与他的同志一起建设了名为"新村"的共产共运动小社会，在那里，所有人都跟从自然意欲劳动，也可进行艺术创作。这一企划一经发表，许多青年纷纷参与并筹措基金，展示出了宗教的狂热，武者小路实笃自己也尽其所能投入资金，他是这样描述"新村"的生活理想的："我们意欲何为？我们是要建设一个新的社会。在那里，大家一起劳动，仅用有限的时间劳动，我们可以从衣食住行的烦扰中解脱，为全天命去建立一个不需要金钱的社会。而后乐享自由，张扬个性。"但是这个小社会从外部来看，属于社会主义者们的集合，同时也受到官宪的压迫，从内部而言，他们的生产甚至难以维持他们的生活。武者小路实笃居于这个新村期间，与同住的饭河安子相爱并生了孩子，于是与其妻房子断绝了关系。在这里发生了许多复杂的人际关系，武者小路实笃对其多有忍耐。大正十五年（1926），武者小路离开生活了七年的新村，移居奈良，而后前往东京。但是新村逐渐发展，在十周年的昭和三年（1928），村外会员达到七百五十人,各地所建支部二十九所。昭和八年满十五年时,新村可生产百三十袋米和百贯桃,定住人口仅剩十八名。之后这里因为需要设立水力发电所而失去了许多土地,于是他们又在埼玉县建了第二个新村。

《白桦》的同人有岛武郎因继承了做实业家的父亲的遗产,在北海道狩太拥有一个四百五十町步[1]的大农场。为了践行他对民众的爱,他也曾企划将这些土地用于理想社会的建设。有岛在学生时代学习农业经济学,在美国留学期间也观摩了许多公共设施的建设,因而与武者小路实笃相比,他是以更加符合逻辑的方法在推行此事。他打算将这些土地作为共有农场分配给佃农们。在他得到早有联系的北海道大学农业经济研究室所制订的具体方案之后,便于大正十一年(1922)八月对所有土地进行了分配。有岛的计划可以让佃农渐渐转变为自耕农,因而这一计划与新村相比,可以以一种自然的形式得到实现。有岛武郎在其后的大正十二年(1923),因自己在思想上陷入桎梏,加之与女编辑波多野秋子的恋爱问题,他最终选择与波多野秋子一起在轻井泽别墅自杀,这让社会颇受震动。

此外,大正十年前后还为那些对理想追求有着强烈意欲的青年出版了许多思考人生的书。夏目漱石一系的个人主义派哲学家阿部次郎(明治十六年至昭和三十四年,1883—

---

[1] 町步:日本用以计算山林、田地的面积单位,1町步相当于9920平方米。

1959）在大正三年发表了精神生活手记《三太郎的日记》，这部作品作为人格的道德论指导读物，自此之后及至昭和年间，赢得了许多读者的喜爱。

另有大正八年突然发表小说《地上》头卷并由此走入文坛的二十一岁的岛田清次郎（明治三十二年至昭和五年，1899—1930）也让青年们狂热迷恋。这部小说以当时文坛小说中绝无仅有的英雄主义为基调，描写了对社会不公正抱有愤慨情绪的主人公的英雄主义行动，这样的小说让早已不满足于文坛文学的颓废、自我否定以及唯美倾向的青年们读得入迷。岛田清次郎在如此年轻的时候就突然成了流行作家，让一代人为之骚动，但在数年之后患上了精神病，死于三十二岁之年。

除此之外，作为基督教徒的社会事业家、努力救济贫民的贺川丰彦（明治二十一年至昭和三十五年，1888—1960）的《跨越死亡线》也作为人道理想主义作品为社会各层阅读。

贺川丰彦是明治二十一年（1888）生于神户，从明治学院、神户中央神学校毕业之后，又前往美国普林斯顿大学求学。他在神学校就学期间，便在神户葺合新川的贫民窟从事传道救济事业。他因与大正十年的川崎造船所争议有所关联而遭到管制，但这一运动逐渐扩大并演变成了社会运动、农民组合运动。《跨越死亡线》是从事贫民救济运动的青年新见荣一的半生记，具有自传体的特性。

任何一个时代，都有着以理想追求的精神为核心展开的文化，以及将这种精神以某种形式加以表现的文学。明治时代的基督教徒指导者植村正久在这个时代加入了教会组织，内村鉴三也在有岛武郎、小山内薰、志贺直哉等人离开后又在小范围内有了纯粹的弟子，但是他们同时也都舍弃了激荡时代指导者的地位。大正五年，对于明治青年们而言的精神导师夏目漱石去世，青年们在文坛新出现的作家中寻找能够作为替代的新目标。也就是说，大正前半期的青年们在文坛文学之外，也将《三太郎的日记》《出家及其弟子》《爱与认识的出发》《地上》《跨越死亡线》等书物作为他们精神生活的食粮。而且，加入新村，投身贫民救济运动，参加天主教徒般纯粹的奉献主义运动团体、西田天香所经营的京都一灯园，这些都是为了满足他们的理想追求。

在大正前半期，除了以上作家之外，还出现了许多作家，主要作家及其代表作如下：

江马修《受难者》（大正五年）、宫地嘉六《一个职工的手记》（大正八年）、田村俊子《木乃伊的口红》（大正二年）《炮烙之刑》（大正三年）、上司小剑《鳗皮》（大正三年）、长田干彦《祇园夜话》（大正四年）、相马泰三《荆棘之路》（大正七年）、吉田弦二郎《岛之秋》（大正六年）、有岛生马《谎言的后果》（大正十年）、中村星湖《漂泊》（大正二年）、小川未明《鲁钝的猫》（大正元年）。

第十一章
大正后期的变动

《播种人》的创刊

在大正时期的新作家迭出的大正七年（1918），由于物价暴涨而暴乱频发。由于战后世界性的通货膨胀，米价的涨幅尤为明显，大正三年八月一石十六元八十一钱的米价，在大正七年八月已经涨到了三十九元十八钱，价格翻了两倍半。工人和工薪阶层的收入却没有随之上升，人们的生活变得艰难起来。八月五日夜，福山县滑川町工人的妻子们袭击了系留海岸的米谷运送船并抢夺了白米。这一事件一经报纸刊载，以东京为首的同样为生活所迫的全国各地民众纷纷袭击了米谷商店，并破坏屋舍店铺抢夺大米。这一骚乱波及一道三府一百零三个市町村，最后直到军队出动才得以镇压。

这场骚乱并不是社会主义者发动的，而完全是民众自发的行动，但它成了社会变革的一个导火索。

大正七年，幸德秋水的同志堺利彦四十九岁，他在明治三十六年和明治四十年两度发行《平民新闻》，在被弹压之后，便经营类似于出版补助业的卖文社，他的周围聚集了一批年轻的社会主义者，其中就有山川均、高畠素之等人。大正九年（1920），堺和山川均协力结成了日本社会主义同盟。此外，无政府主义者大杉荣在翻译克鲁泡特金著书的同时，又于大正元年与荒畑寒村协作创刊了杂志《近代思想》，并开展评论活动，他是一位精力充沛魅力十足的人物，因而他的身边也聚集着一群青年同志。大正七年，大杉又创办了杂志《文明批评》，主要担当由印刷工组成的工人组合的思想指导工作。大正十年（1921），他与共产主义色彩愈加浓烈的其他社会主义者相互对立并发生了争执。大正十一年（1922）末，他为参加柏林国际无政府主义大会，悄悄离开日本远渡欧洲。

那些不满于佛教的一灯园运动，以及类似于空想社会主义的新村运动的青年逐渐参与到了这种着眼于具体社会变革的运动之中。对于理想追求有着强烈冲动的青年们，在维新时投身倒幕运动，明治初年加入自由民权运动，明治二十年代进行基督教传教，明治三十年代参与初期社会主义运动，同样，到了大正十年前后又被新的科学的社会主义运动所吸纳。同时，在这种轰轰烈烈的社会主义运动之外，也产生了一种新的虚无主义思想。那就是作为作家的武林无想庵(又名磐雄,明治十三年至昭和三十七年,1880—1962)所秉持的虚无主义思想,他曾于明治三十七年在东大与小山内薰等人一起聆听过漱石的讲义,作品有《像皮浪主义者一样》[1]及其他自传体小说。此外,他的友人辻润也是拥护这一思想的文人。大正九年五月二日他们召开了第一次会议,到了年末堺利彦创立日本社会主义同盟的时候,芥川龙之介和佐藤春夫的友人、年轻的文学家江口涣(明治二十年至昭和五十年,1887—1975)也加入了进来。而且,小川未明、秋田雨雀、藤森成吉、中村吉藏等作家也从这一时期开始陆续向社会主义以及无政府主义思想倾斜。

在这样的时代风潮中,大正十年(1921)从秋田县土崎港町刊发了一册十八页的薄杂志《播种人》。这是由当地出身的小牧近江(明治二十七年至昭和五十三年,1894—1978)与金子洋文(明治二十七年至昭和六十年,1894—1985)策划,之后又有今野贤三与山川亮二人参与,该杂志总共刊行了三期,属于明确的社会主义运动杂志。小牧近江长期留学法国,到大正八年才返回日本,与金子洋文从小学起就是好友。金子半工半读完成了秋田工业学校的学业后成了小学教员,后参加了武者小路实笃的新村运动,渐渐对社会主义运动产生

---

[1] 原名《ピルロニストのように》,ピルロニスト为古希腊怀疑主义哲学家皮浪中止一切判断,由此追求平静的心的虚无主义主张。

了兴趣，在小牧关于欧洲社会主义运动知识的启发之下，有了创办杂志《播种人》的意图。

当年十月，《播种人》在东京再刊，佐佐木孝丸、村松正俊、柳濑正梦、平林初之辅、青野季吉等人加入其中。该杂志与社会主义运动中的文学活动相一致，将社会主义文学的确立作为目标。而且，这本杂志通过山川均联络了堺利彦周边的作家们，其重要性越来越凸显。大正十一年七月，日本共产党成立，以此为契机，该杂志也积极展开了社会主义运动。但是在次年六月的大规模检举之下，这一运动被迫中断。

《文艺战线》诸同人

在共产党运动被镇压之后的大正十二年（1923）九月一日，关东发生了大地震，这次地震让东京一半的地区都遭到破坏，一切文化活动也就此中断，震灾也让此前笼罩着整个日本社会的不安情绪浮向表面。在五年前结束第一次世界大战之后，欧洲各国也发生了广泛的社会不安，在革命性的战后，不安情绪是普遍存在的。而这种不安在稍晚之后的日本社会也借着大地震之机以相似的形式蔓延开来。在地震的骚动中，日本以造成社会不安为借口，捕杀了许多朝鲜人。而且，许多社会主义者也被逮捕，其中布尔什维克系的平泽计七和无政府主义一系的大杉荣、其妻伊藤野枝等人都死于军人之手。

杂志《播种人》的同人们面对政治运动的艰难，改变了方针，开始将力量投注于文艺运动，并于大正十三年（1924）六月创刊了杂志《文艺战线》作为《播种人》的后身，而且，左翼文艺评论家青野季吉、平林初之辅、中西伊之助、山田清三郎等也加入了该杂志。青野季吉（明治二十三年至昭和三十六年，1890—1961）此时三十五岁，他出生于新潟县佐渡郡泽根町，从佐渡中学、高田师范学校毕业后当了小学教员，之后又进入早稻田大学求学，并成了《读卖新闻》的记者。他从中学时代就开始订阅明治三十六年刊行的《周刊平民新闻》并坚持社会主义思想。大正八年，他认识了《大和新闻》的平林初之辅，平林比青野小两岁，从早大毕业之后进入报社工作，同时也经常为《新潮》等杂志撰写文艺评论。在平林的推荐之下，青野也于大正十一年五月在《新潮》发表了评论文《心灵的灭亡》，并作为文艺评论家得到了认可。平林初之辅在加入《文艺战线》之后，很快就转变了思想立场并离开了这一杂志，青野季吉自然就成了这一杂志的指导者。

一些新的作家也加入了这个杂志，其中一人就是前田河广一郎（明治二十一年至昭和三十二年，1888—1957）。前田河出生于仙台，从中学退学之后，因仰慕德富芦花而做了他的弟子，后来在芦花的关照之下前往美国，在那里工作生活了十三年之久，直到大正九年（1920）三月回国并成了杂志《中外》的记者。他以归国途中的船上生活为题材创作了题名为《三等船客》小说,描写的是拥有各种各样过去的移民在船中的集体生活,这部作品是前田河的处女作,发表于大正九年十一月号的《中外》上。小说因将人本能的生活与怀乡的感情加以巧妙融合而深受好评。前田河在加入《文艺战线》之后,其英雄主义的明朗性格让他成了这个杂志的核心作家。

翌年的大正十四年十一月,《文艺战线》刊载了一篇名为《卖淫妇》的小说,小说的作者是叶山嘉树(明治二十七年至昭和二十年,1894—1945)。这部作品以一个卖淫妇为中心,描写了其与悲惨的下层劳动者之间的关系。在小说中,被剥夺了常人生活的卖淫妇在走向毁灭的过程中,唤起了男人们对她朴素的同情,作者以幻想的手法描绘出了象征着受压榨人民命运的殉教者般女人的身姿。这部作品显见是受到了陀思妥耶夫斯基的影响,是作家非同寻常的体验和卓越的才能相结合的产物,这也让作家叶山嘉树饱受关注。

叶山嘉树本名嘉重,明治二十七年生于福冈县丰津,中学毕业之后进入早稻田大学,而后退学当了下等船员,大正六年加入劳动运动,自此他结合自己的体验开始了长篇小说《生活在海上的人们》的写作。此外,他还辗转于铁道局临时工、水泥公司职员、报社记者、旧书店店员等多个职业,并且在此期间两度入狱。他在狱中写下了《卖淫妇》和《水泥桶中的书信》两部短篇小说,《水泥桶中的书信》也在大正十五年一月号的《文艺战线》上发表。其后，长篇小说《生活在海上的人们》也于大正十五年（1926）十月由改造社出版，叶山嘉树可以说是初期无产阶级文学运动中产生的最为耀眼的作家。

此外，在《文艺战线》上发表过作品的作家还有里村欣三、林房雄、黑岛传志等人，而且，评论家小堀甚二、伊藤永之介等人也加入这一文艺运动之中。林房雄（明治三十六年至昭和五十年，1903—1975）作为大学生是最早参与到无产阶级文学中的一位，他的代表作有《茧》《苹果》《没有图画的绘本》等；里村欣三（明治三十五年至昭和二十年，1902—1945）的作品有《从富川町》《苦力头》等。劳动者出身的作家都为能作为纯粹的劳动者而骄傲，因而，叶山嘉树隐瞒了他曾在早大就读一事，里村欣三也隐瞒了他就学于关西学院的经历，称自己只是小学毕业。《文艺战线》虽然时常被禁止发售，但其销量能达到一万到两万册，超过了《新潮》等纯文学杂志的销量，给该杂志供稿的作家也能够得到在《中央公论》《改造》等大杂志发表文章的机会，这使得文坛呈现出了因《文艺战线》而动的态势。

大正十四年（1925），作为指导理论家的青野季吉在《文艺战线》七月号发表论文《"调查"的艺术》并获得了很大反响，接着他通过对这一文章趣旨的演绎，于翌年的九月号发表评论《自然生长与目的意识》。他主张从体验的、自然发生的简单创作方法中走出来，通过更加积极的观察和调查制定出能够达成政治目标的新创作方法。

在《文艺战线》稍晚之后,伊藤恣、立野信之、山田清三郎等人也创办了同样作为无产阶级文学运动杂志的《新兴文学》,另有荻原恭次郎、壶井繁治(明治三十年至昭和五十年,1897—1975)、冈本润(明治三十四年至昭和五十三年,1901—1978)、小野十三郎(明治三十六年至平成八年,1903—1996)、川崎长太郎等人于大正十二年创刊无政府主义的诗歌同人杂志《赤与黑》。

《文艺春秋》的创刊

菊池宽从大正七年到大正八年之间,陆续发表了《忠直卿行状记》《藤十郎之恋》《恩仇的彼方》等值得关注的作品,但每一部都是短篇。拥有大量读者的报纸和通俗杂志会在作为纯文学家成名的新人中寻找有才华的作家并让他们写大众小说。菊池宽并不是芥川那样的艺术至上主义者,他是一个注重对现实生活进行逻辑性处理的理性的人,他的作品也主要是通过简明的文笔对某明确主题所进行的描写。也就是说,他具备创作大众小说的资格。

大正九年,菊池宽在《东京日日新闻》《大阪每日新闻》上连载了大众小说《珍珠夫人》。此前的大众小说,大多都是像明治三十二年发表《我之罪》的菊池幽芳(又名清,明治三年至昭和二十二年,1870—1947)和明治三十六年写下《魔风恋风》的小杉天外那样以家庭悲剧为主题的旧风小说。但菊池宽的这部作品则以都市人的现代心理为主,完全呈现出了一种清新的大众小说类型。这部小说写的是男爵之女琉璃子虽嫁给了在第一次世界大战中暴富的庄田为妻,但她因无法忘记恋人杉野而一直为他守着处女之身,她唆使庄田前妻留下的白痴儿子杀死了庄田,之后在社交界迷惑了所有男人的心,以此来忘记心中的烦忧。其中一个名为青木的青年甚至为她自杀,之后,青木的弟弟也杀死了琉璃子。在琉璃子死后,人们才发现她的皮肤上还留有初恋情人杉野的照片。这部小说作为新型通俗小说深受读者喜爱,之后的《第二次接吻》也好评如潮,菊池宽也由此被视为新报纸小说的第一人。

此后,菊池宽虽然也写过像《投标》(大正十年)这样作为纯文学作品的优秀短篇,但慢慢还是把精力投入了大众小说上。他的戏曲,由《藤十郎之恋》和《恩仇的彼方》改编的《复仇之上》和《父归》反复上演,他也成了当代首屈一指的人气作家,大众小说让他赚到了很多钱。他也会庇护聚集在他身边的年轻文学作家。大正十二年(1923)一月,他创刊了一份薄薄的杂志《文艺春秋》,在创刊词中,他写道:"我已经厌倦了受人委托去写作,我想要不用顾虑读者编辑,将自己的所思所想自由地表达出来,许多朋友想来也与我的想法一样吧。而且，就我所知的年轻人中，有不少人也跃跃欲试地想要表达。因而，创办这份杂志，一为自己，二为他们。"在这份杂志每期的卷首，芥川龙之介都会为其题上一页名为"侏儒之言"的警言。

文坛人纷纷在这本《文艺春秋》上发表自由体的随笔短文，而且该杂志也将那些即将成名的年轻文人列为同人并为其排了名单，这些人是从当时东京的同人杂志中拢聚过来的有前途的新人，包括川端康成、石浜金作、铃木彦次郎、酒井真人、今东光、菅忠雄、铃木氏亨、加宫贵一、横光利一、佐佐木茂索、佐佐木味津三、伊藤贵麿、中河与一、南幸夫等。其中，川端、石浜等人是东大学生，酒井、铃木、今东都是第六次《新思潮》的同人，横光与中河则都曾从早稻田大学中途退学。此时，菊池宽三十六岁，中河二十七岁，横光二十六岁，川端二十五岁。《文艺春秋》会登载一些随笔和文人们的杂谈，另外，每期都会刊载一两篇年轻同人的短篇小说。该杂志起初定价十钱，从一开始就得到了读者的支持并发展了起来，随着页数逐渐增多，价钱也高了起来，发行量也增加了。以菊池宽为中心的新文学团体由此形成。

在年轻的同人中，最早成名的是横光利一（明治三十一年至昭和二十二年，1898—1947）。他在早大就学期间就与富泽麟太郎、中山义秀等友人一起刊行了同人杂志《塔》。横光几乎不去学校，总是闷在房间思考小说，他是一个精神力量强大、意志坚定的青年，在小说的创作上受到志贺直哉的影响最大。他喜欢读生田长江用直译体译出的福楼拜的浪漫小说《萨朗波》，也阅读与田山花袋协力编辑《文章世界》的前田晁所译的谢朗的短篇小说，由此创立了自己的小说风格。他从很早之前就开始向《文章世界》投稿了，也曾经应募《时事新报》的悬赏短篇小说创作。当时除了横光之外，藤村千代、尾崎士郎等无名作家也在投稿人之列，投稿可以说是文学青年很好的学习方法。第一次世界大战之后，欧洲各国兴起的新文学自大正十年开始由堀口大学、神原泰、楠山正雄、山内义雄等人陆续介绍到日本，其中主要有德国的表现主义作家贝歇尔、凯泽、德布林、托勒尔等，法国达达主义作家莫朗，意大利未来派作家皮兰德娄等。横光利一也从这些新文学手法中借鉴到了很多。大正十二年五月，他在《新小说》上发表中篇小说《日轮》，在《文艺春秋》上发表《蝇》，这两部作品都有着明确的主题，却各具全然不同的手法，这让文坛人震惊并欢迎这位新作家的加入。《日轮》以日本古代社会的王之间的争斗为题材，围绕一位名为卑弥呼的美丽王女，写了数个年轻王子的争战和死亡。横光的这部作品通过对福楼拜《萨朗波》的借鉴，细心考虑到了文章美的效果和故事的构成，突破了当时普遍使用的自然主义的平板的手法，以一种新的形式进行了描写。横光想要达到谷崎润一郎反自然主义的表现效果，但他并没有采用谷崎那样讲故事式的柔软的表现方法，而是想要以汉文调的翻译文体呈现出一种直线感。《蝇》是一篇描写马车坠崖、所有乘客身死的短小插话，文章末尾写道:当时，停在马车上的一只苍蝇轻轻飞向了空中。从这一句可以看出，横光在这篇文章中设定了一个从超越的角度去观看被肉体捆缚的人们的冷酷视点，这也是他为了抵抗以人为中心的自然主义思维而采用的一种手法。大正十四年（1925）九月横光在《文艺春秋》上发表的《静静的罗列》对这一手法进行了更为明确的使用，将随着一条河流长年累月间在地理上的变化使得人生活也机械性地为其左右之事抽象而明确地表现在了小说中。

横光利一在文学上一经出发就以这种全新的文体和思维赢得了众目关注，同时，也对同时代的作家以及更年轻的文学青年们产生了相当的影响。就连与《文艺春秋》相对的无产阶级文学中被认为最有才能的叶山嘉树，在文体上也明显受到了横光利一的影响。

《文艺时代》诸同人

在《文艺春秋》创刊的大正十二年九月，关东发生了大地震，自然主义的中心阵地《文章世界》于大正十年、《白桦》于震灾前夕先后废刊。而《文艺春秋》则顺利地继续刊行，与当时代表性的纯文艺杂志《新潮》相对立,将文坛的势力圈一分为二。大正十三年六月,共产主义文艺杂志《文艺战线》刊行之际,以横光利一为中心的《文艺春秋》的年轻同人们也被想要拥有自己的新杂志的冲动所驱使,创刊了由金星堂发行的杂志《文艺时代》。《文艺春秋》的同人原本就是从东京同人杂志那些有才能的新人中拢集过来的,而《文艺时代》则在这些人中进一步挑选了自己的同人,包括伊藤贵麿、石浜金作、稻垣足穗、川端康成、加宫贵一、片冈铁兵、中河与一、岸田国士、今东光、酒井真人、佐佐木茂索、佐佐木味津三、南幸夫、三宅几三郎、十一谷义三郎、菅忠雄、诹访三郎、铃木彦次郎、横光利一这十九名作家。

其中,诹访三郎、佐佐木味津三、佐佐木茂索、十一谷义三郎等人比其他同人更早成名,算是前辈作家,也有着自己独特的创作方法。其他人与横光利一一样受到了欧洲各国战后文学的影响,都在努力以新手法进行小说创作,在创作手法上,横光利一与中河与一等人最为突出,而在理论主张上则以片冈铁兵为最。评论家千叶龟雄将这些青年作家倾向于感受性的、美文式的创作称为"新感觉派"。横光利一等人将这个名称引入了他们的文学运动,在创作手法上抵抗自然主义写实的平板化,在思想上则站在对抗《文艺战线》一派马克思主义的立场。特别是在《文艺时代》创刊的八个月以前,堀口大学翻译的法国达达主义作家莫朗的短篇集《夜开门》

对新感觉派的创作手法产生了很大影响,这使得《文艺时代》被外部视作新感觉派的机关杂志。

新感觉派的作品除了横光的小说之外,还有中河与一(明治三十年至平成六年,1897—1994)的《满月》《结冰的舞场》《刺绣的野菜》,片冈铁兵(明治二十七年至昭和十九年,1894—1944)的《色情文化》等,此外,川端康成的《春景色》也属于这一派系。但是,川端康成(明治三十二年至昭和四十七年,1899—1972)因为受到少年时代所读日本古典文学的影响,并未与新感觉派的创作手法完全一致。大正十五年,川端凭借在《文艺时代》发表的以高中伊豆旅行为主题的抒情小说《伊豆的舞女》,一举确立了其作家的地位。

小山内薰的新剧运动

小山内薰在明治四十二年与左团次一起创办了自由剧场,并上演了许多诸如易卜生、斯特林堡、契诃夫、高尔基等作家的翻译剧。之后,小山内薰游历欧洲,学习了莫斯科艺术剧院的斯坦尼斯拉夫斯基的写实手法。大正二年,小山内薰归国并继续进行新剧运动,但饱受挫折。之后他便转向了作为新艺术而勃兴的电影业,在那里,他作为创始人颇有作为。

在小山内薰之前,努力在日本确立近代剧的,是坪内逍遥和他的弟子岛村抱月。逍遥将在莎士比亚的翻译中体悟到的英国剧的方法运用到了歌舞伎题材中,创作了《桐一叶》(明治二十七年)、《牧人》(明治二十九年)等戏曲。但是这些作品几乎没有上演,逍遥的愿望也未能实现。明治三十九年(1906)二月,坪内创设了作为演剧研究机关的文艺协会,恰好岛村抱月从欧洲归国,用他关于新演剧的知识协助坪内的工作。岛村因为与女艺人松井须磨子的恋爱问题,加之在工作上与逍遥意见相左,于是在大正二年创设了独立的艺术剧院。抱月为了这个剧团翻译出了易卜生、梅特林克、苏德曼、霍普特曼等人的近代剧,并自己参演自己经营。但是,随着大正七年岛村抱月的去世以及松井须磨子的殉情,小山内薰便成了新剧运动指导者中最为耀眼的存在。

于是,小山内薰再次开展起了新剧运动,于大正十三年六月与土方与志一起创设了筑地小剧场,他们重视莫斯科艺术剧院的保留节目,并确立了对以高尔基、契诃夫的作品为中心所创近代剧加以日本式的写实演绎的演出方法。随后,小山内薰还翻译并上演了许多第一次世界大战之后欧洲兴起的表现主义和未来主义的剧作。小山的新剧运动,与新感觉派文学一起,成为大正后半到昭和初期革新的艺术派运动的中心。大正末年到昭和初年,筑地小剧场上演的表现主义和未来派的新西欧演剧作品,经德国归国的村山知义等人新演出法的塑造而形成的形式主义演剧,开始在演剧界新人的手中积极上演。文学青年和演剧青年们将前去筑地小剧场廊下视作一种生活乐趣，他们穿着筑地俳优那样俄罗斯风情的衬衫，戴着有帽檐的帽子，出现在银座的酒场茶馆。进入昭和时期之后，小山内薰周边的年轻剧坛人渐渐将上演的剧目种类从战后派艺术主义的作品转向了越来越强势的无产阶级文学。处在这一时代变化中的小山内薰却于昭和三年末去世，时年四十八岁。之后，筑地小剧场分裂成了左派和右派。大正十三年《文艺时代》与《文艺战线》的对立，也平移到了筑地小剧场的左右对立上，这一点在小山内薰死后终于浮向表面。而且，在左派受到重重弹压的昭和五六年，新剧界也陷入了一种混乱状态。就这样，在大正十年到昭和初年之间，文学和演剧在阶级意识中心论和艺术派的分裂论争中树立了新的风潮，同时也给人一种日本出现了与此前迥然不同的新文学的印象。到了大正末年，这两个流派的作家们逐渐在报纸杂志上赢得一席之地，现代日本文学也让人觉得在思想上和创作手法上均踏入了另一个时代。

成名作家的变化

成名作家大多沉寂了下去，但是，以旧手法创作的作家并非全都失去了自信，也并不是说旧手法就完全不能产生新作家。明治初期以来的文坛指导者森鸥外在进入大正时期以后，便致力于独特的实证性史传创作。他在《涩江抽斋》(大正五年)《伊泽兰轩》(大正六年)之后，又写下了《北条霞亭》，但此后直到大正十一年去世，就再没有什么值得一读的作品问世了。幸田露伴在进入大正时期以后就趋于沉默了，直到大正八年四月又在《改造》的创刊号上发表了用脱离时代的文语体写作的小说《命运》。这部小说从中国历史取材，文体也是古典的风格，但因为对人和时代之间关系的痛切揭露而不失为一篇佳作。德富芦花也依然精力充沛，在大正十四年五十八岁之时开始写作剖白式的自传小说《富士》。岩野泡鸣从明治四十三年开始陆续创作了自传体五部曲《放浪》《断桥》《发展》《喝下毒药的女人》《附体魂灵》，大正七年写下《征服被征服》，大正九年去世。正宗白鸟秉持着一种虚无主义观念陆续发表了一系列人生批评的小说和感想文，如大正四年的《入江边》,大正五年的《死者生者》以及大正十三年的《人生的幸福》。在他眼中，无论是基督教的社会指导，还是马克思主义的文学运动，都不过是借正义之名暴露了人利己的本质。大正八年，他感觉自己所从事的文学活动也是无意义的，于是回到了冈山乡下，但第二年又返回了东京并重新开始了创作活动。当时，菊池宽始终都是正宗白鸟的知音，白鸟的很多作品也都受到了菊池宽的赏赞。

岛崎藤村在写了《春》(明治四十一年)、《家》(明治四十三年）等长篇小说之后，在明治四十三年三十九岁之年丧妻。之后，他因与前来帮忙的侄女之间的关系而深感苦恼，后来关系了断，他也隐瞒了这一事件，并于大正二年前往法国，在大正五年归国之后，他与侄女的关系再次复燃，他苦于与侄女的父亲、他的兄长的交涉，于是在大正七年再一次断绝了与侄女的关系。为了挽救自己作为自然主义忏悔小说家的颜面，他将这一事件写成了长篇小说《新生》并加以发表，由此引发了巨大争议。自然主义的私小说手法在藤村的这部作品中，成了将自己和周围人拉出艰难人生所不得不用的揭露手段，但在葛西善藏的作品中，则是作为艺术良心存在的证明而加以使用的。

此外，与藤村一起被视为自然主义文学大家的德田秋声在大正十五年丧妻之后，与出入他家并想要成为作家的年轻女性山田顺子陷入了激烈的恋爱，并在大正十五年九月发表了根据这一体验写成的一组私小说《重归故枝》。秋声私小说的特色在于，通过对自己冷静客观的审视进行写实主义的描写，其中几乎不含拯救人生的预想。

其他的新作家们

大正十年（1921），此前在《改造》做记者并与志贺直哉交往密切的新作家泷井孝作（明治二十七年至昭和五十九年，1894—1984）开始了小说《无限拥抱》的写作，直到昭和二年作为长篇小说完结，这部小说基于作者的体验，描写了对一个妓女的爱以及为爱赌上一切直到那个女子死去的生活。小说以粗线条勾勒出清晰轮廓的这种写实手法，是受到了志贺直哉的影响，同时也具有别样的古典的确切性。泷井孝作的私小说，是以道德的禁欲主义为内核，以将生活之美平移为作品之美的信念为基础进行创作的。

另外，这一时期的三位女性作家的存在，也颇为引人注目。其中一人是中条百合子（明治三十二年至昭和二十六年，1899—1951），她的父亲是著名建筑家中条精一郎，母亲是《明六杂志》时代的学者西村茂树之女。百合子在十八岁的学生时代，就在《中央公论》发表了小说《贫穷的人群》，后前往美国并结了婚。在其婚姻破裂之后，她将这一体验写成了小说《伸子》，从大正十三年（1924）九月开始连载在《改造》上，此时，她不过二十六岁。

大正时期，在中条百合子之前，也有诸如田村俊子（明治十七年至昭和二十年，1884—1945）、素木贱子（明治二十八年至大正七年，1895—1918）、水野仙子（明治二十一年至大正八年，1888—1919）等女性作家，但其中最优秀的当属出自夏目漱石一系的评论家野上丰一郎之妻野上弥生子。野上弥生子（明治十八年至昭和六十年，1885—1985）比中条百合子大十四岁，是一个有着老式经历的作家，她的代表作有大正十一年（1922）发表的《海神丸》。中条是在与野上相交的过程中，发掘了她作为作家的天资。进入昭和时期以后，这两位女性作家一同成了社会主义思想的拥护者。除此之外，大正十一年在《中央公论》发表《掘墓》《巷的杂音》的藤村千代（明治三十年至平成八年，1897—1996）也颇受注目。不久之后藤村千代更名为宇野千代，与同时代的新作家尾崎士郎结了婚。

大正十年，尾崎士郎（明治三十一年至昭和三十九年，1898—1964）发表长篇《逃避行》，大正十三年，冈田三郎（明治二十三年至昭和二十九年，1890—1954）发表长篇《巴里》，池谷信三郎（明治三十三年至昭和八年，1900—1933）发表长篇《望乡》，这三部作品，无一不是以出游上海、巴黎、柏林等地的新人的体验为根据所写。此外，从法国归国的剧作家岸田国士（明治二十三年至昭和二十九年，1890—1954）的《蒂罗尔的秋》《旧玩具》也引起了人们的关注。第一次世界大战之后，许多年轻文人前往欧洲，村山知义（明治三十四年至昭和五十二年，1901—1977）也在德国受到表现主义的影响之后归国，于大正末年开始发起了文学美术界的新运动MAVO，其中，池谷与岸田则身处新感觉派的群组之中。

艺术派的新作家大都集中在《文艺时代》，他们无一不是《文艺春秋》的同人。从明治时代起就一直作为文艺杂志代表的《新潮》主编中村武罗夫（明治十九年至昭和二十四年，1886—1949）另外集结了一批新作家，于大正十四年（1925）创刊了名为《不同调》的同人杂志，其同人有冈田三郎、尾崎士郎、浅原六朗、堀木克三、间宫茂辅、藤森淳三等人。此外，《消瘦的新娘》（大正十四年）的作者今东光（明治三十一年至昭和五十二年，1898—1977）、《自家人》（大正十二年）的作者佐佐木茂索（明治二十七年至昭和四十一年，1894—1966）一时也加入了《不同调》。由于"不同调派"的作家们大都既没有加入无产阶级文学，也没有加入新感觉派文学，因而在大正末年（1926），文坛出现了新作家分属写实主义倾向的《不同调》、无产阶级文学的《文艺战线》、新感觉派的《文艺时代》的三足鼎立之势。《不同调》作为一个小杂志，引入了大正时期确立的成名作家们的方法系统，并将私小说作为其主要的创作手法。

第十二章
昭和初年的动荡期

大正文学的终末

1926年,大正时代终结,昭和年代开始,自此,三派鼎立的日本文坛陷入了更大的混乱。在这一时间前后,也有像岛崎藤村的《伸展准备》《暴风雨》,谷崎润一郎的《痴人之爱》,长与善郎的《竹泽先生其人》等值得注目的成名作家的作品,但文坛的评论一般都是以无产阶级文学和新感觉派文学为中心进行撰写的,而且,这两派的文艺理论在其内部各自发生了剧烈的变化。

无产阶级文学中,关于文艺作品是否应该从属于政治的论争愈演愈烈,并出现了藏原惟人、中野重治等新的理论家。而新感觉派为了对抗无产阶级文学的道德观念,主张文艺作品应当不论思想内容，仅以表现形式进行创作，其主张者有横光利一、中河与一。但是总体看来，无产阶级文学因为在创作手法上引入了新感觉派的成分而变得混乱，而且也有一些以体验记为主、后退到私小说创作方法的作家，他们凭借思想道德力量推行社会批判、促使青年参与阶级斗争，渐渐呈现出了压倒新感觉派的态势。

以个人的艺术良知为核心的私小说家们已被视作时代的残留，而新感觉派以前的写实手法也变得不能适应时代，这样的观念在文坛蔓延。另一方面，改造社刊行的廉价版大全集《现代日本文学全集》大获成功，成名作家们突然从这套全集中获得了巨额收入，自此经济无忧，这使得他们的创作活动更加庸钝并渐渐趋于沉寂。

在这样的氛围中，昭和二年（1927）夏，三十六岁的芥川龙之介突然自杀。芥川与谷崎润一郎、佐藤春夫并列为大正时期艺术派小说家的代表，他的自杀似乎可归因于他的人生观，据推测，面对无产阶级文学的勃兴，芥川无法忍受思想上的失败感，于是选择了自我了结。宇野浩二也在这个时候因为罹患脑疾而停止了创作。在芥川自杀次年的昭和三年，被视为私小说代表作家的葛西善藏也因病去世，时年四十二岁。而与《文章世界》并列的自然主义文学根据地《早稻田文学》也在昭和二年被废刊。昭和三年，正宗白鸟面对这种风潮之下的文坛，携妻出国。昭和五年，田山花袋离世，在去世的三年之前，发表了描写他与情人长年的爱欲生活的佳作《百夜》，但这部作品几乎没有引起文坛的关注。

这一连串的事件，给人一种大正文学渐次消歇的强烈印象。无产阶级文学的攻势裹挟着这个时代深刻的萧条和因社会主义运动而频发的劳动运动，将许多优秀的青年拉入了共产主义政治运动之中。无产阶级文学被卷进政治运动之中，其中的政治意味也愈加浓烈。另一方面，震灾之后的东京在衣食住各方面都被美国风的时髦新潮装点，酒吧舞厅繁荣，因就业艰难而绝望的知识青年们沦入颓废的享乐。因而，这种政治运动与颓废的享乐思想，都是时代的必然。

大众小说的勃兴

这一时期，新历史小说被冠以大众小说之名流行了起来，同时也涌现出了一批引人注目的人气作家。继改造社的《现代日本文学全集》之后，新潮社的《世界文学全集》，春阳堂的《明治大正文学全集》等类似的大企划丛书也各自陆续出版，相应地，出版业也呈现出了大组织化的现象。

从大正后半期开始，东京大阪的两个《朝日新闻》以及《大阪每日新闻》《东京日日新闻》《报知新闻》等各报纸的发行量激增，这些报纸在明治末期发行量在五万到十万之间，而到了这一时期,发行量增长到了二三十万到六七十万,竞争愈加激烈。而且,在大正到昭和年代间,《妇女界》《妇女之友》《妇人俱乐部》《王》等杂志也创下了此前难以想象的数十万册的发行量。也就是说,报纸和出版作为实质上的近代企业,在震灾后的风俗变化及生活近代化的风潮中,吸引了许多顾客。这些报纸杂志就有必要登载一些与以往的通俗小说不同的新鲜的小说,而这些小说也不能都是低级的。但是在作为纯文学的小说中,无论是大正中期的心境小说还是大正末期的无产阶级文学、新感觉派文学等,其写作要么是以文坛为中心,要么是以政治为中心,这都不能满足读者阅读故事的需求。

于是出现了以菊池宽、久米正雄为首的三上于菟吉、加藤武雄等一批能够满足一般读者读书欲的新物语作家,他们从纯文学转向了现代大众小说的写作。而历史小说作家则是从那些有经验的报纸记者中产生的能够以新形式进行创作的人。就像明治三十年代加入初期社会主义运动的《都新闻》记者中里介山(又名弥之助,明治十八年至昭和十九年,1885—1944)在大正二年所写的长篇小说《大菩萨岭》让他一举成名。之后,新历史小说出现了追随中里介山与对抗中里介山的一部部作品。

白井乔二(又名井上义道,明治二十二年至昭和五十五年,1889—1980)于大正十三年在《报知新闻》上开始了长篇小说《富士立影》的写作；吉川英治（明治二十五年至昭和三十七年，1892—1962）于大正十五年在《大阪每日新闻》上发表了《鸣门秘帖》，后又于昭和十年开始在《朝日新闻》连载《宫本武藏》，成为最具人气的作家。这些人都是新闻工作者出身的作家，但是毕业于东大政治系、在外务省工作的大佛次郎（又名野尻清彦，明治三十年至昭和四十八年，1897—1973）在《东京日日新闻》上连载的代表作《赤穗浪士》，则在大众文学中糅进了知性的要素，为大众文学吹来一阵新风。此外，菊池宽的友人，有着出版业从业经验的直木三十五（又名植村宗一，明治二十四年至昭和九年，1891—1934）于昭和五年在《东京日日新闻》《大阪每日新闻》上连载了《南国太平记》，成了这一派的代表作家之一，但是他就在声名鼎盛的昭和九年因病去世了。

谷崎润一郎从大正末期就意识到了纯文学的分裂与衰弱，反而对这种大众文学的隆盛显示出了相当的友善。他在为中里介山的《大菩萨岭》写了赞辞之后，自己也开始着手这个领域的写作，并于昭和五年在《大阪朝日新闻》和《东京朝日新闻》上连载了历史小说《乱菊物语》。就这样，因为纯文学的分裂而呈现出来的政治主义化和技巧主义化倾向，无法满足当时大组织化的出版业的要求，而终于被大众文学所淹没。

无产阶级文学的隆盛

在这种纯文学的分裂衰弱与大众文学的繁荣之中，许多足以承担下一个时代文学重任的新人陆续出现。在芥川龙之介去世之前的大正十五年四月，出现了名为《驴马》的同人杂志，其同人由以东大生中野重治、堀辰雄等为中心的平木二六、窪川贺次郎、其妻窪川稻子、西泽隆二（又名奴山广）、太田辰夫等人组成。芥川龙之介和室生犀星等人也对这一杂志多有援助并时常为其写作。中野、太田都是从金泽第四高等学校毕业之后进入东大的，与金泽出生的作家室生犀星颇为亲近；堀辰雄生于东京，与芥川多有往来。此时，这些青年基本都是二十二到二十五岁左右。堀辰雄喜欢法国文学，常读阿波利奈尔、科克托等达达主义新作家的作品，也创作新诗。中野重治在高中就开始了短歌的写作，但到了大学时代因为被马克思主义吸引，便立志以禁欲主义的态度进行阶级文学的创作了。昭和二年，中野在与《文艺战线》并列的无产阶级文学杂志《无产阶级艺术》上发表了评论文《关于艺术的备忘稿》，并与从俄罗斯归国的藏原惟人一起成了这一派具有代表性的评论家。藏原惟人（明治三十五年至平成三年，1902—1991）是代议士藏原惟郭之子，在明治时代曾与德富苏峰、金森通伦一起作为秉持基督教思想的社会运动家立世。他毕业于东京外国语学校俄语系，大正十四年前往俄国留学，翌年十一月归国，向日本介绍了苏维埃俄国的新艺术理论，并成了青野季吉之后无产阶级文学理论的指导者。

《驴马》在芥川去世的昭和三年废刊。芥川晚年曾经与中野重治等人会面，知晓他们对无产阶级文学的狂热，也表达过无法很好适应时代转换的苦恼。芥川曾偏执地认为自己身上有着狂人的基因并为之苦恼。昭和三年（1928）三月，全日本无产者艺术联盟成立，并创刊了与《文艺战线》相对立的比之更为激进的杂志《战旗》，中野、窪川、西泽、中条都加入了这一联盟。这一年，曾以军队生活为题材写下《成为标的的人》的立野信之（明治三十六年至昭和四十六年，1903—1971）成了《战旗》的主编。从此时起，日本无产阶级文学分裂为两派，一派是以学生居多的"战旗派"，他们更注重理论性，也更加激进；另一派是以劳动阶层出身居多并因此自夸的"文艺战线派"。两派之间总是发生论争。而且，即便是在《战旗》内部，以政治理论为中心去思考文学运动的藏原惟人和以艺术家般的敏锐直觉进行推论的中野重治也是互相对立的。

昭和三年二月，《驴马》的同人窪川稻子（明治三十七年至平成十年，1904—1998）在《战旗》的前身《无产阶级艺术》上发表了短篇小说《从奶糖工厂》，由此作为作家被认可，此时，她二十五岁。窪川稻子旧姓佐多，明治三十七年生于长崎，十二岁上京，十三岁就做了奶糖工厂的童工，之后从事过各种各样的职业，十七岁在上野池边的饭馆工作的时候认识了去那里的芥川龙之介和菊池宽，十九岁做了洋书进口商丸善的店员，之后婚姻破裂，在咖啡店工作的时候，认识了《驴马》的同人并与窪川鹤次郎结了婚。在文学上几近外行的窪川稻子凭借着这部作品成了《驴马》同人中最早的作家。窪川鹤次郎曾与中野重治一起就读于金泽的第四高等学校，后中途退学，一边做邮局职员，一边专注于文学创作，他比稻子大一岁。昭和三年，中野重治也开始在《战旗》上发表《早春的风》等小说。

此时，《文艺战线》派也出现了一位女作家，那就是在《从奶糖工厂》发表半年前的昭和二年，在《文艺战线》九月号发表了《在义诊室》的平林泰子（明治三十八年至昭和四十七年，1905—1972），她此时二十三岁。小说写的是在丈夫因参与纷争被管制之后，妻子在慈善医院生产时的苦痛。平林泰子出生于长野县诹访郡中洲村，从诹访高等女校毕业之后来到东京并做了电话接线员，之后与一个无政府主义者结了婚，辗转于朝鲜和中国东北等地，后又离婚返回东京，与无政府主义的艺术家们多有往来，之后，她又与《文艺战线》派的作家评论家小堀甚二结了婚。

平林泰子的友人林芙美子（明治三十七年至昭和二十六

年，1904—1951）也值得一提。林芙美子生于下关，是行商之女，通过半工半读从尾道高等女校毕业，并于大正十一年上京，做过女招待、事务员、夜市商贩、游艺场外的看鞋人之类的各式工作，她也写诗，有一段时间曾做过住在东中野的小说家近松秋江家的女佣。她的婚姻数度失败，昭和三年八月，她将此间坚持写作的日记体手记《放浪记》刊载在了三上于菟吉之妻长谷川时雨主编的《女人艺术》上，第三年，《放浪记》在改造社出版，作品中那种抒情的虚无主义情绪为读者所喜，并获得大卖，以此为契机，林芙美子成了流行作家。她虽然与无政府主义者们多有往来，但与许多在这一时期成为共产主义者的无政府主义者不同，她并没有明确的政治立场。

昭和四年（1929）是无产阶级文学大步迈进的一年，这一年五月，新作家小林多喜二（明治三十六年至昭和八年，1903—1933）在《战旗》上发表了中篇小说《蟹工船》。小林多喜二此时二十七岁，他在秋田县出生，在小樽长大，从小樽的高等商业学校毕业之后在当地做了银行职员。从学生时代起他就立志成为小说家并醉心于志贺直哉的文学作品，但后来渐渐对马克思主义有了关注。在做银行职员期间，他了解了地主压榨佃农的计谋，于是参与了劳动运动和选举运动。他在阅读了叶山嘉树的作品之后，坚信自己找到了理应践行的道路，拥有了成为无产阶级文学作家的自觉，昭和三年，他的作品《一九二八年三月十五日》得到了认可。《蟹工船》是以当时沿千岛列岛捕鱼的许多日鲁渔业系蟹工船中的劳动者受到虐待一事为题材创作的，因其描写的生动鲜活，以及对新感觉派的群体描写手法的巧妙援用，这部作品与叶山嘉树的诸作一并被视为对无产阶级文学做出巨大贡献的佳作。

同年六月，《战旗》开始连载新作家德永直（明治三十二年至昭和三十三年，1899—1958）的《没有太阳的街》，这部作品也引起了很大反响。德永直出生于熊本市外的花园村，此时三十一岁。他是贫农出身，小学六年级便退学做了印刷工厂的学徒，大正十一年上京，寄住在共产党的指导理论家山川均家中，后来成为博文馆印刷所（后来的共同印刷）的职工，是出版从业员组合的核心成员。大正十五年（1926）一月到三月，博文馆印刷所发起争端，后以失败告终，德永与许多同伴一起失去了工作。此后，他与事业的同伴一起经营了一所小印刷所，三年后根据这些经历写下了《没有太阳的街》。

《蟹工船》和《没有太阳的街》可以说是这一年无产阶级文学的巨大收获，此外，同年发表的岩藤雪夫的《铁》、中野重治的《铁之话》等作品也颇受注目，而且，在这一时期前后，有不少成名作家也通过转换思想加入了无产阶级文学之中，其中最值一提的当属新感觉派的代表评论家片冈铁兵的左倾。片冈铁兵生于明治二十七年，此时是三十六岁，冈山县出生，从庆应义塾大学大学预科中途退学以后便辗转在各报社间做着记者的工作，也曾向《文章世界》等投稿。大正十年八月，他在里见弴等人主办的《人间》上发表了《舌》，后又成为《文艺时代》的同人，昭和元年二月在《改造》发表《网上的少女》，成为新晋作家中极为耀眼的存在。与其说他是一个天生的作家，不如说是充满新闻工作者才气的敏锐的人更为恰切。昭和三年二月，他在新感觉派诸人开始主张形式主义文学论的时候，思想左倾，并在《中央公论》发表评论文《艺术的贫困》，后于昭和四年二月创作《绫里村快拳录》并由此成了无产阶级作家。

在成名作家中，大正二年二十二岁时因写下甜蜜恋爱故事《波》而为人所知的藤森成吉（明治二十五年至昭和五十二年，1892—1977），从大正四年开始在大杉荣的影响下接近了无政府主义。他从东大德文系毕业之后就成了冈山第六高等学校的讲师，但很快就辞职专注创作了。大正十三年之后的一年间，他与妻子一起进入工厂体验劳动生活，而后在大正十五年创作了描写德川时代农民运动的戏曲《礫茂左卫门》并得到了赏赞。昭和二年一月在《改造》上发表了戏曲《她怎么成了这样》，写的是一个贫农之女被卖到儿童剧团之后体验了各种各样的生活，朴素纯情尽失，最终在基督教教会纵火的故事。该戏曲的这一题名也成为一个流行语，经常被用于报纸杂志记事的标题。

此外，从德国归国的表现主义运动指导者村山知义（明治三十四年至昭和五十二年,1901—1977)于这一年七月在《战旗》上发表了戏曲《暴力团记》,其立场也从艺术派转向了左派,并成为左派演剧指导家活跃于文坛。昭和四年一月,曾与青野季吉、西条八十、直木三十五等人一起毕业于早大文科的细田民树（明治二十五年至昭和四十七年，1892—1972）在《朝日新闻》上连载了揭露资本主义社会阴暗面的小说《真理之春》,并因无产阶级文学得以在大报上登载而引起了关注。

另有大正时期文坛批评家中的现实主义者广津和郎,他在昭和四年六月写下了《我语我心》,记述了他对于自己从自然主义以来所坚持的写实主义思想立场的怀疑。昭和五年四月,他将这一作品加以小说化并命名为《昭和初年的知识阶层作家》,发表在了《改造》上。

除了这些作家之外,新感觉派的文学青年、京都三高出身的武田麟太郎与高校大阪出身的藤泽垣夫等东大生也在这一时期思想左倾并加入了《战旗》,另外,与横广利一交往密切的新感觉派新晋才子作家中本高子、桥本英吉也加入了无产阶级文学之中。

无产阶级文学的隆盛在昭和四年到五年之间达到顶点,《战旗》和《文艺战线》虽然常被禁止发售,作家们也因触及治安维持法而被拘禁入狱,但这进一步激发了青年们的英雄意识和正义感。杂志在开始发行到禁售的两三天内,人们争相购买,其发行量就达到了两万到三万份,甚至超过了《新潮》等有着长久历史的文艺杂志，可以和《中央公论》《改造》等综合杂志相比肩。《改造》和《中央公论》在经营上也不得不顺应这一文学运动的潮流，那些在《文艺战线》和《战旗》上发表佳作的人，当然也会在《中央公论》《改造》上发表，并享受一流作家的待遇，许多人甚至为了得到心理的满足而加入了这一运动，这样一来，报纸杂志的这种出世主义因素进一步驱使着年轻作家乃至成名作家们加入无产阶级文学运动。尽管杂志被禁止发售，讲演会、集会也被中止乃至解散，但新青年们还是接连不断地投身到这一运动之中。许多优秀的青年从大学中途退学，经由这一文学运动而走向共产主义运动。大正年间那些热衷于民主主义和贺川丰彦的基督教社会运动，并陶醉于仓田百三的《出家及其弟子》和阿部次郎的《三太郎的日记》的青年，以及那些通过一灯园的宗教生活和《白桦》的人道主义走向"新村"、追求善与正义的青年，到了昭和初年开始对民主主义、渐进社会主义、基督教思想、无政府主义都表现出了轻蔑的态度，几乎一致走向了共产主义。贺川丰彦在美国和欧洲被视作日本的救世主一般得到尊敬，但在这一时期日本左翼青年们的眼中，他不过是一个为宗教所荼毒的怯懦之人。

而且，这些急于追求善与正义的青年们也舍弃了文学艺术只有通过美才能求得善与正义的基本认识，并且对此全无反思。他们将从个人主义出发的自然主义文学视作已经死灭的文学，他们轻视主张个人心境的调和与真实剖白的私小说，却认为警察的弹压、发禁、管制、拷问、投狱为无视艺术性的政治性文学运动赋予了正当性。这种过激的文学运动存在着许多谬误和过火的地方，但同时也为大正时期闭锁的文学提供了一个新的出口，这是事实。它教会人们社会、阶级、同胞以及人性之敌的存在。

艺术派的新人们

片冈铁兵的退出，让新感觉派有才华的作家只剩下了横光利一、中河与一、川端康成等人，《文艺时代》也完成了它的使命，并于昭和二年（1927）五月废刊。该派在理论上转向的形式主义文学论也因受到胜本清一郎、谷川彻等人的批评而陷入停滞，其文学运动行路艰难。但是，艺术派文学作家横光利一的指导性并没有丧失，而且，在旧《文艺时代》的同人中，十一谷义郎于昭和三年发表了《唐人阿吉》，川端康成于昭和四年写下了《浅草红团》，他们依然受报纸杂志欢迎，并进入了作家个人的成熟期。

昭和四年到五年期间是无产阶级文学领域有才能的新人辈出的时代，在艺术派也可以看到新感觉派以后新倾向、新人物的出现。昭和三年，改造社凭借《现代日本文学全集》

的大获成功而得势，由此制定了积极的编辑出版方针，并开始悬赏募集小说新人。同年四月，作为当选作品，龙胆寺雄（明治三十四年至平成四年，1901—1992）的《放浪时代》和保高德藏（明治二十二年至昭和四十六年，1889—1971）的《泥泞》得以发表。保高德藏在大正四年与青野季吉、坪田让治、细田民树、细田源吉、西条八十等人一起毕业于早稻田大学，曾凭借一部作品为文坛所知，而龙胆寺雄则完全属于新人。翌年，东大经济学部出身、长期居留法国的芹泽光治良（明治三十年至平成五年，1897—1993）凭借小说《资本家》当选改造社的悬赏作，并作为无产阶级文学的同路新作家走上了文学之路。

龙胆寺雄的作品《放浪时代》有着能够让人想起佐藤春夫的散文诗般的抒情意味，同时，在题材上也选取了新感觉派小说经常描写的现代都市人的心理爱情问题，但比起新感觉派作品来更易于阅读。这位具有一定通俗性的新作家，被当作艺术派的新希望并成了新的流行作家。

昭和四年，《新潮》的主编中村武罗夫解散了他主办的杂志《不同调》，并与创办同人杂志《葡萄园》的吉行荣助、久野丰彦一起创刊了《近代生活》。中村武罗夫虽然反对无产阶级文学，但因为与其对立的新感觉派属于《文艺春秋》系统，因而也并非全面支持新感觉派，他立志将新感觉派以后的新作家们聚拢到《近代生活》中来。久野和吉行的作品虽然也有新感觉派的风格,但并不属于这一派,因而很受《新潮》派欢迎。

《近代生活》从《不同调》吸收了浅原六朗、冈田三郎等有才能的作家,此外,在中村鏖下做《新潮》编辑的楢崎勤、新流行作家龙胆寺雄、以不甚显露的自然主义手法进行创作的《不同调》实务编辑嘉村礒多也都加入到了《近代生活》之中。

"新兴艺术派"时代

昭和三年,另一个有实力的艺术派青年作家团体诞生,那就是《文艺都市》。《文艺时代》聚集了大正十三年前后同人杂志的优秀作家,但此后直到昭和初年,想要创办同人杂志的年轻作家们一直处在对无产阶级文学与新感觉派相对立所引发的文坛骚乱的不安中,这些青年中,有人走向了左翼文学,有人学习了新感觉派,但也有一些没有加入任何一方的艺术派青年们纷纷聚拢在了东大一系的《朱门》《青空》《新思潮》以及早稻田一系的《主潮》周围。

昭和三年(1928)二月,纪伊国屋书店以东大一系的舟桥圣一为中心,将这些杂志的主力成员们聚集起来,创刊了继《文艺时代》之后作为下一个时代艺术派团体的《文艺都市》杂志，其同人包括浅见渊、崎山猷逸、丸山清、阿部知二（明治三十六年至昭和四十八年，1903—1973）、舟桥圣一、古泽安二郎、坪田让治、雅川洸、梶井基次郎、尾崎一雄（明治三十二年至昭和五十八年，1899—1983）、高桥敏夫、今日出海、藏原伸二郎、井伏鳟二、饭岛正、前山钲吉等人。

其中，有人在大正末年就作为新晋作家在《新潮》之外的刊物上发表过作品，在年龄上，除了明治二十三年出生的坪田让治之外，其他人大部分都在二十五到三十岁之间。该杂志同人中最早得到认可的是井伏鳟二，他选取了富有冈山地方特色的题材，以幽默的笔致创作了小说《谷间》。其后，阿部知二、舟桥圣一等人也成了耀眼的存在，并开始在《新潮》上发表作品。而梶井基次郎、尾崎一雄、浅见渊等人则因为意见相左，最终脱离了这一杂志。

《近代生活》与《文艺都市》以《新潮》为媒介互相靠近，并结成了艺术派的新团体。昭和五年四月，《文艺都市》的评论家代表雅川洸（本名成濑正胜）在《新潮》上发表了《艺术派宣言》，显示出了作为新艺术派与无产阶级文学相对立的鲜明立场。同月，《文艺都市》的同人与《近代生活》的同人们以历史悠久的《新潮》为背景，联同三十二名文学青年一起结成了"新兴艺术派"，并且由新潮社刊行名为《新兴艺术派丛书》，以供该派的作家们出版其创作集，这套丛书中，也纳入了前辈作家横光利一、川端康成、中河与一等人的作品。

"新兴艺术派"与新感觉派相比，显得艺术冒险心不足，而且他们没有一个一以贯之的理论主张。这一时期，新潮社刊行了作为半通俗文学杂志的《文学时代》，这使得新兴艺术派的许多作家开始写一些半通俗的短篇小说，同时，另有一些少女杂志和通俗杂志也愿意刊载该派作家积极描写都市享乐生活的作品，因他们的作品多以趣味为中心，这让该派有了被视为以色情、异形、无意义为主的颓废文学家的倾向。从反面来看，这个时代的年轻作家们被一种期待革命的意识和资本主义行将末路的观念所局囿，许多人无论是对艺术还是对政治，都无法产生具体的信赖感。只有依据这种急迫渴望革命的意识和失业状态下青年们的想法所创作的颓废文学，才能够反映这个时代人们意识的两面性。川端康成后来说道："再没有像新兴艺术派那样受传媒业荼毒的文学运动了"。但是，其中最具新兴艺术派特色的人渐渐脱离了运动的中心，也远离了报纸杂志的左右。忠实于自己的个性特色的井伏鳟二、阿部知二、舟桥圣一、坪田让治等人，也最终开拓了自己独特的道路。

与中野重治等人一起刊行《驴马》的堀辰雄，其同伴几乎全部加入了《战旗》，加之老师芥川自杀，他处在一个全然孤独的境况之中，但他并没有主动参与新兴艺术派，而是在昭和四年二月，在《文艺春秋》发表了《笨拙的天使》，并作为习得了新法国小说手法的新作家向着文坛迈进。

昭和三年,《战旗》的发行推迟了四个月,而诗歌季刊杂志《诗与诗论》则由厚生阁开始刊行,该杂志主要由春山行夫和北川冬彦主编,除此二人之外,其同人还包括三好达治、安西冬卫(明治三十一年至昭和四十年,1898—1965)、外山卯三郎、近藤东、上田敏雄(明治三十三年至昭和五十七年,1900—1982)、泷口武士(明治三十七年至昭和五十七年,1904—1982)、竹中郁、神原泰、饭岛正,之后,佐藤一英、佐藤朔、西胁顺三郎、吉田一穗、横光利一、堀辰雄也作为供稿人加入了该杂志。

这一季刊杂志着力于对欧洲超现实主义和心理主义文学的介绍和翻译,它是在欧洲战后文学中继大正十年代《文艺时代》和筑地小剧场所引入的表现主义、达达主义、未来派之后所出现的。杂志接连登载科克托、纪德、普鲁斯特、阿拉贡、艾吕雅、阿波利奈尔、瓦雷里、乔伊斯等人及其他新作品。在诗作上,该杂志除刊载古典倾向的三好达治、吉田一穗、佐藤一英的作品之外,还多登载一些形式主义和超现实主义的作家北川冬彦、西胁顺三郎、安西冬卫、上田敏雄等人的作品。所以说,《诗与诗论》作为诗歌杂志虽然不甚显眼,但它与新兴艺术派同时出现,并在其所欠缺的对欧洲新文学的介绍方面,相当程度上影响到了年轻的诗人和小说家们。杂志的执笔作家大多在二十四五岁到三十岁之间,与《文艺都市》的同人们同辈。

除以上作家之外，该杂志还动员了许多年轻的外国文学研究家执笔，如阿部知二、渡边一夫、中岛建藏、佐藤正彰、伊藤整、淀野隆三等人。堀辰雄经常为该杂志写稿，并翻译出版了《科克托抄》作为与该杂志同时刊行的丛书的一册。阿部知二则在该丛书中出版了《理性的文学论》。

新心理主义文学

昭和四年《文艺都市》刊行之时，堀辰雄联合犬养健、横光利一、吉村铁太郎等人在第一书房发刊了月刊杂志《文学》，这是基于堀辰雄想要在新兴艺术派骚乱的文学运动之外建设正统新文学的想法。该杂志连载了由淀野隆三、佐藤正彰等人翻译的普鲁斯特《追忆逝水年华》的第一册《去斯万家那边》。昭和五年，北川冬彦、淀野隆三、三好达治从《诗与诗论》中脱离，创办了同为季刊的杂志《诗·现实》，并连载了由伊藤整、永松定、辻野久宪共同翻译的乔伊斯的《尤利西斯》。另有堀口大学翻译出版了拉迪盖《德·奥热尔伯爵的舞会》。

这三部小说都是第一次世界大战后欧洲文学主流的心理主义小说代表作，无论哪一部都对同时代的作家们产生了根深蒂固的影响。

横光利一在昭和五年（1930）九月号的《改造》上发表了短篇小说《机械》，这部作品与横光利一此前的作品完全不同，他舍弃了此前飞跃式的意象排列，而取用藤蔓式曲线的执拗心理的追寻手法，以一个镀金工厂的两名员工及其主人之间的关系为中心，描写了人在集体中的现实性。他的这一手法，是对《德·奥热尔伯爵的舞会》基于数学式的确切心理之上的人际关系的把握和《去斯万家那边》中细密的心理描写的并用。这部作品吸引了文坛的关注，横光利一在其中创制的新手法也引发了诸多评论，小林秀雄将这部作品称作新伦理书。

堀辰雄（明治三十七年至昭和二十八年，1904—1953）从很早就阅读拉迪盖了，昭和五年十一月，他以拉迪盖的创作手法写下了描写芥川之死、芥川的情人、情人之女，以及与自己相似的主人公的唯美抒情性心理小说《圣家族》，并将其发表在《改造》上。这部作品很难让人觉得是当时二十七岁的青年所写，其中充满了纤细的表现与精确的心理性描写。堀辰雄在这部作品发表之后便开始咳血，成为后来长年肺病的隐忧，但堀辰雄也就是在这个时候，确立了他作为小说家的地位。

川端康成在昭和六年一月号的《改造》上发表了追求意象转换和心理变化的新文体小说《水晶幻想》，这种新的创作手法便来自乔伊斯的《尤利西斯》。另外，伊藤整（明治三十八年至昭和四十四年，1905—1969）在昭和七年出版了评论集《新心理主义文学》，其中汇总了他从昭和四年开始撰写的关于心理主义文学的介绍和评论文章。以上这四人的创作，可以说继新感觉派、新兴艺术派之后，标志着新心理主义文学的兴起。但是，这种新文学方法的展开，依然存在着不少本质的不安定成分。因而，堀辰雄在发表《圣家族》之后，就转向了更为简洁明快的文风；川端在写完《水晶幻想》的续篇《镜》之后，也回到了原来的抒情性手法；横光虽然又写了《鸟》等类似手法的小说，但最终还是渐渐回归了自己原本的文体。

成名作家的立场

昭和初年，无产阶级文学与艺术派文学都陆续出现了一些新的变化，许多成名作家因此对自己的创作手法和题材失去了自信，并在沉默中嫌厌地观望着这种风潮，明治四十三年以来，只有一直保持着作为艺术至上主义作家地位的谷崎润一郎，对此有着不同的反应。

他从大正十年前后陷入了一定程度的萎靡，这段时间内并无得意之作问世，直到大正十三年，他的小说《痴人之爱》

的前半连载在《大阪朝日新闻》，后半载于《女性》。这部作品综合了他此前的题材和创作方法，并将女性对于性与美的魅力的觉醒让其性格发生改变，并使其与异性相处之间的伦理感和秩序感被破坏的思想加以具体化，这样的内容是值得注意的。但这部小说在艺术的雕琢方面，也不能说是尽善尽美。

此时，谷崎润一郎三十九岁，因为前一年遭遇关东大地震，他举家搬到了关西。大正十五年四十一岁的时候，谷崎第二次前往中国，那里的环境变化，让他产生了新的创作冲动。而且，新感觉派等新艺术派的隆兴，对于从其文学起步之时就不喜欢自然主义的谷崎产生了积极的刺激作用。昭和三年三月，他开始在《改造》上连载他新构想的小说《卍》。这部作品以女性独白的形式，描写了同性之爱、无性能力之人的爱、善良的丈夫靠近妻子的同性恋对象并最终导致自杀的故事。这部作品充分表现出了谷崎的文学才能，而且他有意识地对关西方言的使用，也让这部作品颇受欢迎。

在写作《卍》的过程中，谷崎又于同年十二月开始在《大阪每日新闻》《东京日日新闻》上连载《各有所好》，在这部小说的前半部分，主人公无论如何都无法爱上自己贞淑的妻子，而且，在他知道自己的友人倾慕自己妻子的时候，还认真地考虑将妻子让给友人。在这部作品完成一年之后的昭和五年八月，谷崎润一郎与结婚十五年的妻子千代离婚，随后，

千代与谷崎的友人佐藤春夫结了婚,而且,三人联名给相识的人送去了这样的问候函:

拜启

炎暑之际,恭问时绥。我三人合议之下,使千代与润一郎离婚后与春夫结缘,润一郎之女鲇子与母同居,双方交际之仪皆比从前,此事原应委请中人周知,敢以寸简相告,敬请见谅。

敬具

谷崎润一郎,千代,佐藤春夫

这件事让不大会为自杀恋爱事件惊讶的文坛人震惊,但是,对于那些读过谷崎前一年写的《各有所好》的人来说,这不过是在对理所当然的事情演变做了公开贤明的良心处理之后的报告。

此后,谷崎润一郎长期住在关西,其创作也渐渐延伸到了古典的手法和历史的题材之上。

永井荷风也打破了自大正中期《小竹》以来长久的沉默,于昭和六年十月在《中央公论》发表了《梅雨前后》,是围绕着一个通俗作家与咖啡馆的女招待对现代色情的风俗进行的描写，得到了谷崎润一郎的激赏。有人评论道，这部作品让荷风的写作对象从大正时期惯写的艺伎的世界转向了现代风的女招待的世界。

岛崎藤村也打破数年沉默，于昭和四年一月开始了长篇小说《黎明前》的写作。在《破戒》以后，岛崎的作品惯常都是对自己、家族以及亲友的描写，但这部作品不同，它设置了一个在明治维新这样一个历史变动期早逝的父亲正树的形象，属于试图写出时代全体的一部野心之作。这部作品一年之间发表了四次，每三个月就会在《中央公论》上重复登载。

评论界的新人

小林秀雄与宫本显治的登场，为这一时期的文艺评论注入了新鲜的血液。昭和四年，《改造》除了小说之外开始募集文艺评论的新人，宫本显治的《败北的文学》当选第一名，小林秀雄的《种种意匠》当选第二名，两篇评论文分别揭载在《改造》的八月号与九月号上。宫本显治（明治四十一年至平成十九年，1908—2007）出生于山口县，毕业于东大经济学部，昭和四年，他二十二岁。他在这篇评论中，主要是将芥川之死作为对阶级败北的觉悟加以论述的，他认为，两年前的芥川龙之介之死,是由于感受到了知识人的危机并以此为契机发生的,并对芥川艺术的"多元化倾向"和其"败北"的苦恼进行了论说。而且,他还对昭和三年去世的批评家片上伸也进行了评论,他认为,片上因为在美学论上的僵顿而于大正四年前往俄罗斯,在体验十月革命之后归国,却并未能完成向唯物主义文学论的转变,在这一点上,他属于过渡期的批评家,与写作《我语我心》的广津和郎属于同路作家。也就是说,宫本显治是以马克思主义的观点去整理评论大正时期的文坛与美学的。他在发表这篇评论文之后就加入了无产阶级文学的阵营并作为评论家进行活动,但是不久之后就因政治的实践运动而搁笔了。

小林秀雄(明治三十五年至昭和五十八年,1902—1983)生于东京,昭和三年从东大法文系毕业。他在芥川死后的昭和二年,在武者小路实笃的《大调和》上发表了题为《芥川龙之介的美神与宿命》的评论文。他在《种种意匠》中指出了文坛诸流派,特别列举出了马克思主义文学与新兴艺术派文学的根基之浅,并大力批判了无产阶级文学的非现实性与非艺术性,是最早在文坛提出真正的马克思主义文学否定论的人,他强烈主张艺术的实质来源于人肉体的激情。随后的十二月,他在《思想》上发表了《志贺直哉》一文,小林认为,志贺直哉是一个"古典的人物",他作为描写"无情"的"肉感"世界的作家,从本质上可以说是一个"行动人"。志贺直哉在大正十年完成了《暗夜行路》的上篇，从大正十一年一月开始着手下篇的写作，但中途时常中断，最终也未能完成。小林秀雄因倾慕志贺直哉，在大学毕业之后的昭和三年前往奈良，独自一人住在志贺家附近长达一年之久，与志贺有着亲密的往来。

遭受弹压的无产阶级文学

从昭和七年（1932）三月开始，无产阶级文学遭到了大规模弹压。左翼杂志每每发刊就会被禁止发售，但是到这一年三月，藏原惟人、中野重治、窪川鹤次郎、村山知义被逮捕，从无政府主义加入到马克思主义一派的诗人壶井繁治也遭逮捕，此外，在昭和二年到五年期间游历俄罗斯及西欧诸国，成为马克思主义者之后归国的中条百合子以及其他约四百人也被一齐抓捕，其中五十人接受审判并被下狱。此时，小林多喜二、宫本显治等人还在继续进行秘密活动。

小林多喜二是在小樽期间继《一九二八年三月十五日》之后创作《蟹工船》而得到认可的。他于昭和五年上京，之后一直在创作和演讲旅行之中忙碌，其间还不时遭到管制拘留。在这样的生活中，他依然发表了《工厂细胞》《组织者》《转型期的人们》等作品，成了无产阶级文学运动中最受瞩目的作家。在昭和七年三月的大镇压前夕,他为了撰写预定于五月召开的作家同盟大会报告书离开杉并区马桥的家,由此免遭逮捕。他就这样在地下活动,中途前往奈良拜见了志贺直哉,他从创作之初就非常佩服作为作家的志贺直哉,但是在思想上,他们的立场并不一致。回到东京之后,他依然潜伏地下,与宫本显治等残存的几人一起计划重建无产阶级文学运动。同时在此期间他还匿名进行评论活动,并写下了《为党生活的人》等小说。

昭和八年二月二十日午后,他在东京市赤坂福吉町附近与同志进行街头联络的时候被逮捕,数小时之后在筑地警察署被虐杀。截至昭和八年,激进的无产阶级文学运动实质上已经基本宣告结束,许多作家评论家纷纷转向,像宫本显治那样在被逮捕投狱之后仍然选择不转向的人,也长年被困于狱中。

虚无思想与行动主义

共产主义文学和政治运动在大正末年到昭和初年之间刺激了许多青年的理想主义冲动,让他们感受到了反抗既成秩序的喜悦和施行基于正义之上的秘密政治运动的英雄主义满足感。这一运动虽然以共产主义为名目,在本质特性上却是明治维新的革命运动、明治十年的自由民权运动、明治三十年代的初期社会主义运动的延续。但是，共产主义运动的核心，是要告诉人们，既成的道德、法律、政治形态等秩序形式是以权力既得者的利益为中心进行制定的，并让人们相信，通过经济机构的变革就可以改变道德、法律乃至人的生活情感。或许是因为与苏维埃俄国近邻的关系，这一革命运动先世界其他各国一步流入日本，并演变成一场强烈激荡的运动。不管是参与这一运动的人还是没有参与的人，都试图在此时的这种新理想主义中寻找一种可以摆脱现状的新的思考方式。

这一时期，面对贸易的低迷和失业的问题，日本为了摆脱这种境况，于昭和六年（1931）发起了"九一八事变"，这一侵略战争使军国主义由此勃兴。在这种氛围中，共产主义遭到弹压，许多作家不得不放弃他们的思想和信念，这使得知识阶级全体陷入了绝望的虚无之中。当此之时，小林秀雄的友人，昭和七年因出版评论集《自然与纯粹》而得到认可的河上彻太郎（明治三十五年至昭和五十五年，1902—1980）与友人阿部六郎一起翻译了舍斯托夫的《悲剧的哲学》。舍斯托夫是对革命后的俄国社会感到绝望，对近代文明抱以完全的否定态度的思想家。这本译著与左翼运动破灭之后日本知识阶级的虚无主义思想非常吻合，因而大受欢迎。而且，即便是当时的欧洲各国，也处在大战后的社会不安和对基督教思想的绝望之中，本雅明·克莱缪《不安的文学》的译出，进一步让文坛和评论界全体被虚无主义的色彩所笼罩。三木清（明治三十年至昭和二十年，1897—1945）、谷川彻三（明治二十八年至平成一年，1895—1989）等人对这一问题进行了批评，这也成为这个时代的一股风潮。

此时，常年居留法国的评论家小松清（明治三十三年至昭和三十七年，1900—1962）回到了日本。他在法国期间与马尔罗相交，并吸收了他行动主义的人道主义思想，他主张通过提倡行动主义运动去解除这个时代的心理桎梏，这一运动颇得反响，并以此前主要在新剧运动中坚持唯美主义的舟桥圣一为中心，于昭和八年（1933）创刊了杂志《行动》。舟桥在这一杂志上发表了小说《俯冲》，另外，阿部知二、福田清人、丰田三郎等人也加入了这一运动。

转向文学

这一时期，旧马克思主义者间兴起了一种具有忏悔意味的转向文学，这一运动迫切地强调理想追求，并提倡从对未成熟的文学反省向着重新发起具有社会视野的写实主义文学发展。旧《战旗》系的评论家龟井胜一郎（明治四十年至昭和四十一年，1907—1966）基于剥除自己的所有假面而去直面真实的意图，写下了评论集《转型期的文学》。这本书出版的时候，窪川鹤次郎、德永直、森山启等人对龟井的这一立场进行了批判，认为这不过是一种革命思想以前的个人主义。但是，龟井从一种追求更为纯粹的东西的冲动渐渐进入了宗教的世界和古典文学的世界。此外，从旧《文艺战线》转去《战旗》，并担任过责任编辑的山田清三郎（明治二十九年至昭和六十二年，1896—1987）在结束了三年半的狱中生活出狱之后，写下了《耳语忏悔》（昭和十三年）。

同为《战旗》系统的林房雄（明治三十六年至昭和五十年，1903—1975）在昭和七年转向之后出狱，而后凭借其与生俱来的英雄主义气概进入历史物语的创作，并写下了以明治维新前后长州藩激进的政治青年伊藤博文与井上馨为中心的小说《青年》，之后，他又陆续创作了《壮年》《西乡隆盛》等历史小说。

昭和八年，在左翼文学运动宣告结束之际，林房雄和小林秀雄召集创办了杂志《文学界》，该杂志的初期同人有宇野浩二、深田久弥、川端康成、武田麟太郎、小林秀雄、广津和郎、林房雄、丰岛与志雄这八人，他们是大正时期以来自由主义的成名作家们与昭和时代作家们的奇妙组合。《文学界》的创刊动机，是将文艺创作活动从过去的思想倾向和政治立场中解放出来，从而让纯粹的文艺得以复兴。昭和十一年一月，该杂志发生改组，大正前期的作家们退出，舟桥圣一、阿部知二、龟井胜一郎、河上彻太郎、森山启、今日出海等作家加入，并开始大量发表具有昭和十年代特色的在思想上保持中立的小说与文艺评论，其中所登载的最值得注目的作品，当属阿部知二的《冬天的驿站》（昭和十一年）、冈本鹿子（明治二十二年至昭和十四年，1889—1939）的《母子抒情》（昭和十三年三月）、中山义秀（又名议秀，明治三十三年至昭和四十四年，1900—1969）的《绣球菊开》（昭和十三年四月）、舟桥圣一《木石》（昭和十三年十月）、森山启（明治三十七年至平成三年，1904—1991）的《远方的人》（昭和十六年五月）等。

武田麟太郎（明治三十七年至昭和二十一年，1904—1946）在感受到了无产阶级文学的停滞之后，较早地将其描写对象转移到了市井风俗上，并于昭和七年发表了《日本三文歌剧》，显示出了其作为风俗作家旺健的笔力。之后因倾慕西鹤而创作了《市井事》《清算》等短篇小说，并凭借昭和九年所写的《银座八丁》打开了现代都市生活描写的新局面。但是，他并未离开世相描写的现实主义创作，昭和十一年，他以旧左派人为中心召集友人创刊了杂志《人民文库》，并从《文学界》的无思想文学运动中脱退了出来，其同人有高见顺、田村泰次郎、涉川骁、新田润、田宫虎彦（明治四十四年至昭和六十三年，1911—1988）、荒木巍、本庄陆男、大谷藤子、平林彪吾、那珂孝平、堀田升一、细野孝二郎、汤浅克卫、上野壮夫、矢田津世子、圆地文子、立野信之、南川润、井上友一郎等。

这本没有稿费的杂志，给了转向作家和年轻作家们许多将好的作品发表出来的机会。譬如高见顺（又名高见芳雄，明治四十年至昭和四十年，1907—1965）就在创刊号开始连载《宜忘故旧》；旧《不同调》出身，之后加入政治运动并被投狱的转向作家间宫茂辅（明治三十二年至昭和五十年，1899—1975）在昭和二十年起开始连载描写矿工世界的长篇小说《铁》；旧《战旗》系的立野信之于昭和十一年起连载了他的代表作《流》。此外，该杂志还连载了田村泰次郎的《大学》、堀田升一的《自由之丘帕提侬神庙》、武田麟太郎的《井原西鹤》。在这些同人中，还有当时《改造》所募集的悬赏小说的当选者，例如荒木巍（又名下村是隆，明治三十八年至昭和二十五年，1905—1950）的作品《那一个》（昭和八年）、汤浅克卫（明治四十三年至昭和五十七年，1910—1982）的《焰》都是当时的当选作品。另外，新田润（明治三十七年至昭和五十三年，1904—1978）在昭和九年一月的《文学界》发表了《固执的街》并由此成名。这些作家曾经都是参加过共产主义运动的青年。而在该杂志担任编辑的本庄陆男（明治三十八年至昭和十四年，1905—1939），是凭借在《改造》上发表《白壁》（昭和九年五月）而成为作家，并进入《人民文库》做了编辑，本庄在昭和十三年该杂志终刊之后，完成了长期构想的以明治维新后的北海道开发为题材的长篇小说《石狩川》，而后去世。而作为旧《文艺战线》时代的评论家为人所知的伊藤永之介（明治三十六年至昭和三十四年，1903—1959）凭借昭和六年发表的描写中国东北地区朝鲜族农民的小说《万宝山》得到了宇野浩二等人的赏赞，在左翼文学运动结束以后他也继续创作着以农民生活为题材的小说，昭和十二年以后，他发表了《枭》《莺》《燕》等以鸟为名的一系列小说，由此成为农民小说名手。

许多旧的左翼文学家们在转向之后，都开始了迥异于从前的作家活动，但是也有一些作家去思考转向之中自己作为文学家的良心，并将其描写了出来。譬如村山知义在昭和九年五月所写的《白夜》、藤森成吉在同年九月所写的《下雨的明日》、窪川鹤次郎十一月写出的《风云》、德永直的《冬枯》，都是以忏悔的方式表明了自己的立场。而且，中野重治在昭和十年发表的《第一章》《村家》等作品中，描写了转向之事，以及转向中作为作家的自己并未丧失良心的积极意图，可见他们并没有放弃抵抗。此外，中条百合子在昭和七年与宫本显治开始了同居生活，之后，宫本显治在昭和八年末被检举，百合子也遭到管制，被判处了两年徒刑缓期四年执行，但她依然与身处狱中的宫本结了婚。宫本显治直到终战后也未被释放，百合子也没有转向，他们长期被禁止写作。

孤独的作家们

在昭和初年各式各样的文学激流中，有一些作家仍然秉持着大正文学的修养，像一个小小的茧子一般与周围隔绝，沉浸在自己的艺术世界中，创作着宝石般耀眼的作品，最终却因无法抵挡这个狂风骤雨的时代而早早地死去。

其中一人就是牧野信一（明治二十九年至昭和十一年，1896—1936），昭和元年，他不过三十一岁。他于大正八年毕业于早稻田大学英文系，与他前后从早稻田毕业的，还有冈田三郎、户川贞雄、浜田广介、下村千秋、水谷胜、浅原六朗等年轻作家。他和浅原六朗、水守龟之助、下村千秋都是由《十三人》这一同人杂志走向文坛的。他因在《十三人》发表短篇《爪》而受到岛崎藤村的赏赞，随即又创作了《凸面镜》《卖父的儿子》等作品，逐渐得到了文坛的认可。但是，他的作品和同时期早稻田大学出身的作家一样，都属于自然主义系统的私小说。

在文坛上，大正末年到昭和初年的新感觉派作家大都是牧野信一的后辈，但他并不从属于此派，在表现手法上也力图有自己的独创，并在为能够脱出自然主义的手法而努力。他的父亲常年生活在国外，会送给他外国的书物，这让他从少年时代开始就在心中酝酿出了一种希腊式的幻想。昭和初年，他将这种幻想寄托于故乡小田原附近的田园风景，并创造出了一个新的世界，由此写出了一系列具有奇特的异国形象和包含着他自己内心景致的幻想小说,譬如《斯多亚派村庄》（昭和三年）、《零龙》（昭和六年）、《鬼泪村》（昭和九年）等。这些短篇小说以其华美的文笔、充满苦涩的思想以及难解的题名，将作者狷介、纯粹的梦想者的形象充分地展示了出来。但是，他因为在现实生活中的不顺，于昭和十一年三月二十四日在小田原的老家自杀。

另外，可堪与牧野相并的作家，还有嘉村礒多（明治三十年至昭和八年，1897—1933）。嘉村是明治三十年（1897）在一户山口县农家出生,从少年时代开始就被传得了"疯病"，有着对被偏执性格、渴望爱情以及罪责意识笼罩的自己的强烈苛责。他从初中中途退学之后，沉溺在明治时代的基督教徒、写了许多见神经验的纲岛梁川的书中，并与哲学家安倍能成有着书信往来，而且还接受了僧人的佛教指导。在此期间，他尝试过小说的创作，大正十四年，他抛弃妻子，与情人一道前往东京，得到《新潮》主编中村武罗夫的援助，成了其经营的《不同调》的编辑。他寄居在编辑所，写出了《业苦》（昭和三年）、《崖下》（昭和三年）等基于写实主义的阴惨的私小说。他作为编辑接近晚年的葛西善藏，并明显受到了他的影响。他的文风与葛西颇为相似，其中少飘逸感而多写实的、自虐的成分。

因为与中村的关系,他得以在作为新兴艺术派根据地的《新潮》《近代生活》等杂志上发表作品,但在新兴艺术派,他因文风古旧而被视作跟不上时代的作家,并没能得到成名的机会。但是,他的作品在古旧的文体中包含着自然主义的任何一个作家都难以达到的残忍的写实,因而得到了宇野浩二的赏赞。昭和七年,嘉村的作品《途上》在《中央公论》发表,新锐批评家小林秀雄甚至将他与陀思妥耶夫斯基进行比较评论。正当此时,马克思主义文学因受到弹压而濒临崩坏,新兴艺术派也分散到了低俗的报纸杂志中,恰在这种文坛的空白阶段,嘉村自然主义直系的反时代的私小说引起了世人注目。他的作品重新证明,无论是那些基于政治思想之上的文学,还是凝聚着时代形象的新手法的作品,都比不上以直接而执拗地端详人性的描写方法所创作的自然主义的私小说。

因而,嘉村礒多的出现,被视作自然主义文学及该系统私小说的再兴,也给了因看到一片骚然的昭和初年文坛动向而停足不前的成名作家以信心,并且,嘉村的作品,与岛崎藤村、永井荷风、谷崎润一郎、德田秋声等人的力作一起,让人们对明治末年以来近代日本传统小说的手法有了更深的信赖。

嘉村就像被自己的自虐精神蚕食一般,在杰作《神前结婚》

写作完成之后的昭和八年十一月去世，时年三十七岁。

此外，可以与牧野、嘉村相提并论的作家，还有梶井基次郎（明治三十四年至昭和七年，1901—1932）。他是明治三十四年出生于大阪，从京都第三高等学校毕业之后进入东大英文系。数年之间，都与高中时期的友人三好达治、外村繁、中谷孝雄、淀野隆三等人一起刊行同人杂志《青空》。他与同时代的许多青年一样，都受到了志贺直哉的强烈影响，也喜欢阅读波德莱尔。梶井身患结核，却有着异常纤细的神经，擅长将自己对事物的鲜明印象用散文加以表现。大正十四年一月，他在《青空》的创刊号发表了《柠檬》，这篇短小的处女作可以说已臻极致。他的每一篇作品都是小品文、散文诗、短篇小说之类，虽然篇幅都很短小，但在描写的明晰透彻方面，是任何人都难以企及的。

梶井的创作活动从大正十四年开始到他去世的昭和七年，不过八年，在此期间，文坛处在无产阶级文学与新感觉派、新兴艺术派相互对立而产生的骚乱之中，因而并没有注意到梶井这个有着澄澈的眼与心的天才作家。这个平日不断思考着死亡问题的青年作家，在外形上并没有什么显著特色，而发现他作品优秀的，也只有该杂志的同人们。直到他去世前夕，杂志《中央公论》才注意到了这个作家的存在，并揭载了他的绝笔《从容的患者》。他虽然一直没有摆脱同人杂志作家的境遇，但他对自己的作品有着明确的自信，纵使无名，也从未失去作为真正作家的自豪。在他死后，直到战后，有知的年轻作家们仍然在梶井为数不多的作品中找寻着日语完美表达的典型。

第十三章
近代文学的成果

藤村与荷风

岛崎藤村在大正七年到八年之间,将他与侄女的关系写成了剖白式的自传小说《新生》上下两卷,由此引发了不小的争议并引得身边一片哗然,之后,四五年之间他都没有进行积极的创作活动。但是到了大正十年(1921)到昭和二年(1927),他写出了数篇短篇小说,如《一个女人的生涯》《伸展准备》《暴风雨》《分配》等,其中大多都是以男人的立场去描写养育四个子女的中年男人辛劳的作品,其观察的确切与对于人各种条件的深重思虑,奠定了他自然主义小说家中第一人的坚实地位。

此后岛崎又沉默了两年,直到昭和四年四月一日开始在

《中央公论》连载长篇小说《黎明前》，每年刊载四次，到昭和十年十月完成，此时他已六十四岁。这部作品就体量而言是他所有著作中最大的，也被视为他创作生涯的代表之作。他以父亲正树为原型设置了一个名为青山半藏的主人公，青山半藏生于长野县西南端马笼的一个名门，从维新前就醉心国学，并有着勤王的想法。维新变革之时，他奔走于农民武士间。明治维新确立了他理想的王政，但之后的文明开化风潮摧毁了他作为马笼本地庄头的地位。于是他前往东京并供职于教部省，但他所秉持的王政复古思想被视作古旧而不容于时代的东西，他只得将写着忧国之思的扇子投向天皇的行列之中，却因此被处刑。随着时代的变化，他家产散尽，因极度郁闷而发狂，并被投入狱中，结束了他五十六岁的一生。

小说描写了在国家从封建制走向近代化的过程中，良心的知识阶层必然湮灭的命运。在藤村作品所写的时代，比他晚二三十年的日本知识青年们抱着追求善与正义的理想参加到政治运动之中，作为文人，他们本应是艺术的使者，却都以艺术的名义跳入了一个接一个的政治运动之中，面对这样的情势，小说没有直接表现出任何关心。但是，在将父亲的悲痛生涯以小说的形式进行表现的时候，那些昭和初期特有的思想界面对革命到来的不安、农民的贫困化及佃农起义的频发、大资本的产业支配和辛勤劳作者的贫民化等等，在岛崎藤村的心中依然留下了深刻的印记。

在昭和初年的文坛喧嚣中，与岛崎藤村一样能够坚守自己进行创作的成名作家，还有永井荷风。昭和六年（1931）十月，他在沉默许久之后在《中央公论》发表力作《梅雨前后》，此时，他五十三岁。

从大正后半期开始，荷风面对文坛的大众传媒阅读，采取了超然的态度，他就像一个市井之中的隐者，过着孤独的生活。他从大正初期开始就沉潜于传统的游乐寻欢，自称是戏作者，主要以花柳界为题材进行创作。这一时期，他的代表作有四十岁时所写的《小竹》。但事实上他主要靠着蕴含了观察力、情绪追求以及文明批评的随笔、日记等确立了他作为作家的声名，其中包括三十七岁时出版的《晴日木屐》、四十岁时所写的《断肠亭杂稿》、三十九岁时发表的《西游日志抄》等。他的小说《较量》及随后所写的《小竹》等，因其平面化的稍嫌单调的文风，并不能说是属于完全的近代小说。但是仅凭他的日记随笔，也足以确保荷风一流文人的地位。

而且，父亲留下的遗产保证了他孤高脱俗的生活，这让他不必为了生计去发表那些自己并不满意的作品。从大正十年他四十三岁时撰写短篇佳作《雨潇潇》后到昭和六年之间，一直没有发表过值得一读的作品，因而几乎被报纸杂志遗忘。

昭和六年十月，在马克思主义文学与新兴艺术派逐渐衰退之际，荷风在《中央公论》发表了《梅雨前后》，小说写的是从大正末年开始兴盛的作为游乐场所逐渐取代酒馆艺伎的咖啡馆和女招待的故事，小说中，原是妓女的女招待君江年方二十，是一个极有魅力的女子，她在银座的咖啡馆工作并迅速走红，而后借住在通俗作家清冈的家中。但是同时她还与老恩客川岛保持着往来，而且被清冈看到了她与朋友京子以及那个老人三人共寝的情景。清冈被君江背叛，妻子也离他而去。同时，君江的乱行愈演愈烈，她与多个男人发生关系，终于在拒绝了一个司机的求欢之后被摔下车受了重伤。而老人川岛因为犯罪，人生也走向了末路，在决意自杀的时候突然见到了君江，在最后一夜后与她一同失踪。

在这部作品中，荷风的创作对象从此前主要描写的艺伎转向了女招待，但它仍然属于风俗小说的一种，小说对咖啡馆内部的风景和女子们的生活进行了详尽的描画，这种描绘的技巧让小说大放异彩。这部小说是荷风在大正七年《小竹》发表之后的第十三年创作的一部真正的文学作品，它引起了世人热评，而且，被认为是凭借荷风的推举走上文坛的谷崎润一郎也发表了关于这部作品的长评，更成为一大问题。

在这部作品之后，荷风于三年后的昭和九年又发表了中篇小说《日阴之花》，这是一部写昭和初年被称作"高等"私娼的小说。小说中，三十女与一个没有收入的男人同居，后在去咖啡店工作期间被引诱成为私娼，男人知道此事之后反而在与女子的肉体关系中体会到了新的乐趣，并成为让她去做私娼的背后推手，数年之后，私娼遭到大检举，女子侥幸免于抓捕。但她从当时报纸的报道中得知，以前送往别处的女儿也在做着娼妓的营生，母女重逢，女子筹划着用以往的积蓄作本钱去开始独立的生意。这部作品跟《梅雨前后》一样，都涉及到了花柳巷的娼妓。

谷崎的古典时代

谷崎润一郎继昭和四年完结的《各有所好》、昭和五年完结的《卍》之后，又于昭和六年发表了短篇《吉野葛》、中篇《盲目物语》和长篇《武州公秘话》，并在昭和七年写下中篇小说《割苇》，昭和八年（1933）六月在《中央公论》发表《春琴抄》。这一时期，谷崎润一郎以原来作品主题中的男女性问题为核心，将古典的手法与实验的手法相调和，确立了圆熟的文风，发表了一部又一部的佳作。《春琴抄》发表之时，他四十八岁。

从创作《盲目物语》《割苇》等作品以来，他类似于古典文学中说唱故事[1]的创作手法便颇受关注，而《春琴抄》更是作为一大杰作让一代人为之瞩目。正宗白鸟对这部作品大加赞赏，认为它是"圣人出世，亦不能赞一词"。这部作品写的是德川末期到明治初年间居于大阪的三味线老师阿琴和她的

---

[1] 说唱故事：日本说唱艺术的一种形式，与抒情性的谣曲相对，配乐讲述叙事性内容。

用人、实际上的丈夫佐助之间的故事。阿琴虽然失明，但依旧是一个绝色美人，迷恋她的男弟子因为被她严词拒绝而由爱生恨，趁着她睡着之际将沸水泼向她，令她容貌尽毁。作为阿琴的用人、弟子、丈夫、情人，佐助在对阿琴无微不至的侍奉中找到了自己活着的意义，他在阿琴脸受伤之后便自毁双目，以便让阿琴美丽的面影永远留存在心中。直到阿琴去世，佐助一直照顾在她身旁。

谷崎润一郎离开了在大地震烧毁而后又按着美国那无甚情韵的建筑风格重建的东京，移住到了关西。而后，他远离了遭受政治文艺思想践踏、不安定的新形式艺术派作家横行的文坛，他在关西流传的日本传说中找到了与自己的审美趣味相合的环境，感受到了真正的日本意象。他沉浸其中，闭上了观看现代日本的眼，而后根据从日本古典中获取的说唱故事的手法对自己的创作方法加以更新。可以说，《春琴抄》中佐助为了留住阿琴昔日的面影而自毁双目的插话，便是这一时期谷崎艺术思想的具体化表现，由此形成了一个被称作谷崎文学古典时代的时期，并创作出了无比绚烂的多部作品。但是同时他也失去了与现代日本出现的诸多问题相遇的机会。

《暗夜行路》的完成

大正十年，志贺直哉完成了他的大作《暗夜行路》的前半部分，这部作品是在大正初年志贺刚刚成名时听从夏目漱石让他向《朝日新闻》投稿的建议而动笔的，后又一度搁笔。在大正三年到六年之间，他中断了这部作品的写作，从大正六年开始，他又继续进行原题为《时任谦作》的这部作品的创作。他从大正十一年一月开始在《改造》上连载这部作品的后编，其间时有中断，并常为写作苦恼。也就是说，《暗夜行路》的后编，从该年一月到三月刊载，七月中断，八月到十月复又连载，之后一度停载，翌年的大正十二年仅一月号进行了揭载，直到大正十五年一直处在停载的状态。

而在将近三年的停载后，从大正十五年十一月到次年的昭和二年三月又连续刊载了五个月，而后休载半年，昭和二年九月又开始连载，直到翌年一月，昭和三年六月登载了一次之后，陷入了长达九年的休载。志贺直哉艰难地写作这部作品的时期，恰逢无产阶级文学与新感觉派的勃兴期，文坛整体上的动摇，对这位日本写实主义文学的代表作家也产生了影响。昭和十二年四月，随着最后一章的完结，这部长篇小说终于竣工，此时，志贺直哉五十五岁。这部作品的完成，不仅是给作家本人，也给那些关心志贺文学的文人和读者以很大的安慰，仅最后一章就获得了无数赞颂。

从大正十年动笔算起，这部作品耗时十七年之久。在此期间，志贺直哉于大正时期创作了《雨蛙》等短篇，进入昭和年代以后则除了《邦子》《万历赤绘》等取材于身边的类似于手记的作品之外，便没有其他新作了。他之所以这样少产，是因为靠着父亲的遗产，他可以在古都奈良过上平稳的生活，此外，大正末期到昭和初年文学界和思想界的混乱也是他退出文坛的一个很大原因，这也是不可忽视的事实。而在这种混乱中最能勇于挑战并创造出新文学的新作家如横光利一、川端康成、小林多喜二、小林秀雄、梶井基次郎等人，都视志贺直哉的创作方法为典型并加以学习，而后在此基础上建构起了具有时代性的自我世界，他们都是值得大写特写的。

志贺直哉的《暗夜行路》与他作品中大部分具有自传要素的心境小说相比，虚构情节居多。时任谦作是在父亲留洋期间由祖父与母亲所生，但他并不知道此事，只是没有留在父亲身边，而是与祖父一起生活。祖父死后，他迷恋祖父的小妾阿荣，求婚被拒之时，他也知道了自己的身世，因此大受打击。为了疗伤，他游历各地，在京都爱上了一个名叫直子的女子并与她结了婚。婚后，直子在他旅行期间与她的堂兄发生了不伦的关系。直到此事之后,时任也想过要原谅直子，但他的内心一直难以平静，于是外出旅行并住进了松江寺中。

一次，在登伯耆大山的途中突然发病濒危，在意识到死亡的病中，见到匆匆赶来的直子，他首次感受到了对直子的原谅的情绪，并获得了内心的安然。

这部作品在构造上关于母亲与妻子双重不伦的反复给读者留下了深刻的印象，而且，作品中的心理氛围也随着主人公遍历神社寺院和观览风景而持续，最后，作品以通过直面死亡的眼而发现生的价值结尾，使其给人的印象的通透感和厚重感达到极致。这样的作品，不单单是志贺直哉的代表作，更与藤村的《黎明前》、润一郎的《春琴抄》，以及稍晚完结的德田秋声的《假面人物》一起，成为足可代表昭和文学的一大杰作。而在这部作品之后，志贺直哉就几乎再无产出了。

秋声的《假面人物》

大正末年，德田秋声在以他与情人山田顺子的恋爱事件为题材创作了《重回故枝》等一系列短篇小说之后，便几近沉寂，表现出了与时代相当的隔阂，但在四五年的沉默之后，他于昭和八年发表了短篇《小镇舞场》并开始了创作活动，写下了许多优秀的短篇。此时，恰是旧文坛人遭到无产阶级文学与新感觉派文学威胁的时期，但是，旧文学完全崩盘的预言并没有实现，反而是这些新文学因为没有创造出实质性的成果而走向了程式化和崩溃。并且，这也是文坛的成名作家们创作出《卍》《黎明前》《梅雨前后》《春琴抄》等不容否定的佳作的时期。而且，突然出现并写下《崖下》《途上》《神前结婚》等给人以强烈印象的作品的嘉村礒多，也证明了原封不动地运用自然主义手法是可以写出最现代的作品的。德田秋声作为最能充分表现日本自然主义本质的作家，长期以来深受尊敬，故而到了现代反而被当成了无用的文人。但是，德田秋声的这些短篇凭借其独特的美感让世人震惊，作家秋声也就此复活。而后，他再度从大正末年所写的《重回故枝》等作品的题材中取材，于昭和十年在《经济》上连载了长篇小说《假面人物》，此时，德田秋声六十五岁。

这部作品中，老作家庸三痴迷于想要成为作家的年轻弟子叶子，但是叶子可以说是一个性的白痴，她辗转于一个接一个的男人之间，也没有断绝与庸三的关系，这让庸三苦恼，而无法积极接受叶子的庸三因为憎恶与迷恋双重感受的纠结而处在无尽的痛苦之中。作家将庸三在这之间的疑惑、嫉妒、绝望、自我嫌恶等万般情绪写得宛如作家的切身感受，同时，作品中又有着将自己完全当作他人的冷静的描写。这部作品，凭借其冷酷客观的自我审视的写实主义，被称作足以显示自然主义手法之极致的杰作。

白鸟与露伴

正宗白鸟是明治末期自然主义作家中最年少的一位，明治四十三年，他辞掉了《读卖新闻》的工作并开始了作家的生活，因《徒劳》《微光》（明治四十三年），《泥人偶》（明治四十四年）等作品的发表，确立了他作为作家的地位，之后他也一直持续着写作的生活。大正四年的《入江边》、大正五年的《牛棚的气味》《死者生者》等，都作为他特有的高度写实的作品而为人所知，大正七年，他"渐渐感到了写作的困难，并对人生生出倦怠之感"。文坛也迎来了转折期，菊池、芥川、佐藤、室生等新作家辈出。白鸟终结了东京的生活，返回了冈山县老家，但是，他同样难以忍受田间的沉滞生活，于是在不久之后重新上京开始了作家活动。之后的作品包括大正九年的《泉边》、大正十年的《因人而异》、大正十三年的《人生的幸福》等，同时，他因对演剧颇感兴趣，也创作了一些戏曲。但他时常为对艺术创作本身感到虚无而困扰，这让他轻易就转移了对作品的注意力。

大正十五年，他开始在《中央公论》连载题名为《文坛人物评论》的作家论，这部作家论，是对小说构成和细部描写没有兴趣的虚无主义者正宗白鸟对长期的文坛经历中所接触到的各个人物的气质、才能、人品等进行纵横品评，并以社会和媒体的变化为背景写出的，其中注入了白鸟广博的知识和敏锐的观察力，是一种恰到好处的文学形式。这本《人物评论》出版之后深受好评并被期许着能够继续写下去，但昭和三年无产阶级文学与新感觉派文学的对立引起了文坛骚动，白鸟对这一风潮抱之以冷眼，并与妻子一起去漫游世界了。他于昭和四年末归国，而后从外出游历的印象中取材，写出了《科隆寺缘起》《一间日本旅店》等小说，并再次续写《文坛人物评论》，于昭和七年完成出版。这部评论中涉及的作家包括河竹默阿弥、尾崎红叶、幸田露伴、樋口一叶、高山樗牛、二叶亭四迷、德富苏峰、德富芦花、正冈子规、德田秋声、田山花袋、夏目漱石、森鸥外、岩野泡鸣、岛崎藤村、小山内薰、谷崎润一郎、佐藤春夫、永井荷风、志贺直哉、葛西善藏、芥川龙之介、菊池宽，等等，白鸟作为文艺评论家凭借着这本书也得到了广泛认可。

就这样，在昭和十年前后，那些从明治四十年起走入文坛的有才能的作家，各自展示出了自己最为圆熟的作品，并重新活跃于文坛的第一线。

就连与红叶、鸥外齐名，构筑起明治二十年代初日本近代文学基础的幸田露伴，也在这一时期打破沉默，有新作问世。昭和十三年，露伴七十二岁，他于该年九月，发表了《幻谈》这一从垂钓中取材的短篇小说，翌年二月又发表了短篇《掸雪》。幸田露伴的作家生涯持续了五十年之久，但在大正八年于《改造》创刊号发表过《命运》以后，就再无新作了，他之后的主要工作，是在大正九年以后对芭蕉七部集加以评释。之后，直到昭和十五年发表《连环记》，这部作品作为露伴晚年的杰作为人所知，是一部由平安朝知识人面对生的苦恼而加入僧籍的小故事串联而成的作品。

大正期的作家们

宇野浩二在昭和二年芥川龙之介去世之后罹患脑疾，之后便几无创作了。到昭和六年身体虽然康复，但其后的一两年间也只写童话，彻底远离了小说的创作。昭和七年，改造社想让这位有才能的作家重新开始小说的写作，《改造》的年轻编辑德广严城受命拜访了宇野浩二。宇野浩二虽然也想再次回归小说的创作，但数年的疾病和社会文坛的激变，让他颇感踟蹰。在德广的热心推荐下，宇野历经数次挫折写出的短篇《枯木风景》终于在昭和八年一月号的《改造》上刊载，此时，宇野四十三岁。

这部作品，以不久之前去世的宇野的旧友、为谷崎润一郎的《各有所好》配制插画的画家小出楢重为原型，客观地描写了艺术家为了艺术的不辞艰辛和心血耗尽。但是，究其实质，这部作品表达的其实是宇野浩二自己创作的苦恼，文章叙述严谨、全无冗余，是一部追求实在本质、以严肃文风见长的作品。

这部作品与宇野生病之前的文风全然不同。自大正七年发表《仓库中》成名以来，他一直作为像早期的契诃夫和果戈理那样，以带有浪漫主义意味、混杂着幽默色彩的轻说话式的方式讲述人间悲剧的作家而为人所知。他大正时期的代表作有《苦的世界》《恋爱合战》《山恋》《出租孩子的店铺》《军港进行曲》，等等。宇野当时的作品，都带有他特有的漫画式表现方法，人物也被取了像伊吕十十郎这样奇妙的名字，这些特色让他的作品更为显眼。但是那些在昭和八年《枯木风景》之后发表的作品，被完全拭去了幽默的意味，也没有了才气充盈的说话式的节律，而是变成了给读者以强烈压迫感的干涩强硬、具有很强执念的叙述性文体。这种手法，让宇野浩二在病后重生，于昭和十年六月发表《梦的痕迹》、九月发表《最终的栖息》，并成了老权威一般的存在。德广严城（明治三十五年至昭和五十五年，1902—1980）也从这一时期开始以上林晓这一笔名开始了小说的创作，作为新兴艺术派次代的新作家而走向文坛。

对于这一时期的宇野浩二，山本健吉如是说："他平凡幼稚的语言甚至让人怀疑他是不是得了失语症，但那也是对人性极限加以探寻的一种表现，那种用淡淡的语句写成的纯粹的散文，形成了无可比拟的小说。"

在大正到昭和年间，与宇野、广津同期的作家中，能够坚守自己的创作手法并不断进行写作的，还有里见弴、久保田万太郎、室生犀星、丰岛与志雄，等等。

里见弴在大正时期就是被同时代人称作"小说名人"的练达的作家，特别是在短篇小说方面有着非凡的技巧。他的长篇小说，除了讲述男女性道德思想的《多情佛心》（大正十二年），还有《大道无门》（大正十五年）和以艺伎世界为题材所写的《今年竹》（大正十三年）。

在《白桦》出身的作家中，他与志贺直哉的关系尤为密切，二人的交往，属于学问创作上的往来，当意见对立的时候，二人便会绝交，当这种情况发生转变，二人的关系也会随之变化，两人之间这样的相处模式维持了很长时间。大正十二年，里见弴的长兄有岛武郎在轻井泽山庄与波多野秋子情死，他以这一事件为题材，从昭和二年开始陆续写下《善魔》《不动》《余烬》《次代恐怖症》等作品，昭和六年，里见弴将这些作品加以综合，并围绕着武郎之死，将其弟生马、弴等人也纳入小说的架构，完成了长篇小说《安城家的兄弟》，此时，他四十四岁。

昭和九年到十年之间，里见弴创作了长篇小说《荆棘之冠》，被称作里见弴对其特有思想"真心哲学"在现实中的反映加以描写的杰作。批评家平野谦认为这部作品"是作者全部作品中重如九鼎之作"，并对其推崇有加。

久保田万太郎的小说数量较少，在大正六年发表《末枯》之后就主要将精力投注在了戏曲上，他的戏曲作品有《心心》（大正十一年）、《短夜》（大正十四年）《大寺学校》（昭和二年）等。小说则是将以第一人称的说话体所写的六个短篇编汇成了一部名为《如果寂寞》（大正十四年）的作品，作品因对东京传统色调浓郁的平民区居民的孤独感进行抒情式描写而名声大振。昭和三年春，他创作了被称为杰作的《春泥》，描写了芥川之死的冲击在演剧世界中的具体化体现，是作为小说家的久保田万太郎的代表之作。

久保田万太郎因为与广播局的关系，一直继续着戏曲作家与演出家的工作。昭和三年，在小山内薰突然去世之后，作为新剧指导的久保田地位一路攀升。之后，他发现并推举了于昭和九年发表《鼬》的新剧作家真船丰（明治三十五年至昭和五十二年，1902—1977），并作为跨越新剧与新派两大分野的演出家继续着他的工作。他与新剧领域的指导者岸田国士一起，对昭和年代的剧坛产生了巨大的影响。

佐藤春夫在大正十年前后创作了《过于侘寂》《厌世家的生日》《女诫扇绮谭》等才气满溢的短篇小说，与芥川、谷崎并列成为最具才能的作家。大正十四年，他以谷崎润一郎之妻千代为题材开始了心理小说《这三人》的写作，但又中断了，之后就主要以新闻小说的创作为主了。昭和二年芥川龙之介去世之时，他是受打击最大的一个。在大正文坛，被芥川视作与自己最亲近的艺术上的血亲，同时又视作好的竞争对手的，就是佐藤春夫了。芥川死后，佐藤几乎没能再发表蕴含力量感的作品了，直到昭和四年在《福冈日日新闻》发表了长篇小说《更生记》。这部小说是以发表《地上》后突然陶醉于自己的胜利感之中，后因女性问题而感到幻灭并发狂至死的岛田清次郎为原型设定了一个名为浜地英三郎的青年作家，其中充满弗洛伊德式的分析和推理小说式的空想，被视作这一时期佐藤春夫的代表作。此时佐藤春夫不过三十八岁。

室生犀星在大正时期到昭和之间并没有稳定的工作，只作为小说家生活。初期的作品《幼年时代》（大正八年）、《性觉醒时》（大正八年）、《苍白的巢窟》（大正九年）等都在诗人出身的作家特有的感觉描写上颇为优秀。之后，室生犀星就从这种抒情性的描写中超脱了出来，在大正末年发表了以极为写实直接的手法创作的《几代的场合》等作品。进入昭和时代以后，这种写实主义的手法与诗的美感互为表里，形成了一种强韧而纤细的独具情味的文风。他几乎被文坛诸流派孤立，这种手法也有着其他小说家所不具备的独特性。

昭和九年，室生发表了《兄妹》及被视为其续编的《神的呕吐》这两部值得关注的作品。小说描写了一个五口之家的故事，这个家中，拥有七艘河船的小工头赤座做事野性而凭靠本能，他的妻子阿力则是一个像佛一样柔和的女性，他们的长子懒惰而又经常出入女人家中，他们的长女因为被恋人抛弃而陷入自暴自弃,此外,家中还有他们的次女,小说对家中的长子和长女进行了着重描写。对于以河这一自然物为背景所写的如雕刻般坚固的这部作品,批评家中村光夫评论道:"在这里,人的生活不是镶嵌于自然上的东西,就像在现实中就是如此一般,在自然里也是与之并行的存在,而且,像这样能够对汹涌河水为石笼所阻一般的苦痛人心进行妥当布局表现的作品是极为罕见的。"此时,室生犀星四十六岁。

第十四章
昭和作家的成熟

横光利一

前章所说的作家们,都是在明治到大正前半期登上文坛又卓有成就,并超脱于大正末年到昭和初年文学思想疾风怒涛的时代而使自己的世界得以保全的人。与之相比,大正末年出现的新作家们大多因被卷入暴风中迷失了自己的道路而四散开去,于是在昭和十年(1935)前后兴起了一种新文学的无风状态。

左派作家大多转向并失去了思想上的信念,艺术派的作家们也在对新方法能否描写出实质上充满传统要素的日本现实的逡巡与犹疑中落伍。

但是,即便是在左派文学革命运动退潮、震灾后的美式风俗被视作平常之后，日本社会也再回不到大正十年（1921）大震灾以前的状态了。明治到大正时期出现的作家们在昭和十年前后的复活，他们各自原本持有的面对人生社会的思考在四十到五十岁的年龄得以成熟结果。故此从这一时期起，成名作家们开始沉入自己固有的世界，与鲜活日本社会断绝了本就不甚密切的关系。

昭和初年到十年期间，日本社会从实质上发生了巨大的变化。劳动者受到了大正前半期民主主义思想和之后社会主义思想的洗礼，摒弃了自己生而为受主人驱使的奴隶的意识。这样的劳动者的数量在采用大规模生产形式的各种企业中多了起来，但是，由于企业家们支撑着人口众多而资源贫乏的日本经济，同时也维持着巨大的军备支出，他们剥削劳动者的生活条件而热衷于与其他各国进行输出竞争，这使得劳动的不安仍在持续。而以倾销为主的日本外贸因受到其他国家的抵抗而停滞，日本政府也逐渐服从了军部的积极方针，致力于将生存圈拓展到满洲乃至整个中国。而作为其表现，军部在昭和六年发起满洲事变，在昭和七年发起上海事变，日本与中国就这样进入了不稳定的战争状态。

作为事务系统劳动者的知识阶层同样也处在由这种情势而生的不安与滞涩之中。知识阶层的失业问题成为普遍现象，就业也受到了生活不安的胁迫。左派革命运动在弹压之下土崩瓦解，连那些未曾参与到这一运动之中的人，也因此事而感受到了内心理想的破灭。当时的马克思主义运动,并不单单是马克思主义本身,而是继明治初期的自由民权运动、明治二十年前后的基督教所倡导的爱与平等运动、明治三十年初期的社会主义运动、大正初期的民主主义思想、人道主义运动及宗教的文学思想之后的,作为一改这些思想运动的合乎新伦理的善的思想,成了青年们思考社会的依据,同时也被视作新生活的切入口。

马克思主义运动虽然终结,但它对人们的认知造成的根本性动摇仍然存在,那就是人的精神实体与人格实体会因环境与物质而变化摇摆的这一唯物的思考方式。这种留存下来的思想,会让人意识到从前的道德、伦理、社会秩序、审美意识等这一切都不是本质,而仅仅只是即时即场的东西。而人不仅具备其自身固有的精神实在性,而且会随着社会结构和经济状态而改变其本质,这是我们不得不承认的,这样的思想在知识阶层和文人之中渐渐普及。伴随着马克思主义的败北,作为这一思想反面的一种逃离绝望的近代虚无主义开始盛行。昭和十年前后,以引进革命俄罗斯的亡命思想家舍斯托夫的评论为契机,不安的思想在知识阶层中蔓延,这不仅是因为理想的崩坏,也成为人们对人性失去信任的新根由。

而将这种思想纳入到文学之中的,反而是抵抗马克思主义的艺术派作家。横光利一(明治三十一年至昭和二十二年,1898—1947)是最早将唯物的思想引入自己文学的作家,他的《蝇》(大正十二年)、《静静的罗列》(大正十四年)、《机械》(昭和五年)等作品,在以这种思想为内核的人物描写上,与他的前辈作家们全然不同。其中心思想是对环境和生活条件所导致的人本质改变的恐惧。

横光利一将他在昭和三年到六年之间以各种不同题目在《改造》上分载的小说汇总起来,并将其命名为《上海》于昭和七年刊行。这部作品描写了在沦为数个强国殖民地的上海所发生的革命暴动中蠢蠢欲动的资本家、革命家、妓女、日本知识分子,以及在国际经贸机构和民族斗争的旋涡中,无论是胜利者还是失败者都逐渐丧失人性的境况。

此后的昭和十年,横光利一发表了《纯粹小说论》,并试图将长篇小说从狭隘的纯文学局囿中解放出来,他创作了《纹章》(昭和九年)和《家族会议》(昭和十年),但并未获得成功。横光是作为纯文学作家成名的,但同时他还要为报纸和一般杂志写小说,因而他必须协调好文学的通俗性与文学性,但事实上他并没能克服这中间的困难。他于昭和十一年(1936)远游欧洲,八个月之后归国,从那时起,他在思想上发生了转变,在日本的精神主义中找到了摆脱如前所说的不安的路径,于是他将这一思想作为主题,着手写作以描写日本知识阶层的民族特色为目的的长篇小说《旅愁》。

横光利一在其初期阶段,最关注的是具有现代性的人之存在的问题,并确定了反复以此为主题进行写作的正确方向,基于这一点,他成为昭和年代最大的指导性作家。但是,从他最具代表性的新作家地位得以确立的昭和十年开始,他关于肯定报纸杂志小说趣味性的《纯粹小说论》的创作受挫,后来他将民族问题视作自己创作的第一主题,并初次从内心意识到战争迫近中作家的国民责任时,却再次陷入创作的滞涩。他的作品《旅愁》从昭和十二年四月开始在《东日》和《大每》连载,下篇也在《文艺春秋》与《文学界》刊载,但最终并未完结,在昭和十五年到昭和二十一年,这部小说以四卷本的规模刊行。

川端康成

川端康成在昭和八年(1933)发表了短篇小说《禽兽》,当时,他没有孩子,于是在家中养了许多狗和小鸟,这部作品就是以这些动物的饲养记录的形式呈现的,但是其中各种各样的小故事也体现出了他虚无主义的思想。譬如优质的狗必须跟一般野狗完全隔离饲养;母狗一旦跟野狗交配就再也生不出优质小狗了;女舞蹈家只要有了爱人生了孩子,她的艺术生命很快就会枯竭,等等。其中包含着一种生命纯粹的结晶必须要有冷酷隔离和人工操作的思想。小说中,主人公四十男曾想与一女子殉情,结果被女子意识到将死时脸上那种"难得的虚无"所打动,最终放弃了死亡。他曾在他饲养的小鸟快要死去的时候，用尽一切办法去救助它，但是，这只受过伤的小鸟即便被救治，几天之后依然死去了，在意识到这一点之后，他在小鸟受伤后就会冷淡而决然地将其扔掉。

这部短篇小说被称为川端康成的杰作，也被视作他思想的结晶，这个时候，川端康成三十五岁。这部作品的主题之一就是死亡，是通过死亡去体悟生命是一种多么无常的东西，而另一个主题则是表达那些能够表现生命积极性的美与物种的纯粹性都是源于冷酷的人工操作，如果重回自然的状态，那种美也就随即消失了。

这部看上去只是单纯描写鸟兽的作品，让当时的文坛人深受触动的地方在于，我们文人的生活，不也像这些被圈养的鸟兽一样吗，不知道什么时候就会失去作为艺术家的创作生命，而且或许只有在报纸杂志的人工饲养条件下才能写出好的作品。一旦跟那些与自己不同的、过着自然生活的真正的人交往，会不会很快就因丧失纯粹性而失去创造力呢，这是他们共有的真实感受。

这一时期文坛的出版传媒情形与大正时期全然不同。大正以前的文人，逃离世间的义理人情和功利主义，过着一种纯粹的僧院生活，生活在由不发挥任何社会作用的正直的人所构成的文坛之中，他们的作品也是社会落后者的告白。但是，在报纸杂志的发行量增多，文人的作品不仅取决于其艺术价值，实质上也涉及了商品价值的昭和年代，文人实际上生活在比一般的社会人更加严格的近代企业组织中，他们的作品在人工的条件中被考察、写出，而后在高速运转的印刷机中印刷出品。就像被圈养的纯种狗一样，文人们成了生活在奢侈而没有自由的特殊牢狱之中的生物。

这种认识，在昭和二年（1927）芥川龙之介自杀之前所写的《河童》中被加以图表化表现。川端康成是在与死的对比中去感知生的实质，就这一点而言，他有着日本文学传统中惯见的浓厚的无常感，而《禽兽》就是将这一作家原本特有的认识方法与大众传媒的严酷性及作家这一存在的无用性相结合所创作的小说。

这一时期，岛崎藤村、永井荷风、谷崎润一郎、德田秋声等人虽然各自写出了可以总括其生涯的杰作，但其作品的主题或为明治以来的东西，或是大正以来的事物，都无法说是昭和时代特有的题材。在这一点上，川端康成作为明确把握了真正属于昭和时代题材的现代作家而成熟了起来。

继《禽兽》之后，川端康成在昭和十年到昭和十二年间开始断断续续发表一部长篇，到昭和十二年（1937）六月终于以《雪国》为题将其汇总起来。这部小说写的是雪国艺伎和一个都市人之间的情爱纠葛，并将自然风景的变化和人的心理变化加以对照，在技巧上有着川端特有的细致敏锐。这部作品作为一部抒情小说大获成功，并被视为川端的代表作。

新作家的登场

昭和初年出现的许多年轻作家，到了昭和十年前后已经成熟，并拥有了各自的地位，从昭和十年开始，文坛又陆续涌现出了一批新的作家。

昭和十年（1935），菊池宽主办的文艺春秋社为新人的文学作品设立了新的奖项，纯文学一系是以他已故的挚友芥川龙之介的名字命名的芥川奖，大众文学一系则有源于已故直木三十五的直木奖。

那些在昭和初年的混乱中未能出头的有能力的新作家借这个奖项的机会得到了认可。在第一届芥川奖中，石川达三（明治三十八年至昭和六十年，1905—1985）的作品《苍氓》当选。石川达三在从早稻田大学中途退学之后，就与几个同人杂志有了往来，在此期间，他还做过杂志记者，也曾就便搭乘过前往巴西的移民船，他根据与移民一同生活的体验，写成了《苍氓》。在当选芥川奖之后，他成了流行作家，作品也一部接一部地发表。在他的作品《日荫村》（昭和十二年）、《结婚的生态》（昭和十三年）等之中，他凭借粗线条勾勒特有的写实主义手法，成了一位稳健的作家。

在石川达三获得芥川奖的时候，另有一些落选佳作的作者如高见顺、太宰治、外村繁、衣卷省三等。这些作家在此前的同人杂志时代都拥有丰富的经验,在此次奖选中因屈居于石川达三之下而重获关注,并得到了创作的机会。特别是高见顺和太宰治在此后凭借其锐颖的才气,活动接连不断。高见顺(又名高间芳雄)的代表作除了奖选时的候补作《应忘故旧》(昭和十—十一年)之外,还有《在怎样的星星下》(昭和十四年),太宰治(又名津岛修治)除了参赛时的候补作《道化之华》(昭和十年)之外,还有《卑俗》(昭和十年)、《富岳百景》(昭和十四年)、《奔跑吧,梅勒斯》(昭和十五年)、《超级诉讼》(昭和十五年)等。

高见毕业于东大英文系,太宰则从东大法文系中途退学,他们都曾参与过左翼活动,之后因脱离左翼活动而有了虚无主义倾向。高见在评论文《写作让人难以入寝》(昭和十一年)中,否定了自然主义的平面化描写,主张应当发挥出自我的积极性,展现出这个时代新作家应有的理想状态。太宰治从很早开始就拥有绝望地追求纯粹的善的冲动,这曾让他企图自杀并在之后陷入药品依赖,过着自弃的生活,直到昭和十四年重新站了起来,写下了许多完美的短篇。

昭和十年以后,每年举办两次的芥川奖成为新人登场的最佳机会,那些有才能的新作家凭借这一奖项崭露头角,其中以有着数年乃至十数年同人杂志作家习作经验的人居多。

昭和十年下期　　　　无人入选

昭和十一年上期	鹤田知也《柯夏玛因记》
	小田岳夫《城外》
昭和十一年下期	石川淳《普贤》
	富泽有为男《地中海》
昭和十二年上期	尾崎一雄《快活的眼镜》
昭和十二年下期	火野苇平《粪尿谭》
昭和十三年上期	中山义秀《绣球菊开》
昭和十三年下期	中里恒子《公共马车》
昭和十四年上期	长谷健《浅草的孩子》
	半田义之《鸡骚动》
昭和十四年下期	寒川光太郎《偷猎者》
昭和十五年上期	高木卓《歌与门之盾》（但高木谢绝了该奖）
昭和十五年下期	樱田常久《平贺源内》
昭和十六年上期	多田裕计《长江三角洲》
昭和十六年下期	芝木好子《果蔬市》
昭和十七年上期	无人入选
昭和十七年下期	仓光俊夫《联络员》
昭和十八年上期	石塚喜久三《缠足的时候》
昭和十八年下期	东野边薰《和纸》
昭和十九年上期	八木义德《刘广福》
	小尾十三《登攀》

昭和十九年下期　　　清水基吉《雁立》

之后，这一奖项因为战争末期的紧张状况而中止，这些作家中，获奖之后仍然持续活跃的，有石川淳（明治三十二年至昭和六十二年，1899—1987）、尾崎一雄、中山义秀、火野苇平（又名玉井胜则，明治四十年至昭和三十五年，1907—1960）等。

其中最引人注目的当属火野苇平，他在福冈县若松市长大，而后上京并进入早稻田大学学习，大正十五年（1926）大学在学期间，他与学友丹羽文雄、中山省三郎、田畑修一郎等人一起发行同人杂志《街》并开始创作小说，其初期被认为是受到了佐藤春夫的影响。之后他回到家乡继承父业，也会写一些诗歌，昭和十二年他在久留米同人杂志《文学会议》上发表《粪尿谭》并获得了芥川奖。在该奖颁布的昭和十三年（1938）初，他应召从军并驻屯于中国杭州，这个奖便由作为报道员前往杭州的小林秀雄亲自交到了他手中。同年九月，他创作了战争体验小说《麦与兵队》，这部作品在生动的战争体验中表现出了人道主义情怀，受到了许多读者的喜爱。随后，他又写了《土与兵队》《花与兵队》，这三部作品在当时与上田广（明治三十八年至昭和四十一年，1905—1966）的《黄尘》、日比野士朗（明治三十六年至昭和五十年，1903—1975）《吴淞江》一起，被视作战记文学的代表。

而与火野一起刊行同人杂志《街》的丹羽文雄（明治三十七年至平成十七年，1904—2005）在昭和十年之后就作为最有实力的新晋作家稳居文坛第一线。他明治三十七年出生于三重县四日市町，是一位僧人之子，他在早稻田大学与前辈尾崎一雄交往密切，也受到了志贺直哉的影响。在进行过不少创作练习之后，他于昭和七年（1932）在《文艺春秋》发表《鲇》，而后又于昭和九年发表《象形文字》《赘肉》，他那种纤细而恰切的文体，以及一种以自我放弃的谛观为内核的男女关系描写，可以说是大正期到昭和初期日本短篇小说手法的集粹，被视作拥有最扎实技巧的新晋作家。此后丹羽也写出了许多作品，但伴随着战争的发生，被当作颓废作家而加以排挤。但在他昭和十七年加入海军并参加爪哇岛战争，并发表战争体验记形式的《海战》之后，多少中和了此前文坛对他的非难，这才让他不至放弃写作。

昭和九年（1934），在丹羽文雄于《中央公论》发表《赘肉》的同时，岛木健作（明治三十六年至昭和二十年，1903—1945）也在该杂志发表《盲目》，岛木健作本名朝仓菊雄，明治三十六年生于北海道札幌，通过苦学，他于大正十四年进入东北帝大法学部选科学习，并参加了劳动运动和农民运动。他患上肺病，并在昭和三年被检举入狱，数年之后立誓转向，才于昭和七年得以出狱。昭和九年在《文学评论》发表作品《癞》，是以一个在狱中患上麻风的思想犯始终未改信念为题材进行创作的。岛木的创作手法给人以昏暗和紧密感，同时又富有道德性带给人的感动力量，因而这部作品为他赢得了世人的注目。他在昭和九年发表的《盲目》也是同类型的作品，其中蕴含着强烈的禁欲主义的魅力。昭和二十年，岛木发表长篇小说《生活的探求》，这部小说描写了在左翼运动镇压中仍然坚持农民运动的人的意志和体验，伴随着战争的到来，崩坏的左派运动在战时也多少表现出了妥协的态度，但这本书为追求理想的有志青年们带去新的光明，成为他们热爱的读物。接着他又发表了《续生活的探求》（昭和十三年），在这个时代能够允许的最大限度内描写了善意的人物形象。他的作品拥有大量读者，但同时也受到了旧左派批评家们强烈的批判，认为其政治理想发生了方向性的扭曲。而岛木在战争末期所写的短篇小说《赤蛙》则将人的生活方式视为一种命运。战争甫一结束，他便去世了，当时是昭和二十年。

这一时期，在同年辈的作家中比较引人注目的还有阿部知二，他本是新兴艺术派出身，就学于东大英文系，是作为一个智性的作家为人所知的。昭和十一年，阿部成为《文学界》同人，并于同年的一月到十月之间在该杂志连载小说《冬之宿》，小说写的是一个知识青年对他所寄宿的主家的中年男子本能的拖延性格以及与他基督徒的妻子之间的生活争纷的冷眼以观，这部小说因其技法的新颖而受到了赏赞，而且在对知识阶层的描写上被视作第一人。此后他又陆续发表了《北京》《风雪》《街》等长篇小说。

这些作家，如高见顺、火野苇平、岛木健作、石川达三、太宰治、丹羽文雄、阿部知二等人，和与他们同年辈但稍早就得到认可的林芙美子、武田麟太郎等人一起，组成了这个时代的流行作家群体，在昭和十年代，他们正当三十多岁。

在昭和十年代最为绚烂而后迅速陨落的女作家，有冈本鹿子。冈本在明治二十二年出生于多摩河畔的二子，是谷崎润一郎年轻时的挚友大贯晶川的妹妹，后与大正时期代表漫画家冈本一平结婚，并在那前后作为歌人为人所知，同时她也是一位佛教研究家。昭和四年到七年，她与丈夫居留欧洲数年后归国，在昭和十一年（1936）四十八岁的时候开始了小说的创作，到三年后的昭和十四年离世，就在这短短的时间之内，她一部接一部地写出了《老妓抄》（昭和十三年）、《河面闪闪》（昭和十四年）、《母子抒情》（昭和十二年）等才气充盈的圆熟小说，她作品中的那种抒情性和略带古风的浪漫主义被包裹在一种人生的谛观之中，让她在死后获得了很高的评价，甚至被视为明治以来最有才华的女作家之一。

这一时期，像冈本鹿子这样突然闪耀而后离世的优秀作家，还有北条民雄（大正三年至昭和十二年，1914—1937）。北条民雄患有麻风病，没人知道他的本名和出生地，据说是出生在四国的农家，双亲也早早就去世了。他在昭和四年上京，做过各种各样的职业，直到昭和八年发病住进医院，他反复思考关于人应该以怎样的状态活着的问题，并以找寻悲痛地活着的意义为主题创作了小说《生命的初夜》，后将其呈送给了川端康成。这部作品在昭和十一年二月的《文学界》登载，给人以异常的震动。紧接着他又写下了《癞院受胎》（昭和十一年）《癞家族》（昭和十一年）《望乡歌》（昭和十二年）等，最终在这一年的十二月离世，年仅二十四岁。

可以与冈本鹿子、北条民雄相并举的作家，还有中岛敦（明治四十二年至昭和十七年，1909—1942）。他生于东京，从一高毕业后考入东大国文科，之后做过女校教员、文部省职员之类并不起眼的工作，同时也坚持着英国文学和中国文学的研究，他是在一种全然的孤独中形成了自己的人性观和文学方法。他因文部省的工作要求前往帕劳岛赴任，却最终因为健康原因返回。昭和十七年，他在《文学界》发表《古谭》，之后在病床上创作了以史蒂文生的南洋生活为题材的《光与风与梦》，并在同年五月登载于《文学界》，由此确立了他作家的地位。他于同年十二月病逝，年仅三十四岁。在他死后，他的短篇小说《李陵》《弟子》《名人传》等被发表了出来，他作品中那种对人性明晰的把握方法和小说手法的美感让他的实力再一次得到了确认。

此外，与冈本鹿子同时期出现并迅速引人注目的作家石坂洋次郎（明治三十三年至昭和六十一年，1900—1986）也属于较晚走上文坛的作家。他于明治三十三年在青森县弘前市出生，大正十四年从庆应义塾大学毕业之后就长期在东北地区做教员。昭和八年到十二年之间在母校的杂志《三田文学》上连载了《年轻人》，在连载期间的昭和十一年，他发表的《麦子未死》受到了广泛评论。昭和十二年，《年轻人》被汇总成两卷在改造社出版并得以大卖，成为这个时代最大的畅销书。这部描写一位真诚的教师和他性格奔放的女学生之间恋爱故事的小说，虽然在年轻人中读者众多，但同时也被视作与战时不相符的东西而被以不敬罪加以控告。石坂借此机会辞去教职过起了作家生活，并在以后的报纸小说中展现出了他卓越的技巧。

昭和八年嘉村礒多早逝之后，自然主义系统的私小说在昭和十年代呈现出了复活的倾向。随着战争的迫近，思想性小说的创作变得不再可能，丹羽、石坂等描写男女风俗的作品也受到审查，而从狭小的文人生活中取材的私小说，成为真诚地创作最纯粹小说的唯一形式，因为其中寄托着作家的良心。获得昭和十二年上期芥川奖《快活的眼镜》的作者尾崎一雄在大正十五年就已作为新人在《新潮》发表小说了，但在昭和初年的数年之间他沉寂了下去，直到昭和七年方才重新开始了写作。他是志贺直哉的弟子，他的自传小说，文风明快率直同时又挟裹着一种谛观，被称为名手。

上林晓是在昭和十年前后新兴艺术派的下一个时代出现的作家，他通过数年间对自己文学形式的努力摸索之后，在昭和十四年以后发表的《父母记》《晚春日记》等作品中，体现出了以写遗书的态度在私小说的形式中表述真实的创作方法。此外，在大正十年代师事德田秋声的川崎长太郎（明治三十四年至昭和六十年，1901—1985）与尾崎一雄和上林晓一道，以私小说的方法，在昭和九年创作《路草》，体现了其自我放弃式的写实主义手法。

此外，昭和十年之后登上文坛的新小说家数量极多，现将其中主要作家的代表作列举如下：

深田久弥《明天学》《亲友》

丸冈明《生者记录》

荒木巍《诗与真实》《旋涡之中》

新田润《崖》《东京地铁》

和田传《沃土》《村中次男》

神西清《恢复期》《垂水》

中谷孝雄《春的绘卷》

井上友一郎《波之上》《残梦》

榊山润《历史》

大鹿卓《潜水夫》《渡良濑川》

坂口安吾《风博士》《黑谷村》《吹雪物语》

北原武夫《妻》《门》

织田作之助《夫妇善哉》

田中英光《奥林匹斯之果》

汤浅克卫《焰的记录》

福田清人《脱出》

那须辰造《钉扣》

十和田操《判任官之子》

寺崎浩《角》

矢田津世子《神乐坂》

外村繁《草筏》

张赫宙《阿权这个男人》

岩仓政治《稻热病》

纲野菊《光子》

大田洋子《樱之国》《流离之岸》

檀一雄《此家的性格》

大谷藤子《须崎屋》

壶井荣《历》《萝卜叶》

小山系子《4A格》《高野》

圆地文子《晚春骚夜》《惜春》

田畑修一郎《鸟羽家的孩子》《医师高间房一氏》

中村地平《南方邮信》《长耳国漂流记》

战争中的作家们

昭和七年三月创刊的《我思》,是一部并不起眼的白本书[1]同人杂志,该杂志无视堕入政治文学与风俗文学的同时代文坛文学,将那些有志于古典、特别是德国浪漫派文学研究的文学爱好者会集了起来。杂志的同人们也渐渐偏向于日本古典文学精神的研究,同人有保田与重郎、中岛荣次郎、田中克己、伊东静雄、伊藤佐喜雄等。该杂志的特色在于同人们清高脱俗的态度。

此后无产阶级文学崩坏,退出这一运动的龟井胜一郎则投入到了日本古典的世界,并与带有新浪漫主义倾向的新作家太宰治、檀一雄、山岸外史等聚集在同人杂志《青花》周围,产生了与《我思》共通的倾向。昭和十年三月,《我思》的同人与中谷孝雄、绪方隆士、神保光太郎、芳贺檀、淀野隆三、本庄陆男等人一起,创刊了拥有近三十名同人的新杂志《日本浪漫派》,清洗了文学中无产阶级文学和新兴艺术派文学中的现实气息,是一种回归文艺本原的古典世界与无垢的浪漫精神的运动,这种运动中漂浮着一种清洁感。而作为标榜文学上的民族主义的杂志,除此之外还有尾崎士郎、尾崎一雄、

---

[1] 白本书:为接受文部省审定而特制的教科书原本的俗称,书名、发行单位、著作人姓名等均略而不载。

富泽有为男、浅野晃等主办的《文艺日本》。这些文艺杂志虽没有不纯的目标,但是随着与中国之间战争的深化以及昭和十六年起太平洋战争的爆发,这些文学运动与高扬民族精神的运动相混同,有时甚至与之相结合,文坛中弥漫着一种积极肯定战争的氛围。

文学家们一般不得不秉持助力战争的态度,因为在太平洋战争开始半年后的昭和十七年五月,日本文学报国会成立,并接受内阁情报局的监督。除了那些被视为不足取的作家和病弱作家之外,无论是艺术派、旧无产阶级文学派还是私小说作家,所有文人都被强制加入了这个组织,表面上呈现出了助力战争的态度。此时,拒绝加入这一组织的,只有《大菩萨岭》的作者中里介山、老权威幸田露伴,以及丈夫宫本显治入狱,自己也被禁止写作的宫本百合子等数位作家。除此之外,谷崎润一郎、德田秋声、永井荷风等作家的发表也受到了禁压。许多作家作为报道员被送往战地,而且,作为日本文学报国会内的新组织,农民文学委员会、大陆开拓文艺恳话会等也陆续组建,在这种助力战争的态势之下,纯文学的创作衰败了下去。《中央公论》《改造》等被视作危险思想的据点于昭和十九年被命令废刊,编辑也受到了弹压,甚至被检举投狱。这种不当的疯狂弹压,甚至波及了诗人、歌人、俳人,多少秉持新倾向的人,被作为反国家的自由主义者而遭到检举投狱,这种状态一直持续到战争结束的昭和二十年。

第十五章
昭和的诗人及其他

昭和的诗人

到了昭和前半期，日本的近代诗与大正期相比已有了很大的变化。明治末期之前，诗多使用文语体的七五调、五七调、八六调、五五调等定形律，或者多用与之相近的形式，这是由岛崎藤村、土井晚翠发起，经薄田泣堇、浦原有明，一直到大正初期的三木露风、北原白秋都在沿用的诗的原则。但是，在明治末期到大正期间，有岛武郎翻译了惠特曼，高村光太郎翻译了魏尔伦，川路柳虹等人发起了口语诗运动。与口语诗运动前后，石川啄木、高村光太郎、荻原朔太郎等人还发表了用文语体创作的无韵诗或自由诗佳作。自大正六七年起，随着民主主义思潮在吉野作造等人指导之下的普及化，口语诗、自由诗运动与民主主义运动相结合，兴起了一种以韵律解放的自由诗去歌咏人性解放的风潮。另一方面，其与《白桦派》基于自由想象的小说戏剧相结合，形成了一种运动形式，出现了一批被称作民众派诗人的年轻诗人，那就是与《白桦派》关系密切的千家元麿、佐藤惣之助，多少带有社会主义性格的白鸟省吾、百田宗治、福田正夫、富田碎花等。这些诗人们在将散文分行书写的朴素诗型中，写出了自己纯然无邪的率直。

与这些诗人相比，荻原朔太郎、福士幸次郎、室生犀星、川路柳虹、生田春月（明治二十五年至昭和五年，1892—1930）等人则在为运用诗的方法与诗的精神创制自由的诗型而努力。这两派的诗人都聚集在大正十年十月刊行的《日本诗人》周围。但是到了大正末年，马克思主义的无产阶级文学兴起，民众诗派失去了思想的根据，除了着力于敏锐把握个人感情的荻原朔太郎之外，许多诗人的诗甚至丧失了作为诗的魅力，《日本诗人》也在大正十五年被废刊。

但是，除此之外，另有一些诗人并不像这些人那样喜欢将诗自由地加以散文化，如西条八十、堀口大学、日夏耿之介、三木露风、北原白秋等，他们分别创立了不同的流派。

大正末年，自由诗进一步分解并兴起了革新诗的运动。这一运动引入了意大利的未来派和法国达达主义，试图在日语诗歌中使用具有强烈表现力的语调，这使得诗开始追求口语调的简明，并将感情的表现寄托于呼喊、音响、暗示等等之中。主张这一理论的有神原泰等人，而在进行创作实践的过程中，较为突出的诗人有平户廉吉（明治二十六年至大正十一年，1893—1922）、高桥新吉（明治三十四年至昭和六十二年，1901—1987）、草野心平（明治三十六年至昭和六十三年，1906—1988）、宫泽贤治（明治二十九年至昭和八年，1896—1933）、荻原恭次郎（明治三十二年至昭和十三年，1899—1938）、冈本润、壶井繁治、小野十三郎、小熊秀雄（明治三十四年至昭和十五年，1901—1940）、伊藤信吉（明治三十九年至平成十四年，1906—2002）等人。其中，高桥新吉自称达达主义者，平户廉吉自称未来派，宫泽贤治秉持着独特的人道主义，荻原恭次郎、草野心平、冈本润、壶井繁治、小野十三郎、小熊秀雄等人则坚持无政府主义思想。但是，即便是在这一时期，也有诸如高村光太郎的友人尾崎喜八（明治二十五年至昭和四十九年，1892—1974）这样的诗人，是在法国一体派的维尔德拉克和罗曼的影响下进行自由诗创作的。此外，还有以日本式"无"的谛观为舞台写出平明清澄的自由诗而饱受赏赞的山村暮鸟以及八木重吉（明治三十一年至昭和二年，1898—1927）等人。由此可见，自由诗的方法依然在一部分诗人中间被坚持着。

在这一时代的诗歌中，能够体现形式上的尝试和无政府主义氛围的代表作，当属荻原恭次郎的这首作品：

日比谷

强烈的四方形

锁和炮火和谋略

军队和贵金和勋章和名誉

高 高 高 高 高 高高地耸立

首都中央地——日比谷

屈折的空间

无限的陷阱和掩埋

新智识驱役的小工的墓地

高 高 高 高 高 更高 更高

高的建筑与建筑间的暗处

杀戮 虐使和噬争

高 高 高 高 高 高 高

动 动 动 动 动 动 动

日　　比　　谷

他　去　了——

他　去　了——　　（以下省略）

昭和三年,季刊杂志《诗与诗论》刊行,这给了此种状态下的日本诗以新的发展,这本杂志是以春山行夫与北川冬彦为中心创办的。春山行夫（明治三十五年至平成六年，1902—1994）从大正末年开始了唯美的抒情诗创作，北川冬彦则学习法国现代诗，并从达达主义中引入了作为其发展的雅各布、艾吕雅等人的超现实主义手法。该杂志的同人有安西冬卫、上田敏雄、外山卯三郎、三好达治、饭岛正、神原泰、近藤东、泷口武士、竹中郁等人，之后，西胁顺三郎、佐藤一英、泷口修造、堀辰雄、北原克卫、吉田一穗等人也加入了其中。

其中，西胁顺三郎（明治二十七年至昭和五十七年，1894—1982）是庆应义塾大学教授，作为英国文学学者，他长期居留英国，在归国之后，因为英国法国现代诗方面的学识，他成为这个群组超现实派作家的理论指导。而北川冬彦、西胁顺三郎、上田敏雄、安西冬卫、泷口武士、泷口修造（明治三十六年至昭和五十四年，1903—1979）等人则创作了超现实主义流的诗。之后加入该杂志的北原克卫（明治三十五年至昭和五十三年，1902—1978）也是秉持同样倾向的诗人。他们思想的核心，是将那些在自然状态下无法统一思考的意象强力拼合起来，以激发超自然的新美感。春山行夫、竹中郁（明治三十七年至昭和五十七，1904—1982）、近藤东（明治三十七年至昭和六十三年，1904—1988），以及其后加入的阪本越郎（明治三十九年至昭和四十四年，1906—1969）等人都是根据形式主义进行诗歌创作的，创作出了写实及在其他表现形式下的诗，而以这种方法创作的诗，除了抒情意味更胜一筹之外，是与超现实派的诗极为相似的。

但是在这样的一群中，也有人在引入欧洲诗歌创作方法的同时，尝试着去表现正统的、古典的诗情。吉田一穗、佐藤一英、三好达治等人就是这样的诗人。吉田一穗（明治三十一年至昭和四十八年，1898—1973）与佐藤一英（明治三十二年至昭和五十四年，1899—1979）是引入自由诗时代的福士幸次郎系统的诗人。同时，以象征主义以来的古典手法为基础，三好达治（明治三十三年至昭和三十九年，1900—1964）学习法国文学，并进行了波德莱尔、瓦雷里、弗朗西斯·雅姆等的翻译，又在此基础上采取俳句式的构思法，使诗具备了日本古典的情韵。现将北川、春山、三好在《诗与诗论》上发表的作品列举如下：

战争

北川冬彦

就算假眼中装上钻石又如何，就算长满青苔的肋骨挂上勋章又如何。

必须粉碎挂满腊肠的巨大头颅，必须粉碎挂满腊肠的巨大头颅。

到何时，骨灰才能像蒲公英一般，在掌上吹散。

二月

春山行夫

雾气中,暖炉哔剥作响

风鸡在屋顶吱吱嘎嘎

寒冷,如石子打在脸上,刺骨

这呼啸的风……

我们坐在无知的木椅上

就像钉入白墙的钉子

伸开睿智的小脚和脆弱的手

支撑未知的无限……

蕾丝般的暗影跌落

蜘蛛般的烟雾被吸纳殆尽

在中国墨色渗漏的森林

前去弥撒的众人,消失……

草上

三好达治

时已黄昏,池边

戴着白手套的人

静静地
坐在草地上

纵然循着古老的语言
也难感知已经遥远的心

且惜己身
勿言人悲

《诗与诗论》不仅仅是关于诗的评论,也着力于文学,尤其是同时代欧美文学的介绍,也会时常收到各国年轻文学研究者的投稿。投稿人还有渡边一夫(明治三十四年至昭和五十年,1901—1975)、中岛健藏(明治三十六年至昭和五十四年,1903—1979)、阿部知二、大野俊一、辻野久宪等人,他们通过该杂志,将托马斯、安德烈·纪德、瓦雷里、阿拉贡、乔伊斯、科克托、拉迪盖、布雷东、普鲁斯特、海明威以及其他欧洲第一次大战后涌现的新文学者的作品加以翻译、介绍以及评论,并在很大程度上形成了关于昭和时代的诗和文学评论的模式。特别是在诗中,形式主义和超现实主义的诗歌创作方法成为主潮,大部分昭和时代的年轻诗人都受到了这种方法的影响。

《诗与诗论》在刊行一年之后就发生了分裂,北川冬彦、三好达治等人另行创刊了季刊杂志《诗·现实》，丸山薰（明治三十二年至昭和四十九年，1899—1974）、横光利一、淀野隆三（明治三十七年至昭和四十二年，1904—1967）也加入了进来。其中，像北川、淀野等人便是倾向于马克思主义的，这就与《诗与诗论》的超现实主义倾向对立了起来。《诗与诗论》和《诗·现实》的运动在昭和六七年基本终结，到了昭和十年前后，继以春山行夫为中心的形式主义者的杂志《诗法》之后，又有《新领土》创刊，此外，堀辰雄编辑的《四季》等诗的杂志也在昭和八年开始发行。堀辰雄在这一时期虽然并未进行诗歌创作，但是其作品充满了诗的情绪，因而他的身边自然而然地聚集了年轻的诗人。同时，该杂志也得到了近代诗嫡系继任者荻原朔太郎和室生犀星的助力，另有与堀辰雄同期的作家井伏鳟二、诗人丸山薰、三好达治等也聚集在该杂志周围，而其他的同人则更多倾向于该系统温和的抒情诗，如较为年长的田中冬二（又名吉之助，明治二十七—昭和五十五年，1894—1980），竹中郁、田中克己、立原道造（大正三年至昭和十四年，1914—1939）、津村信夫（明治四十二年至昭和十九年，1909—1944）、中原中也（明治四十年至昭和一二年，1907—1937）、辻野久宪、神西清、神保光太郎、阪本越郎等。该杂志与《诗与诗论》一派的急进主义并不相同，也没有陷入以《战旗》时代为界加入共产主义的原无政府主义者们的贫瘠，而是在维持昭和十年代日本诗的正统方面发挥了巨大的作用。该杂志最初的两册是季刊,其后改为月刊,发行到了八十一号。

昭和十年五月,比《四季》稍晚创刊的诗歌杂志《历程》在战时也持续刊行,成为诗坛的另一个中心。该杂志以逸见犹吉(明治四十年至昭和二十一年,1907—1946)、草野心平(明治三十六年至昭和六十三年,1903—1988)为中心,最早的同人有土方定一、冈崎清一郎、尾形龟之助、菱山修三、高桥新吉、中原中也等人,其后,菊冈久利、松永延造、吉田一穗、金子光晴(又名保和)、高村光太郎等人也加入了进来。杂志的同人们将大正末年在各自立场上创出佳作的宫泽贤治和八木重吉的遗作陆续发表了出来,成了该杂志吸引众目的焦点。这个群体共通的特色在于对通俗性的反抗,也正是因着这种反抗,他们破坏了诗的形式,而后在这种破坏中完成了自我的表现。其中,菊冈、尾形属于人生派,而中原、逸见、草野等人则更多倾向于形式的东西。大正末期,以冈本润、植村谛、壶井繁治为首的许多主要以无政府主义为立足点的诗人们都投向了共产主义并在《战旗》等杂志上发表作品,但这些诗人们在昭和六年前后仍然受到共产主义弹压的波及而入狱,最后不得不转向。之后,这些诗人们纷纷靠近了《诗精神》《诗人》等杂志,但这些杂志也没能长久地刊行下去。

昭和的歌人

昭和初年的诗与小说中混乱的思想与形式，也影响到了短歌与俳句这两种传统短诗界的人。大正期继明治时代短歌俳句的发展期之后，进入了成熟期，但这种情况到了昭和时期发生了改变。

在短歌方面，大正二年有北原白秋的歌集《桐花》和斋藤茂吉的《赤光》；大正三年出版的作品有木下利玄（明治十九年至大正十四年，1886—1926）的《银》，以及长塚节在临终前发表的短歌系列作品《如针》；大正四年，土岐哀果（又名善麿，明治十八年至昭和五十五年，1885—1980）将与啄木同形式的歌汇集起来刊行了歌集《街上不平》；大正五年，《阿罗罗木》一系的中村宪吉发行了他的代表歌集《林泉集》；大正八年，社会性观念高扬，西村阳吉（明治二十五年至昭和三十四年，1892—1959）继啄木与哀果的创作之后，出版了歌集《街路树》，与民众派诗人相呼应。但是，斋藤茂吉、中村宪吉等人所属的《阿罗罗木》杂志经过大正期，以万叶为基础保持着其权威地位，压倒了与谢野宽和晶子夫妻的旧《明星》一系，并陆续出版了许多优秀的歌集，譬如岛木赤彦（久保田俊彦，明治九年至大正十五年，1876—

1926）的《冰鱼》（大正九年）、斋藤茂吉的《璞玉》、中村宪吉的《栅》（大正十三年）、土屋文明（明治二十三年至平成二年，1890—1990）的《冬草》（大正十四年）、平福百穗（明治十年至昭和八年，1877—1933）的《寒竹》（昭和二年）、古泉千樫的《屋上的土》（昭和三年）、结城哀草果（又名光三郎，明治二十六年至昭和四十九年，1893—1974）的《山麓》（昭和四年）、土田耕平（明治二十八年至昭和十五年，1895—1940）的《青杉》（大正十一年），等等。

而与这一派相对立的集团，有太田水穗（又名贞一，明治九年至昭和三十年，1876—1955）经营的《潮音》、窪田空穗（又名通治，明治十年至昭和四十二年，1877—1967）经营的《国民文学》以及若山牧水（又名繁，明治十八年至昭和三年，1885—1928）经营的《创作》等。而日本文学学者折口信夫（明治二十年至昭和二十八年，1887—1953）虽曾以释迢空为名加入过《阿罗罗木》一系，但在大正十三年则与北原白秋等人一道创刊了杂志《日光》，树立了独特的歌风。此外，比这些歌人更早出现，在明治中期就已活跃的歌人如佐佐木信纲就经营着杂志《心花》，尾上柴舟（又名八郎，明治九年至昭和三十二年，1876—1957）则主办了《水瓷》，他们都培育出了许多优秀后辈。

自昭和初年马克思主义运动盛行之后，虽也有人试图模仿啄木等人的新短歌运动，但以成名作家前田夕暮（又名洋造，明治十六年至昭和二十六年，1883—1951）为首的大熊信行（明治二十六年至昭和五十二年，1893—1977）、安成二郎（明治十九年至昭和四十九年，1886—1974）、渡边顺三（明治二十七年至昭和四十七年，1894—1972）等人则努力在贴近日常生活的基础上进行短歌的构思。但是，短歌这种自古典中延续下来的短诗型本身就具有无法反映现实生活的特点，这些歌人的许多尝试之作也未能确立出决定性的短歌新格律。现将这一时期各派歌人的代表之作列举如下：

时已黄昏
秋雨落在萝卜叶上
寂寥无限

——斋藤茂吉

炉灶旁促织声声
长夜梦难醒

——中村宪吉

黄昏的薄光中
散发着香气的树叶
悄悄惹起了思念

——土屋文明

常磐的林中

家园已经荒芜

时而听到婴孩的哭声

——岛木赤彦

寒云沉沉

雌阿寒岳[1]的火山上

烟气袅袅而升

——平福百穗

落日的余晖

寂寂照在海面

牵牛人还没有来

——古泉千樫

绵绵山雾笼罩的池上

转瞬间

便架上了朗朗彩虹

——结城哀草果

---

1 雌阿寒岳:北海道东部的活火山。

无尽的潮水声声

缓缓步入

冬日沙丘的暗影

————土田耕平

我孤身而立

在信浓的路旁

西望那远处的秀峰

————太田水穗

钟声阵阵里

奔赴信浓国

母亲还是昔日的样子吧

————窪田空穗

秋已逝

大和的药师寺中

塔上飘着一片悠悠的云

————佐佐木信纲

立于

车马疾驰的岔道

寂寞在心中翻涌

　　　　　　　　——尾上柴舟

邻家的老妇
皮肤尚活力四射
弹扣有声

　　　　　　　　——释迢空

生在丰苇原瑞穗国
说不吃米
岂不胡说吗

　　　　　　　　——安成二郎

瘦骨嶙峋的夫妇
数着肋骨
细想往后的工作和人生

　　　　　　　　——大熊信行

我纵然消失
那壮大的日轮仍熊熊欲燃
起落如昔

　　　　　　　　——渡边顺三

向日葵沐身在金色的油光中

是那缓缓升起的

太阳的孩子

——前田夕暮

昭和的俳人

明治三十一年由正冈子规和高滨虚子协力创刊的杂志《杜鹃》，在明治三十五年子规死后作为俳坛的核心杂志由虚子主持。与之同辈的俳人河东碧梧桐、佐藤红绿（又名洽六）、坂本四方太（又名四方太，明治六年至大正六年，1873—1917）、寒川鼠骨（又名阳光，明治八年至昭和二十九年，1875—1954）、内藤鸣雪（又名素行，弘化四年至大正十五年，1847—1926）等人，他们一直活跃于明治大正时期。另有虚子的门人村上鬼城（又名庄太郎，庆应一年至昭和十三年，1865—1938）、渡边水巴（又名义，明治十五年至昭和二十一年，1882—1946）、饭田蛇笏（又名武治，明治十八年至昭和三十七年，1885—1962）、前田普罗（又名忠吉，明治十七年至昭和二十九年，1884—1954）、原石鼎（明治十九年至昭和二十六年，1886—1951）等人。此外，下一代的作家水原秋樱子（又名丰，明治二十五年至昭和五十六年，1892—1981）、山口誓子（又名新比古，明治三十四年至平成六年，1901—1994）、富安风生（又名谦次，明治十八年至昭和五十四年，1885—1979）、日野草城（又名克修，明治三十四年至昭和三十一年，1901—1956）、川端茅舍（又名信一，明治三十年至昭和十六年，1897—1941）、松本孝（明治三十九年至昭和三十一年，1906—1956）、中村草田男（又名清一郎，明治三十四年至昭和五十八年，1901—1983）等人也属昭和时期俳人之列。这些优秀的俳人们后来大都各自独立，分别以自己为中心结社并发行了机关杂志，开辟了不同于虚子的新的俳句之路，而他们各自的集团中亦是新人群起。但是，由于俳句和短歌一样，总体上而言并不涉及思想性题材，故而许多新人们努力追求观念的新次元和意象的新鲜性，这让俳句在多方面顺利获得进步。

　　河东碧梧桐在子规的直系俳人中，最初是与虚子并列的最引人注目的存在。但在子规死后，他积极探寻俳句的新倾向，并以他负责的报纸《日本》的俳句栏为中心发表相关意见和作品，与虚子一派形成了对立的态势。在大须贺乙字（又名绩，明治十四年至大正九年，1881—1920）、荻原井泉水（藤吉，明治十七年至昭和五十一年，1884—1976）等人的协助下，碧梧桐刊行了杂志《层云》，但随着与井泉水意见的相异，他又另在大正四年与中塚一碧楼一同发行了杂志《海红》。在大正十二年之后又创刊了《碧》《三昧》等杂志并走上了自己独特的俳句之路。但是，俳句本就是以古典的形式为根本才得以成立的艺术，因而他企图无限止打破这种形式的努力最终还是走入了阻滞。昭和八年三月，在他花甲之年，碧梧桐宣告退出俳坛，之后便再也没有值得一读的作品了。

现将上述大正到昭和时期代表俳人的作品抄录如下：

高树遥遥，夏日已近，那鳞次栉比的屋脊

——河东碧梧桐

春日夜，那怕黑的女童

——坂本四方太

冬日的蜂，非但没有死，反而飞走了

——村上鬼城

冬雨淅沥的陆奥，大佛巍然而立

——水原秋樱子

春尽时，奔赴那遥远的甲斐

——前田普罗

月夜溶溶，手心里停不住，落花

——渡边水巴

贪恋沙丘的明月早升，照着月见草的身姿，袅袅娜娜

——大须贺乙字

万物兀自萌芽，直指中天

————松本孝

渤海辽阔，枯野宽广，尽入了眼底

————山口誓子

祖先的土地，在除夕里，落上了暗影

————饭田蛇笏

选折那娇美的蔷薇，忽闻春雷阵阵

————石田波乡

在十层高的冷房里，俯瞰这盛大的都市

————日野草城

昭和的剧作家

昭和年代的剧作家中居于指导性地位的，有以日本的情绪为主题的久保田万太郎、学习法国戏剧并创作理性心理剧的岸田国士，另外还有一些在无产阶级文学运动中涌现出的新人们。

三好十郎（明治三十五年至昭和三十三年，1902—1958）出身佐贺，就学于早稻田大学英文系，起初是从事诗歌创作的，后来又转向了戏剧，发表了《炭尘》《一无是处的阿秋》等作品。昭和八年，由于对左翼文学运动的失望而选择了转向。昭和十五年三月，他以转向问题为中心创作了《浮标》，被称为杰作。

久板荣二郎（明治三十一年至昭和五十一年，1898—1976）出生于宫城县，从东京大学毕业之后便关注社会主义思想，大正末年以后，成为无产阶级演剧一线的代表性剧作家。他的作品最初着眼于公式化的人生解释，到左翼运动崩坏的昭和十年前后渐渐趋于圆熟，昭和十二年，他以因金融资本的成长而扭曲的企业家的生活为题材创作了《北东的风》，被视为写实主义的一部巅峰之作。

与久板并列的左翼演剧指导者久保荣（明治三十三年至昭和三十三年，1900—1958）出生于北海道札幌，自东京大学德文系毕业之后，就在筑地小剧场拜小山内薰为师了。在小山内薰死后的昭和四年，筑地小剧场分裂，他与土方与志一起结成了"新筑地剧场"，翌年与佐野硕一起加入了左翼剧场，努力追求小山内一系的艺术性和在思想上的先进性。昭和十二年，他以北海道东南部的不毛农地和农民生活为题材创作了《火山灰地》，这部基于详尽调查的社会视野之下的作品，成为新剧划时代的佳作。

村山知义（明治三十四年至昭和五十二年，1901—1977）于大正末年前往德国，在学习表现主义的剧作之后归国，从昭和初年加入左翼演剧运动，并将表现上的新手法和左翼的题材结合起来，打开了演剧的新局面。其代表作有昭和四年七月在《战旗》上发表的《暴力团记》。

真船丰（明治三十五年至昭和五十二年，1902—1977）出生于福岛县，后从早稻田大学中途退学。做过牧夫、报纸记者，具备团体运动的经验，但是，剧坛整体上都充斥着左翼的作品，在其中难以看到新的艺术性，在这种状态下，昭和九年六月，真船丰发表了作品《鼬》，得到了久保田万太郎的赏赞。之后，他又陆续发表了《鉈》《狐舍》《山鸠》等，每一部都是对田园生活中人的执着与生活之间冲突的执拗追求，此后，真船丰也作为昭和前半期的新剧作家持续活跃于剧坛。

昭和的大众文学

昭和年代，大正时期由中里介山、吉川英治等人确立的大众文学获得了进一步的发展。特别是以昭和十年与芥川奖一同设立的直木奖为契机，出现了一大批大众作家。现将这些获奖者罗列如下：

昭和十年上期　　川口松太郎《鹤八鹤次郎》《风流深川曲》
昭和十年下期　　鹫尾雨工《吉野朝太平记》
昭和十一年上期　海音寺潮五郎《天正女合战》《武道传来记》
昭和十一年下期　木木高太郎《人生的傻瓜》

昭和十二年上期　无人入选

昭和十二年下期　井伏鳟二《约翰万次郎漂流记》

昭和十三年上期　橘外男《回忆纳林殿下》

昭和十三年下期　大池唯雄《兜首》《秋田口的兄弟》

昭和十四年上期　无人入选

昭和十四年下期　无人入选

昭和十五年上期　河内仙介《军事邮递》

　　　　　　　　堤千代《小指》

昭和十五年下期　村上元三《上总风土记》

昭和十六年上期　木村庄十《云南守备兵》

昭和十六年下期　无人入选

昭和十七年上期　无人入选

昭和十七年下期　神崎武雄《宽容》

　　　　　　　　田冈典夫《硬草莓》

昭和十八年上期　无人入选

昭和十八年下期　森庄已池《山地》《蛾与竹叶舟》

昭和十九年上期　冈田诚三《新几内亚山岳战》

昭和十九年下期　无人入选

第十六章
战后初期的文学

战后的文坛

在昭和十二年的中日战争爆发之后的九年间，昭和十六年太平洋战争爆发之后的五年间，日本持续爆发着大规模战争，直到昭和二十年八月，日本首次战败，战争结束。当时谁都无法预测此后的日本文学会如何发展，从战争末期到战争结束当年，许多重要的作家与思想家都去世了，如：

昭和十七年（1942）的荻原朔太郎、佐藤惣之助、与谢野晶子、北原白秋、中岛敦等。

昭和十八年（1943）的仓田百三、岛崎藤村、德田秋声等。

昭和十九年（1944）的近松秋江、黑岛传治、片冈铁兵、里村欣三、中里介三、田畑修一郎等。

昭和二十年（1945）的岛木健作、薄田泣堇、木下杢太郎、叶山嘉树、西田几多郎、三宅雪岭等。

昭和十九年末开始的东京空袭，使得东京都内大部分的印刷所和出版社被烧毁，文学者和思想家也大都疏散到了地方，有些出版社与印刷所也随之迁到了地方，在战火没有波及的城市，这些文人们展开了著作出版的活动。以美军为主的联合国军占领部队最先做的就是释放了政治犯和思想犯。虽然也有像三木清这样不幸死于狱中的思想家，但那些被作为共产主义者、反军国主义者投狱的至此纷纷得到了解放。其后，对于那些在战时与军国主义同调的文人和思想家，占领军对其执行了整肃或禁止写作的命令。而且文学者也以《新日本文学》为中心，在左翼文人中兴起了对战争犯罪的指摘运动。

共产主义一系的文人们由于其思想立场的原因，在战时比一般的文人在生活与工作上遇到了更大的困难。有些人，譬如宫本显治这样进入共产党运动中心的作家，便是在狱中度过了十数年的光阴，在他入狱之后，其妻宫本（原姓中条）百合子也因没有选择转向而被禁止写作。但更多的人并没有被完全禁止写作，只是表面转向，私下依然继续着以往的生活。其内部也完成了共产主义政治理论的置换，变成了战时军国主义的组织论，开始积极声张其军国主义的主张。

大部分靠文笔为生的一般文学者，都作为报道员被派遣到占领地或战场，那些留在国内的人，其作品和评论中也或多或少可以看出协力战争的倾向。这种协力战争的姿态，有些作家将其表现为对战死者或战伤者的同情，有些人则因感受到战争如同一个巨大的命运轮盘而抱有忧国之心，也有人因惧怕对反战思想的监管，出于生活实际的考量而表现出了协力的态度。

其中，像火野苇平那样作为兵士有过战争体验，将其写在作品中并获得巨大反响的作家，在战后却遭受了被视作战争协力者的不幸。

战时代表性的综合杂志《中央公论》和《改造》，作为思想上反军国主义运动的中心遭受弹压并被废刊。而《文艺春秋》《新潮》等杂志在昭和二十年大空袭前后也无法再继续发行。在战争结束的四个月之后，即昭和二十年末到昭和二十一年初，这些文艺类出版社才陆续展开了新的活动，《中央公论》《文艺春秋》《改造》《新潮》也得以复刊，另有如《世界》《人间》《展望》《新生》等新的杂志创刊。与战前的昭和十年前后相比，这些杂志的页数都不及之前的一半，印刷和用纸也很粗糙，但是，此时的读者对读书如饥似渴，也热衷于吸收新时代的思想，因而这些杂志都引起热卖，新旧作家们也随之开始了创作活动。

昭和二十一年到昭和二十二年文学活动急剧增多，似乎是在十年战争中被压抑的人性趁此大解放的机会通过文学呈现出了喷涌之势。

但是与此同时，对占领军政策及军人加诸日本人暴行的批判受到了新设审查法的严厉取缔，这使得完全自由的创作和自由的表达仍然难以实现。随着苏维埃俄国与美国对立的尖锐化，以美国军队为中心的占领军对共产主义者终于开始了新的压制政策。

开始创作活动的诸流派

在这样的环境中，战后日本文学开始了新的活动。那些在战前和战时被压抑的种种倾向的文学以其各自的必然性在一时之间急剧展开。如：

一、那些在昭和十年前后被禁压的左翼文学，特别是太平洋战争爆发之后被禁止写作的左翼作家得以复活。

二、作为战时实际被禁止发表作品的作家，永井荷风和谷崎润一郎等人的创作在大正期大致已臻完熟，战时却被作为反道德倾向的作家加以敌视，其作品也无法发表，像这样的一些作家到了这一时期，重新开始了创作和发表。

三、中坚作家中，有不少人创作了向战争氛围妥协并助力于战争的作品，也有很多作家被征用从军并写下了支持军国行为的文章。这些作家选择了回避自己的过去并再次回到原本的文学创作。

四、昭和十五六年前后，杂志或被合并，或遭废刊，那些作为新作家登记了年龄的青年也多被征集，加之许多人在思想上无法与当时顺应时代风潮的文学同调，以致当时几乎没有出现新的作家。当这些人从战地归来后，文坛一度涌现出了从二十多岁到四十多岁的各年龄层的新人。

以上这四种类型的作家，在战后都纷纷展开了创作活动，而他们共有的根本动向，是重整昭和十年前后停止前进并失去近代文学固有特性的日本文学，使之具备其当下应有的状态，这一点无论是文学大家还是新人都已经意识到了。由于各层级各流派的思想和创作方法并不相同，表现各异，这使得各流派间呈现出了相互对立的样态。但是，在根本上，战后的文学者、作家和批评家们都是一致以近代文学的再确立为方向的。

昭和十年以后，日本文学失去了正常社会应有的进步态势。譬如像此前艺术派和无产阶级文学派之间的对立、论争以及自发的构想这样在自由社会自然而然的事情，到了这一时期却变得难以进行下去，文学者的生活渐渐被局囿在了愈发狭隘的军国主义观念的桎梏之中，而那些不服从者则被排除了出去。但是战前就兴起的私小说特有的那种狭小的小说创作手法，将作品中的人物更多地限定为文坛人而不是社会人，这使得其在战时也没有受到太多拘束。故而，私小说在大正末期到昭和初年，无论是战时战后，都因其狭小的特性而意外地保有了其纯粹度，并按照其一贯的方式行进着。这种作品作为近代小说的根本缺陷反而拯救了它,使得私小说的方法中并不存在战后文学中惯见的问题。同时,也只有更加自由地创作才能出现更新更好的作品。

这种不对社会进行批判的态度,不只是私小说,而是昭和前半期将这种手法作为根本的所谓本格小说[1]作家们共有的特征。该系统的文学在昭和十年前后被称作"正统的写实主义",到了战后得到进一步发展,被称为"风俗小说",并显露出了更明显的弱点。这种文学类型的思想根本,主要是来源于自然主义对身边事物的写实和对现世的离反以及砚友社仅在文章上有所达成的追求,但它并未被当作正当的近代文学系统。在欧洲,文学作品原本就必须包含社会批判的成分,起到反抗封建性并树立市民道义的作用,到了现代,文学又担当着揭露由道义而生的矛盾和虚伪的使命。因此,不具备批判性的文学作品,终究不是近代写实主义的正道。

这样想来,无论是私小说、昭和初年的现代主义文学,还是正统的写实主义小说抑或是风俗小说,在不具备社会批判性这一点上,都有失真正近代文学的骨格,这也是马克思主义文学在非常巨大的压力下能够从根本上撼动昭和文学的原因。因而,如果具备批判性的近代文学早已存在,马克思主义文学在昭和初年或许就不会展现出那样的力度了。这一

---

[1] 本格小说:大正末期到昭和初期,中村武罗夫为了批判心境小说的流行而提出的概念,指的是客观地描写社会现实,具备现代小说应有结构的小说。

点只要综合考虑现今西欧文学在大致接受马克思主义思想的同时对这一思想进行批判的批判传统，就能够明白了。在日本，马克思主义文学代行了所有文艺作品原本应有的社会批判的职能，而且因为其在政治上的偏向性，在军国主义侵略战争时期成为唯一被严酷镇压的对象。

近代西欧社会大概是在18世纪对绝对专制思想和与之相对的绝对革命思想的对立进行了清算，从19世纪开始，在以议会政治为本体的绥靖合理思想之下确立了社会的秩序。而19世纪到20世纪实质上推行着专制政治的俄罗斯和日本，与之相对立的绝对革命思想也是易于产生的。因为政治批判不被允许，拼着流血也要进行革命的思想便成了必然。在日本，文学仅以马克思主义思想之名进行着社会批判，同时也遭受着专制政治的镇压，俄罗斯在与之相似的社会构造之下也必然同样受到了镇压。

日本近代文学中缺乏一种基于讽笑型的社会批判，这一特点被反复指摘。讽笑是将那些失去外在矛盾和意义的东西以艺术的形式表现出来，是批评这一艺术表现的一种方法。作为批评的嘲讽和幽默，是近代欧洲文学的一大基石。而战后文学整体上存在着纠正如前所说的日本文学歪斜的倾向。战后最早引人注目的所谓的"戏作派"，就是在作品包含明确的基于嘲笑和讽刺的批评这一方面，与私小说派和风俗小说派得以区分。同时，为了寻求新的规则与指标，新批评家们的活动日益繁盛,这也是文学发展的必然。

马克思主义文学

战争刚结束之后,日本国内环境对马克思主义政治思想较为宽容,由此出现了一大批与马克思主义步调相一致的人。但在四年之后朝鲜战争爆发的昭和二十五年(1950)夏,马克思主义遭受了相当强烈的压制,党派分裂,该派系的文学者大多成了反主流派。在此期间,马克思主义一系的批评活动陷入低迷,创作活动也受到了影响。战争刚结束的时候,该系统的作家成为文坛主力并组织了"新日本文学会",而后将旧马克思主义一系的作家和评论家们集结起来,开始活跃于文坛。"新日本文学会"起初将自由主义文学者也广泛纳入了会员之中,后来那些具有自由主义倾向的文学者渐渐脱离了出来,该会也基本成了马克思主义的文学团体。"新日本文学会"的机关杂志《新日本文学》虽然在持续发行,但该杂志几乎没有推出什么新作家,只有发表尝试性作品《町工厂》(昭和二十一年七月)的小泽清和写下《寒窗》(昭和二十七年五月)的热田五郎等屈指可数的几位。

但是,该系统的成名作家们摆脱了战时的停滞,开始活跃地发表作品。如宫本百合子的《播州平野》(《新日本文学》

昭和二十一年三月至二十二年一月)、德永直的《妻啊，睡吧》(《新日本文学》昭和二十一年三月至二十三年十月)、中野重治的《五勺酒》(《展望》昭和二十二年一月)、佐多稻子(旧姓窪川)的系列作品《我的东京地图》等。《五勺酒》作为对战后社会的伦理感加以批判的作品受到了关注，《妻啊，睡吧》《我的东京地图》《播州平野》等作品都包含着自传的要素，也涉及了无产者革命思想的展开。尔后，宫本百合子又继续创作了作为其旧作《伸子》续篇的自传小说《两个庭院》(《中央公论》昭和二十二年一月至九月)和《道标》(《展望》昭和二十二年十月至二十五年十二月)。此外，在战时因疾病和镇压而长期沉寂的平林泰子在该派系之外另行展开了新的创作活动，创作了《人生实验》《我活着》(《日本小说》昭和二十二年十一月)等极富生命感的作品。

批评家群体和新作家

在战后文学中，批评活动相当繁荣。但是，与持有纯粹的马克思主义思想立场的文学者相比，更为自由、更具柔软性立场的文学者的发言反而更有分量，这一点与昭和初年大为不同。马克思主义立场与西欧自由主义立场的对立虽然未能解决，但是活跃于战后日本的批评家们为了以各自的立场去解决各种各样的内外现象与理论而生发出了许多意见与想法。而与具备社会性的发声相关联的文艺批评也是这些文学者们的特色，这些人中，就有中野好夫、桑原武夫、渡边一夫、高桥义孝、河盛好藏、中岛健藏、臼井吉见、西村孝次等，他们多是大学教授。大学教授积极活跃于媒体之上，进行文化批判与作品批评的现象在战前是未曾有过的。他们的活动有时过于学术性，有时又偏于良知的政治论，但是，将文坛人的生活意识在很大程度上加以市民化，并赋予文学以社会性，这是这些人的功绩。

在此前文坛的批评家中，青野季吉并未加入"新日本文学会"，而是以孤立的立场撰写包含社会批评成分的文学论，有过不少恰切的发声，其作品结集为《现代文学论》（昭和二十四年刊）。小林秀雄的创作则是渐渐从文艺批评拓展到了音乐、美术等领域，发表了《莫扎特》（昭和二十二年七月）、《我的人生观》（昭和二十四年十月）。河上彻太郎和龟井胜一也具备相同的倾向，前者的《新圣书讲义》（昭和二十五年八月）和后者的《现代人的研究》（昭和二十五年二月）在这一方面属于二人的代表作。浅见渊则撰写了许多明晰细致的作品批评。战后，作家研究，特别是对日本近代文学的回顾再次盛行，中村光夫的《二叶亭四迷论》（昭和二十二年十月刊）、平野谦的《岛崎藤村》（昭和二十二年八月刊）、濑沼茂树的《岛崎藤村》（昭和二十四年四月刊）、唐木顺三的《森鸥外》（昭和二十四年四月刊）、平田次三郎的《夏目漱石》（昭和二十三年十月刊）、本多秋五的《宫本百合子论》等作品，各自以全新的阐释对近代日本文学重新进行了审视。而且，岛田谨二在对鸥外、敏、漱石、白秋等近代作家及影响到他们的欧洲各国文学作品进行比较研究的系列作品中，继续着对矢野峰人等开拓的比较文学分野中新问题的探讨。

而作为新人，花田清辉在《错乱的论理》（昭和二十二年九月）等作品中，因其反论式的文艺文化批评类型而引得文坛注目。此外，合著《一九四六 文学的考察》（昭和二十二年）的新人中村真一郎（大正七年至平成九年，1918—1997）、加藤周一、福永武彦三人虽坚持着创作和批评两方面的写作，但加藤主要试图在种种层面设置近代理论的场，人体中村则主要进行着小说理论的比较研究。

到了昭和二十四年后半期以后，中村光夫开始攻击倾向于风俗小说创作的诸作家，并与丹羽文雄、井上友一郎等人展开论争，而由此发端所写的日本近代文学论也被结集成了《风俗小说论》（昭和二十五年六月刊）。

战后，出现了一批隶属于"新日本文学会"并对旧无产阶级文学理论持修正论的作家和批评家，他们在昭和二十一年一月创刊了《近代文学》杂志并聚拢在一起。该杂志的同人中，一部分是在战时属于《现代文学》杂志并开始写作的三十多岁的批评家。《近代文学》与《新日本文学》在理论上虽然呈对立之势，但是其同人大都共属两方。而这种对立，与昭和初年《文艺战线》和《战旗》的对立意义全然不同。《近代文学》并未站在马克思主义指导下划分派别的立场，而是具备一种基于马克思主义艺术观与西欧近代思想相调和，或者说基于马克思主义艺术观与自然主义之后的日本近代文学相调和而制定新的批判准则的倾向。

在这一点上，《近代文学》的同人平野谦、荒正人与新日本文学会的中野重治、小田切秀雄、岩上顺一等人展开了论争。前者坚持以人的尊严为第一要义去修正政治性的意见，而后者则以政治和人的相互调和为前提进行思考，这两者完全不同，他们的这些思想则主要集中在中野重治以《批评的人性》（《中野重治集》昭和二十三年）为总标题的评论集和平野的《战后文艺评论》（昭和二十三年七月）、荒正人的《第二青春》等作品中。

除此之外，《近代文学》一系的批评家在战后活跃于媒体之上的，还有山室静、佐佐木基一、本多秋五、福田恒存、平田次三郎等人。其中，福田恒存作为明确的反马克思主义者持有与其他人相异的倾向立场。以这些批评家为核心，战后出现的知识阶层的新作家渐渐被该杂志吸收，并由此产生了被称作"战后文学派"的作家集团，这一作家集团与新作家匮乏的《新日本文学》相比尤为引人注目。这些作家们最初受到关注的作品有梅崎春生（大正四年至昭和四十年，

1915—1965）的《樱岛》（《素直》第一号）、埴谷雄高（明治四十二年至平成九年，1909—1997）的《死灵》（《近代文学》从第一号开始连载）、野间宏（大正四年至平成三年，1915—1991）的《阴暗的图画》（昭和二十二年十月）、岛尾敏雄（大正六年至昭和六十一年，1917—1986）的《单独旅行者》（《艺术》昭和二十三年五月）、椎名麟三（明治四十四年至昭和四十八年，1911—1973）的《在浊流中》（《展望》昭和二十二年六月）、武田泰淳（明治四十五年至昭和五十一年，1912—1976）的《蝮蛇的后裔》（《进路》昭和二十二年）、中村真一郎的《在死亡的阴影下》（《高原》昭和二十二年）、加藤周一的《一个晴好的日子》（《人间》昭和二十四年）、三岛由纪夫（又名平冈公威，大正十四年至昭和四十五年，1925—1970）的《海角物语》（《群像》昭和二十一年十一月），等等。

而在这群作家之外，还出现了一批新作家。其中虽然有人在战前或战时就已经开始了创作，但由于他们的作品都是在战后才引发了关注，在这个意义上，他们仍被视作新人。这些新作家包括写下《雾中》（《世界文化》昭和二十二年十一月）的田宫虎彦、发表《夏之花》（《三田文学》昭和二十二年六月）的原民喜（明治三十八年至昭和二十六年，1905—1951）、撰写《脱出》（《人间》昭和二十三年七月）的驹田信二（大正三年至平成六年，1914—1994）、《俘虏记》（《文学界》昭和二十三年二月）的作者大冈升平（明治四十二年至昭和六十三年，1909—1988）、《我的索尼亚》(《个性》昭和二十三年七月）的作者八木义德（明治四十四年至平成十一年，1911—1999）、《爱抚》(《新潮》昭和二十三年五月）等的作者藤原审尔（大正十年至昭和五十九年，1921—1984）、《夜的访问者》(《新小说》昭和二十二年十二月）的作者青山光二（大正二年至平成二十年，1913—2008）、《青春彷徨》(《新小说》昭和二十三年十二月）的作者小林达夫（大正五年至平成六年，1916—1994）、《半兽神》(《朝日评论》昭和二十二年四月)的作者船山馨（大正三年至昭和五十六年，1914—1981）、《一个峡谷》(《改造》昭和二十三年十月）的作者耕治人（明治三十九年至昭和六十三年，1906—1988），等等。

成名作家们

明治末期或大正年间的文坛大家中，在战时仍进行创作并有作品留存下来的永井荷风尤为引人注目，从他的作品如《勋章》(《新生》昭和二十一年一月）、《浮沉》(《中央公论》同年一月至六月）、《不打自招》(《展望》同年七月）等中，可以查知这位老作家对人性沉潜的深度，另一方面，也有人指摘《濹东绮谭》等作品中那种透彻的力度的衰退。在昭和二十一年之后的三年间，复活的成名作家们打破了数年甚至十年的沉默，开始了创作，这一时期也出现了数部蕴含力量的问题作品，形成了一个文艺复兴期。志贺直哉的《灰色的月》（《世界》昭和二十一年一月）作为显示出观察荒废战后社会的白桦派人道主义极限的作品，成了人们议论的对象。宇野浩二《浮沉》（《展望》昭和二十一年二月）中慎重的写实主义手法，成为催生出其后佳作《相思草》（《人间》昭和二十一年十一月至十二月）与《相思川》（《人间》昭和二十三年五月至十月）的契机。正宗白鸟是与荷风同时期的最为年长的作家，战后便即刻发表了许多小说和感想。其中，《战灾者的悲哀》（《新生》昭和二十一年一月）是将他特有的虚无感和战祸体验结合起来所写的作品。此后，他又基于空想性题材创作了《日本脱出》（《群像》昭和二十四年一月），充分显示了其并未衰竭的想象性创造力。

以小说技法见长的里见弴早早就在《美事的丑闻》（《改造》昭和二十二年一月）中展示出了其圆熟的才能，但其他大正时期作家的创作在稍晚之后才多了起来。如在广津和郎的《阿久及其女友们》（《中央公论》特集昭和二十四年十月）、久保田万太郎的《市井人》（《改造》昭和二十四年七月至九月）、佐藤春夫的《老残》（《改造文艺》昭和二十四年十一月）、室生犀星的《膝悲曲》（《文学界》昭和二十五年五月）这些作品中，战后文学的混乱已经平息，作家开始发挥出了他们各自原有的实力,这本身不就证明了战争刚刚结束时的文学伴随着异常的混乱吗?

武者小路实笃几乎没有什么才华横溢的作品问世,而长与善郎的《野性的诱惑》(《光》昭和二十二年二月至九月)则受到了好评。丰岛与志雄在《波多野邸》(《展望》昭和二十一年八月)之后,陆续创作了不少将幻想与现实混合的奇特的作品,但他在昭和三十年就去世了。横光利一留下了汇总战时疏散的体验小说《夜靴》,而后就病倒了。

在战后三四年的激动期内,许多作家陆续死去。如昭和二十一年去世的武田麟太郎、矢崎弹,昭和二十二年离世的织田作之助、幸田露伴、上司小剑、横光利一、野口米次郎,昭和二十三年逝世的菊池宽、千家元麿、真山青果等,这些作家都是明治大正昭和时期声名赫赫的存在。

在那些战前昭和时期出现的作家于战争刚一结束创作的作品中,坂口安吾的《白痴》(《新潮》昭和二十一年六月)、高见顺的《在我的心灵深处》(《新潮》同年三月起)、石川淳的《无尽灯》(《文艺春秋》同年七月)、织田作之助的《世相》(《人间》同年四月)、上林晓的《在圣约翰医院》(《人间》同年五月)、太宰治的《亲友交欢》(《新潮》同年十二月)等都各自别开生面,由此确立了这些作家在战后文学界中坚作家的地位。

进入昭和二十二年之后,丹羽文雄创作了《讨嫌的年龄》

（《改造》昭和二十二年二月）和《哭壁》（《群像》同年十月至昭和二十三年十二月），田村泰次郎发表了《肉体之门》（《群像》同年三月）。荷风的《不打自招》、坂口的《白痴》，以及丹羽的所有作品、田村的《肉体之门》和舟桥圣一的《肉之火》（《新潮》同年三月）等作品中的以性欲为中心的人性描写引起了世人关注，并被称作"肉体派"或"肉体文学"，这种倾向也因其所具备的轻重两重含义而被时常评说。这些作品都是从长期的军国主义镇压下追求人的肉体解放，对此，荷风和坂口是持批评态度的。与之相对的，舟桥、丹羽、田村等人因偏重于感觉描写而与荷风、坂口二人的意见有所不同，而之后那些派系的作家，包括发表了《海涅的月》（《群像》同年四月）、《受胎》（《文艺》同年三月）等作品的井上友一郎在内，渐渐在昭和二十四年之后开始了"风俗小说"的创作。

此外，昭和二十二年，坂口安吾发表了《去恋爱》（《新潮》昭和二十二年一月），太宰治发表了《斜阳》（《新潮》同年七月至十月）、《维庸之妻》（《展望》同年三月），石川淳发表了《通小町》（《中央公论》同年一月），织田作之助发表了《星期六夫人》（《读卖新闻》同年八月），这些作品中贯穿的对于知识阶层加以戏谑地描写的文风，可以说衍生出了"戏作派"这一文学派别。该派的作家们为了作品主题的凸显自然而然招来了生活上的动荡，自身也遭受到了重创。最终，织田作之助于昭和二十二年一月病逝，太宰治于昭和二十三年六月自杀,坂口安吾也在昭和三十年因病去世了。

上述的两个流派,使得战后文学在成名作家的创作中显现出了新的特色。但是就像之前所说的,也有一群作家无论是在战前、战时还是战后都保持着一以贯之的文风。如上林晓直到死前所写的仍然是对住院的妻子的怀念;尾崎一雄在以病床生活为题材的作品《虫子二三事》(《新潮》昭和二十三年一月)中,其固有文风达到顶端;外村繁在稍晚的《梦幻泡影》(《文艺春秋》昭和二十四年四月)中,描写了对病中妻子的思念并构拟出了一个透彻的自我世界;泷井孝作和纲野菊都在谨慎地进行创作,前者发表有《砍伐秃山》(《改造文艺》昭和二十五年一月),后者发表了《金棺》(《世界》昭和二十二年五月);川崎长太郎在长久的停滞之后重新开始创作,发表了《伪遗书》(《新潮》昭和二十三年十月)等佳作。以上这些人都是典型的私小说作家,除这些作家之外,中山义秀在《华烛》(《改造》昭和二十二年四月)中也运用了私小说的手法,其后又接着创作了《魔谷》(《风雪》昭和二十四年三月);另有战争甫一结束就去世的岛木健作的绝笔《赤蛙》,也是这一系统的佳作;仿效太宰治坚持进行私小说的创作并于昭和二十四年自杀的田中英光,其主要作品《野狐》《知识人》昭和二十四年五月)等也属于这一系统;稻垣足穗的《白昼见》(《新潮》昭和二十三年二月)作为书写自我体验的重要作品,也应当列入该系统之中;而具有浪漫主义倾向的檀一雄也主要是在私小说的场域下进行创作的,他的作品有《律子·她的爱》《律子·她的死》(昭和二十五年)。

战后,川端康成并没有即刻开始集中的创作,但他仍然浓墨重彩地刻画出了比以前更加晦暗孤独的影像,在写下了数篇这样的短篇之后,他于昭和二十四年开始了两个系列短篇小说的创作,并在二十七年发表了《山音》和《千只鹤》这两部皆被称为佳作的小说。井伏鳟二是作家中最为顺利的一位,他写下了许多佳作,其中《本日休诊》(《文艺春秋》别册昭和二十四年八月)、《遥拜队长》(《展望》昭和二十五年二月)尤为值得一提。此外,阿部知二的《黑影》(《群像》昭和二十四年二月)、林芙美子的《晚菊》(《文艺春秋》别册昭和二十三年十一月)、北原武夫的《背德者》(《飨宴》昭和二十一年五月)、新田润的《妻子的去向》(《文明》昭和二十二年一月)都被作为代表性作品加以论说。而在成名作家中,桥本英治、寺崎浩、福田清人、林房雄、小田岳夫、火野苇平、十和田操、尾崎士郎、芹泽光治良、真杉静枝、森田启、涉川骁、丰田三郎、伊藤永之介、中里恒子、立野信之、深田久弥等也开始了创作。

这一时期,成名作家的特点在于,昭和前期出现的实力作家们已进入了熟成期,开始在杂志和报纸上进行大规模的小说连载。譬如,石川达三和石坂洋次郎都将主要精力投注在了这样的小说创作上,前者发表了《并非没有希望》(《读卖新闻》），后者发表了《石中先生行状记》（《小说新潮》），这两部作品属于不同类型的社会批评小说。另有芹泽光治良、舟桥圣一、丹羽文雄、田村泰次郎、林芙美子、井上友一郎等人与大众文学的大佛次郎、狮子文六等作家一起发表了许多报纸小说，可以说是这个时期代表的流行作家。

在长篇小说方面，重要的作品除了上述宫本百合子的小说之外，谷崎润一郎的《细雪》也不得不提。这部作品在战时连载于《中央公论》，后因官宪的命令中止了连载，在昭和二十二年三月到二十三年十月才重新在《妇人公论》完成了连载。小说在以女权主义为基调的审美意识之下，描写了昭和十年关西典型的中流上层社会的四姐妹的生活。《细雪》虽因缺乏批判精神受到了指摘，但其对近代写实主义与平安朝文学以来的审美意识的完美结合，使这部作品成了谷崎文学的顶峰。此外还有一些颇为引人关注的长篇小说，包括谷崎的《少将滋干之母》（昭和二十五年八月刊）、丹羽文雄的《哭壁》（昭和二十三年十二月刊）和《当世胸算用》（昭和二十四年十一月刊）、井伏鳟二的《本日休诊》（同年八月）、坂口安吾的《火》（昭和二十五年五月刊）、伊藤整的《鸣海仙吉》（同年三月刊）、高见顺的《在我的心灵深处》（昭和二十四年九月刊）、北原武夫的《天使》（同年十二月刊）、大冈升平的《武藏野夫人》（昭和二十五年十一月）、椎名麟三的《永远的序章》（昭和二十三年六月刊）、三岛由纪夫的《假面的告白》（昭和二十四年七月刊)、埴谷雄高的《死灵》(同年刊)、野间宏的《青年之环》(同年四月刊)等。而这一时期小说界的新人，有榛叶英治、佐竹龙夫、小田仁二郎、加贺淳子、由起茂子、小谷刚、井上靖(明治四十年至平成三年，1907—1991)、阿川弘之、峰雪荣、安部公房、福永武彦、真锅吴夫、那须国男、野村尚吾、井上孝、泽野久雄、龟岛贞夫、辻亮一等，但是他们中并无人在这一时期发表过决定性的作品。

在戏曲方面，三好十郎的《废墟》(《世界评论》特别号昭和二十二年)和《陌生人》(《人间》昭和二十三年六月)、岸田国士的《速水女塾》(《中央公论》同年七月)、真船丰的《中桥公馆》(《人间》昭和二十一年五月)、木下顺二的《风浪》(《人间》昭和二十二年三月)、福田恒存的《台风》(《人间》昭和二十五年)等作为文艺作品也受到了相当的重视。

战后的诗歌

桑原武夫的《第二艺术论》(《世界》昭和二十一年十一月)主要是以理查兹等人实证的方法对日本的短诗型加以批评，但是这给传统的俳句和短歌作家带来了巨大的震动，并影响到了战后文学的各个方面。譬如，在桑原近代的科学性批判中，短诗型作家的个性和作品的价值是被当作没有根据的东西加以否定的。同样对日本短诗型从生活意识层面加以批评的还有窪川鹤次郎,他的评论最终结集成为《短歌论》(昭和二十五年六月)出版。在近代诗方面,马蒂涅诗人俱乐部的加藤周一、中村真一郎等人在马拉美、瓦雷里等法国近代诗人的影响之下,否定了近代日本的无韵自由诗,试图创作出新的韵律诗。且不论实际创作,大正期自由诗之后直到超写实主义,日本近代诗的韵律被日趋破坏,这一主张无疑让人们重新开始关注诗的韵律。而北川冬彦则主张长篇叙事诗,他也尝试创作了数篇诗作。

小野十三郎的评论《诗论》(昭和二十二年刊)在对日本传统思维方式的严厉批判方面,与窪川一道成就了诗论上引人注目的业绩。此时,金子光晴、三好达治、丸山薫、吉田一穗、北川冬彦、草野心平等人都已是五十岁左右的年纪,在实际创作中也达到了圆熟之境,成为这一时期诗坛的代表。而比他们稍微年长一些的释迢空、高村光太郎、西胁顺三郎等人也发表了少量佳作。另有日夏耿之介主要是作为批评家活跃于文坛,多评论荷风、润一郎等作家。

此外,这一时期的歌人也出版了各自的作品集,包括斋藤茂吉的《白山》、土屋文明的《山下水》、土岐善麿的《春野》等,另有一些年轻作家如近藤芳美、宫柊二等人也开始活跃了起来。在俳句方面,这一时期的代表作家有中村草田男、石田波乡、大野林火、山口誓子、加藤楸邨等人。

太宰治之死

昭和二十三年太宰治的离世，是谈论战后日本文学时不得不提的一个事件。当日本人从持续了十年之久战争、从认可侵略主义的反近代逆行思想的压制中解放出来的时候，他们在历史上首次意识到自己处在外国人的支配之下。这使得他们对人生的伦理判断都发生了巨大转变，加之住宅、粮食、衣料的不足，急速扩大蔓延的通货膨胀，让他们持续处在不安的胁迫之中。而这一切都使得人最为丑恶残忍的偏执得以暴露，精神性的美也日益消磨。而太宰治则将人性与生的巨大不安相对置，并为从由此而生的伤痛中追求真实与美而绝望地努力着。而且，他运用私小说创作中让私生活的重点与小说主题相切合的方法，对此进行了描写。

太宰治的作家生活开始于昭和十年前后。在青春时代，他曾经有过参与左翼政治活动的体验，也曾试图与女性殉情却最终只留下自己独活。他常常处在对生的不安之中，为了忍受这种不安，他追求真实的美。正是因为这种不安，他开始了创作，后又多次想要自杀，还曾经可待因酮中毒，直到昭和十四年，他走入了新的婚姻生活，方才触摸到了生活的安定感。自此，他创作了《维庸之妻》（昭和二十二年）、《斜阳》(昭和二十五年)等优秀的作品,而他对生命敏锐的认识,也使他成了这一时期最引人注目的存在。但是复杂的女性关系最终还是让他在昭和二十三年六月与一名女性一起死去。

太宰治的这种冲动,其实在当时的许多日本人内心都或多或少存在着。昭和十五年因发表《奥林匹斯之果》而走上文坛的田中英光(大正二年至昭和二十四年,1913—1949)在战后与太宰治关系密切,并自认作他的弟子,他也经历了政治理想的失落,因女性关系而导致的家庭破裂以及安眠药中毒。在此期间,他创作了《来自地下室》(昭和二十三年)、《野狐》(昭和二十四年)、《再见》(昭和二十四年)等作品,但随着太宰治的去世,他也于次年的昭和二十四年十一月三日自杀在了太宰治的墓前。

有人认为,在织田作之助、太宰治、田中英光等人死后,从昭和二十四年开始,文坛迈入了一个新的时期。新人作家一齐涌现,大家们也纷纷将那些在战时未曾付诸笔端的抱负在作品中加以具体化,而中坚作家们也各自将自己特有的方法和题材用作品表现了出来。至此,战后文学就大致结束了。

之后,文坛所期待的,就是那些文坛涌现出的新人在创作上的成熟和更加年轻更具特质的作家的出现了。而且,成名作家们如何抑制与战前的繁盛期相比势头更加强劲的媒体活动,并创作出毕生代表之作,这也是值得期待的。在战后三四年的自由而不安定的氛围中,织田、太宰、田中等人各自以自己特有的方法进行创作，但是，织田在媒体的动荡中损伤了健康以致离世，太宰和田中因为私小说创作方法本质中那种从自己生活的危机中寻求作品感动的必然性，导致自己的生活支离破碎，最终将自己迫入死亡之中。而且，他们对于生的认识和其创作方法相结合所产生的东西，也是这个时代作家必然的归宿。

在昭和二十四年到二十五年间，战后的日本社会与文学出现了一个转机，那就是昭和二十五年六月南北分裂的朝鲜境内爆发的战争，美国及其他国家介入其中，被认为可能由此产生第二次世界大战以后最大的国际不安，甚至可能会导致第三次大战的到来。此事为日本的产业带来了很大的刺激，造成了经济上的繁荣。但是同时也激化了自由主义和共产主义阵营的思想对立，占领下的日本开始驱逐共产主义者，许多职业中的共产主义者和与之步调一致的人都遭到清洗并失去了工作。共产主义者的政治运动也陷入困境，共产党德田书记长以下的主要人物都潜入了地下。

这样的内政弹压也波及了出版行业。第二次世界大战结束后出版言论得以自由，同时，不仅是在政治思想方面，风俗方面的自由也进一步扩大，涉及性的书物、绘画、演剧等变得普及，面对这一现象，各界都发起了对市民道德的非难。而对这一倾向的禁压也是以此次的朝鲜战争为契机展开的。就在这一年春天，劳伦斯的选集在小山书店发行，其第一卷、

第二卷的《查泰莱夫人的情人》由伊藤整完整翻译出版。这部作品全译本的出版被认为是过于大胆，并由一两种报纸登载批评文章，监察厅于是趁此机会在恶质风俗出版物的阻止运动中利用此事，在九月十二日以猥亵读物出版罪起诉了该作品的译者和出版社。文艺家协会与日本笔会协同设立了"查泰莱问题委员会"，石川达三、西村孝次、中村光夫、龟井胜一郎、中岛健藏、金子洋文、高见顺、丰田三郎、中野重治、福田恒存、舟桥圣一、小松清、广津和郎、青野季吉等作家都成为该会的委员并展开了起诉反对运动。但是从昭和二十六年五月起仍然开始了审判。被告侧除了正木昊、环昌一、环直弥这三位辩护人之外，中岛健藏和福田恒存也作为特别辩护人亲临公判。到这一年的十二月，公判已经展开了三十六回，昭和二十七年一月十八日宣布了判决结果，伊藤被判无罪，而小山书店则被判处了二十五万日元的罚金。对于这一判决，原告与被告同时提起控诉，终于在昭和二十七年十二月宣判了第二审的结果，这一次，伊藤被判缴罚金十万日元，小山书店被判缴纳罚金二十五万日元，被告再次上告，最终的判决于昭和三十二年四月宣布，结果与第二审相同。

这一判决在守护言论出版自由的意义上让几乎全部的文坛人都团结了起来，在此前后，广津和郎和宇野浩二也开始对松川裁判发表意见。在松川裁判中，发生于昭和二十四年的福岛列车倾覆事件中，多数人被起诉，但第一审、第二审都是根据极为可疑的根据和自供判决的。广津和郎对这一事件进行了彻底的调查,并于昭和二十九年在《中央公论》连载了从事实和论理两方面指摘裁判偏误的评论文章,重新引发了人们对这一事件的关注。

昭和二十六年三月,原民喜自杀,他的自杀,被认为是朝鲜战争冲击之下的直接结果。昭和十年,他出版了一种可被称作心理记录集的短篇集《焰》,但是并没有获得世人认可。他是极为自闭的性格,也甚少交友。终战当时,他失去了唯一支撑他活着的爱妻,并曝身于故乡广岛那次人类最初的原爆攻击之中。之后,他前往东京,创作出了数篇极具罕见之美与紧凑性的短篇小说。昭和二十六年六月,描写原爆日的广岛的短篇小说《夏之花》勉强通过占领军的审查而得以发表。昭和二十五年夏,朝鲜南北之间的大规模战争爆发,原民喜在幻想着大战争重新席卷的恐惧之中写下了遗作《心愿的国》,而后便自杀了。

与原民喜同时身处广岛并有过原爆体验的作家,还有大田洋子。大田洋子在昭和十五年应募《东京朝日新闻》的悬赏,其作品《樱之国》当选,之后他仍然继续着作家的活动,并基于广岛体验,在昭和二十五年五月发表了作品《尸骸的街》,尖锐地表现了人们的抵抗。

而在昭和二十五年之后,活跃于文坛并崭露头角的作家及其作品如下:

丹羽文雄的《遮断机》、久保荣的《日本的气象》、石上玄一郎的《黄金分割》、广津和郎的《到泉水去的道路》、张赫宙的《呜呼朝鲜》、西野辰吉的《秩父困民党》、幸田文的《流》、阿部知二的《人工庭园》、舟桥圣一的《花的生涯》、中野重治的《五脏六腑》、石川达三的《在自己的洞穴中》、宇野千代的《阿藩》、圆地文子的《女坂》、外村繁的《筏》、室生犀星的《杏子》。

而在昭和二十五年之后新出现的实力派新作家，有写下《斗牛》并获得昭和二十四年下期芥川奖的井上靖。他曾做过报纸记者，擅长以那些孤独而内心阴暗的人为中心，进行广阔视野之下的社会小说创作。他特别是在报纸小说方面别开生面，开拓了将纯文学与中间小说相糅合的新领域。

战后出现的许多新作家在出现之后也逐渐成熟，纷纷为日本文坛贡献了新鲜的作品。现将他们登上文坛以后的代表作列举如下：

野间宏《崩坏感觉》（昭和二十三年）、《真空地带》（昭和二十七年）；三岛由纪夫《假面的告白》（昭和二十五年）《爱的渴求》（昭和二十五年）、《金阁寺》（昭和三十一年）；武田泰淳《异形者》（昭和二十五年）《风媒花》（昭和二十七年）；梅崎春生《沙漏》（昭和三十年）；椎名麟三《永远的序章》（昭和二十三年）、《在自由的彼方》（昭和二十八年）、《美女》（昭和三十年）；中村真一郎《空想旅行》（昭和三十一年）；加藤周一《在一个晴好的日子》(昭和二十四年)、《命运》(昭和三十一年);堀田善卫《纪念碑》(昭和三十年)《奇妙的青春》(昭和三十一年);大冈升平《武藏野夫人》(昭和二十五年)、《野火》(昭和二十七年);福田恒存《台风》(昭和二十五年)、《抚摸龙的人》(昭和二十七年)《明智光秀》(昭和三十二年);木下顺二《夕鹤》(昭和二十四年)《蛙升天》(昭和二十六年);井上靖《黑蝶》(昭和三十年)《天平之甍》(昭和三十二年)。

对于新人的登场来说,芥川奖从战前开始就起着重要的作用,但这一奖项到昭和十九年下半期便中断了,直到战后的昭和二十四年重新开启,这一时期有实力的新作家也再次通过这一奖项崭露头角。

昭和二十四年上期	由起子《书的故事》
	小谷刚《确证》
昭和二十四年下期	井上靖《斗牛》
昭和二十五年上期	辻亮一《异邦人》
昭和二十六年上期	石川利光《春草》
	安部公房《壁》
昭和二十六年下期	堀田善卫《广场的孤独》
	《汉奸》
昭和二十七年下期	松本清张《某〈小仓日记〉传》
	五味康佑《丧神》

昭和二十八年上期	安冈章太郎《恶友》《阴郁的欢愉》
昭和二十九年上期	吉行淳之介《骤雨》
昭和二十九年下期	小岛信夫《美国·学校》 庄野润三《泳池边小景》
昭和三十年上期	远藤周作《白种人》
昭和三十年下期	石原慎太郎《太阳的季节》
昭和三十一年上期	近藤启太郎《海人舟》
昭和三十二年上期	菊村到《硫黄岛》
昭和三十二年下期	开高健《裸体皇帝》
昭和三十三年上期	大江健三郎《饲育》

除了这些作家之外，昭和二十年到三十年之间还出现了许多新人，如福永武彦、小沼舟、金达寿、西野辰吉、驹田信二、船山馨、长谷川四郎、藤原审二、柴田炼三郎、有马赖义、曾野绫子、直井洁、结城信一、三浦朱门、幸田文、加藤道夫、原田康子、深泽七郎、畔柳二美、窪田精、有吉佐和子、福田义也、城山三郎、沼田茂、泽野久雄、井上光晴、小林胜、小堺昭三、深井迪子、岩桥邦枝等。而且，在芥川奖之外，战后还新设了诸如新潮同人杂志奖、野间奖、读卖文学奖、每日出版文化奖、艺术院奖等各种奖项，并被颁发给了成名作家和新作家们所创作的优秀作品，日本文学在这

一时期呈现出了空前的繁荣之势。

在此期间，纯文学作品的发表机关也发生了变动，终战后出现的《展望》《人间》《改造》等杂志被废刊，《世界》《中央公论》《新潮》《文艺春秋》《文艺》《群像》《文学界》等则成了主力。这些杂志除了《文艺春秋》发行达数十万册之外，其余都保持着两三万到十万册左右的发行量。不过在大正到昭和年间，杂志上登载的纯文学作品主要是以短篇小说为主，但到了昭和二十五年前后，杂志和报纸开始重视新写出的长篇小说的连载，文学评论也主要是针对长篇小说展开的。中间小说[1]的发表机关有发行量达数十万册的《广角读物》《小说新潮》《小说公园》等月刊杂志，另外还有一些发行量同样巨大的杂志如《主妇之友》《妇人俱乐部》《主妇与生活》《面白俱乐部》等。而且在这一时期周刊杂志较为流行，如《周刊朝日》《周日每日》《周刊新潮》《周刊产经》《周刊读卖》等杂志的发行量便多达到数十万乃至百万册。而像拥有数百万册发行量的《朝日》《每日》《读卖》《产经》《东京》等大报，一期就可以登载三到五篇小说。

这样数类繁多的报纸杂志自然需要大量的小说，于是许多成熟的作家开始为了填满版面而奋力写作，他们或从纯文学领域或从大众文学领域走入了流行作家的行列，以此满足

---

1 中间小说：介于纯文学和大众文学之间的小说，一般取材于社会现象和风俗，阅读对象以普通读者层为主。

报纸杂志的巨大需求。如石川达三、丹羽文雄、舟桥圣一、立野信之、北条诚、井上友一郎、五味康佑、柴田炼三郎、狮子文六、源氏鸡太、村上元三、吉川英治、川口松太郎、高见顺、井上靖、富田常雄、饭泽匡等代表的流行作家就是从这一时期开始不停地活跃于各大发表机关之间。

另外，直木奖也与芥川奖一样在战后复活，并将许多流行作家推向了大众文学领域。

昭和二十四年上期	富田常雄《画》《刺青》
昭和二十四年下期	山田克郎《海的废园》
昭和二十五年上期	今日出海《天皇的帽子》
	小山爱子《执行犹豫》
昭和二十五年下期	檀一雄《长恨歌》《真说石川五右卫门》
昭和二十六年上期	源氏鸡太《英语屋先生》
昭和二十六年下期	久生十兰《铃木主水》
	柴田炼三郎《耶稣的后裔》
昭和二十七年上期	藤原审尔《冷酷无情的女子》
昭和二十七年下期	立野信之《叛乱》
昭和二十九年上期	有马赖义《终身未决囚》
昭和二十九年下期	梅崎春生《保罗家的春秋》
	户川幸夫《高安犬物语》

昭和三十年下期	新田次郎《强力传》
	邱永汉《香港》
昭和三十一年上期	今官一《壁花》
	南条范夫《灯台鬼》
昭和三十一年下期	今东光《阿吟》
	穗积惊《胜鸟》
昭和三十二年上期	江崎诚致《吕宋的山谷》
昭和三十三年上期	榛叶英治《赤雪》
	山崎丰子《花帘》

但是这同时也伴随着危险。在这些大量印刷的报纸杂志上登载的小说，并不像大正期那样属于完全的通俗小说。大正时期载于《中央公论》《改造》《新潮》上的小说，仅是那些通用于以私小说为中心的文坛的所谓的狭义纯粹小说。与此相比，登载于《讲谈俱乐部》《王》《主妇之友》之上的杂志小说和报纸小说是通俗的，与之有着明显的区别。在战后文坛，纯文学者们渐渐离以前那种文人仅为自己的私生活和满足自己的审美趣味的创作越来越远了，他们开始从社会的一般现象取材，创作一些可以进入多数读者视野的作品，因而，这些大众性的报纸和杂志向纯文学系流行作家的约稿也就多了起来。多少顾及大众性，同时质量又没有落下去的这种小说，被称作中间小说，当时文坛的一线作家们基本都接到过

这种小说的约稿。中间小说比纯文学杂志的稿酬要多出三倍乃至四倍。而且，大报或大杂志登载的小说，大部分最终都会被翻拍成影视剧，一部小说一旦被翻拍，销量会比单行本的时候更好，甚至往往会成为畅销书。所以说中间小说的写作，让纯文学系文人的收入增加了三到四倍，有时甚至能达到十倍之多。因而一个作家越是有名，写这种中间小说就越多，有时甚至会在各种报纸、周刊杂志、月刊杂志同时连载四五篇小说。这就导致流行作家一个月不得不写出五六百页，他们凭此获得了巨大的收入，生活费用提升，作品的质量却也随之落了下来。

在这一时期，想要回避这种多作乱作的危险、珍视自己的创作，要比明治大正时期困难得多，这使得战后文坛异常繁荣的表象之下，存在着作品质量低下的情形。战后的十年间最多产的作家，主要是那些昭和初年登上文坛，战后处在四十岁到五十岁之间，无论是作为作家还是作为人都进入到成熟期的一群，而战后文学的危机，也可以说是与其繁荣相伴而行的。而且，忙碌且高收入高地位的文人，其实也不过二三十名之数，数百名文人的生活，仍然说不上丰足。而文学的纯粹性，正是这些生活并不丰裕的文人们在坚守着，这种反常规的现象在这一时期比以前更加显著了。

但是另一方面，许多文学奖都是以各大出版社为背景发起的，媒体方面也在努力寻找有实力的新人，因此，有才能的作家在没有明治大正时期那样受前辈引荐和指导的情况下能够脱颖而出的可能性也多了起来。直到战前，苦守十年这个词往往都被用来形容文人得以成功的必要条件。但是到了战后，新人只要写出优秀的作品并斩获了文学奖，基于比实力更加重要的商业价值，所有媒体都会向他求取原稿，并对其进行大规模的广告和宣传，作品也会被影视化，作家便会由此一举成名，开始进入多产的生活，当然也会赚到不少金钱。这种现象在这一时期变得非常普遍。在明治时代，成为文人的，都是那些失去了社会人地位的人。大正时期成为文人的人，是反道德的人，是那些自认落后于社会的人。但是到了战后，文人则是那些获得了盛大的成功，并具有高收入和显赫声名地位的人。但与此同时也存在着一种危险，那就是在媒体这样一个大规模的商业机构中，文人作为其中的一个齿轮运转着，他们在这个最为自由的职业中自发地杜绝了自由的发声，成为炮制出一个接一个迎合大众趣味的故事的写作人偶。

许多战后新出现的作家，如野间、椎名、武田、三岛、大冈、梅崎等人都属于第一战后派，而随之出现的安部公房、长谷川四郎、堀田善卫、井上靖等人则惯常被视作第二战后派，更晚出现的安冈章太郎、吉行淳之介、小岛信夫、三浦朱门、庄野润三、小山清、曾野绫子等人则被称作第三战后派的新人。

第一、第二战后派的作家们对战争都是积极进行批判的，并且持有一种共通的社会意识，这是他们的特色。而被称作第三战后派的新人们与第一、第二战后派相比，则是闭锁的，多少具有一种私小说的特性，而且比起批判性，他们更注重个人的良心和审美意识。

新作家的登场

继这些作家之后，在昭和三十年前后出现的石原慎太郎、有吉佐和子、原田康子、深泽七郎等新作家则显示出了另一种不同的特质。这些作家都具有他们各自独有的生活观念、思考方式、创作方法，他们的文坛意识相对薄弱，与进入比文坛相比，他们更倾向于将自己的存在与媒体直接结合，对于这一点，有人进行抵制，有人则加以积极利用，但他们都有意识地没有被其压倒。石原慎太郎具有将行为世界中的冲击移入文学世界之中的倾向，他在创作《太阳的季节》并获得芥川奖之后，与电影发生了关联，开始作为演员或导演展开工作，开启了一种与此前文坛人的生活方式全然不同的新的生活。以舞台艺术家的生活为题材写出《地歌》的有吉佐和子也将她的事业扩展到了舞蹈和演剧的演出。而深泽七郎在应《中央公论》的悬赏募集创作《楢山节考》并因此获得很大反响而一举成名之后，他仍然作为舞台人兼作吉他的演奏，他的小说创作手法也自由地偏离了日本传统的写实性，而显示出了一种富于音乐性的构成方式。

此外，报纸记者出身的菊村到属于凭借《硫黄岛》拿下芥川奖而成名的新人，他的作品有着中间小说的趣味和纯文学的手法难以分割的融合性，在这一点上，他与井上靖的作品有所相似，这种从出现之初就具有的流行作家的文体，让他此后的变化也值得关注。

这种类型的作家在此前的日本是少见的，这一时期也出现了这样一种评论，即从至今仍被视作堕入通俗文学之途的中间小说中，也有希望产生另一种新的社会小说。但是，这些作家都很年轻，任何人都无法预言他们的创作会发生怎样的变化，最终会走向何处。

后 记

著者尽可能将第一次一点点交给光文社的原稿又全部汇总取回进行了修订，但是，印刷之后还是发现了不少令人不满意的地方，于是重又像初校般再次进行了订正。再校的时候依然做了许多添改，等校对结束，页数竟比原先多出了四十页。校对真是远比著者预想的要复杂。

反复的修订，也给光文出版社的古知庄司氏、小林察氏、冈桥隼夫氏诸君添了许多麻烦，也让印刷所各位为此费了不少工夫，特别是古知氏，面对进展不顺的著者，他在近两年间一直耐心勉励敦促，不胜感激。

这本书的校对是委托了芳贺义彦氏，但他所做的远远不止校对。他依照文献年表对作者具体记述的正确性进行了确认，为此付出了极大的努力，这才使得本书的记述能够确切无误。另外，光文社编辑部的冈桥隼夫氏也在书稿校正和用语统一方面提供了莫大的帮助，连同索引也是全赖冈桥氏帮忙整理。

因为还有其他工作，作者一直非常忙碌，幸得这许多人的帮助，才得以将这一重物运往终点，在这里对他们表示深切的谢意。

伊藤整

1958 年

图书在版编目（CIP）数据

日本近代文学史 /（日）伊藤整著；郭尔雅译. --北京：商务印书馆，2020
ISBN 978 - 7 - 100 - 18514 - 1

Ⅰ.①日… Ⅱ.①伊…②郭… Ⅲ.①日本文学—近代文学—文学史 Ⅳ.① I313.094

中国版本图书馆 CIP 数据核字（2020）第 088646 号

权利保留，侵权必究。

日本近代文学史

〔日〕伊藤整　著
郭尔雅　译

商 务 印 书 馆 出 版
（北京王府井大街36号　邮政编码100710）
商 务 印 书 馆 发 行
山 东 临 沂 新 华 印 刷 物 流
集 团 有 限 责 任 公 司 印 制
ISBN 978 - 7 - 100 - 18514 - 1

2020年9月第1版　　开本 787 × 1092　1/32
2020年9月第1次印刷　印张 11.5
定价：68.00元